DIE WIEDERGEBURT DES DRACHEN

DAS GEHEIMNIS VON DRAGON POINT
BUCH FÜNF

EVE LANGLAIS

Copyright © 2023 Eve Langlais
Englischer Originaltitel: »Dragon Reborn (Dragon Point Book 5)«
Deutsche Übersetzung: Noëlle-Sophie Niederberger für Daniela Mansfield Translations 2023

Alle Rechte vorbehalten. Dies ist ein Werk der Fiktion. Namen, Darsteller, Orte und Handlung entspringen entweder der Fantasie der Autorin oder werden fiktiv eingesetzt. Jegliche Ähnlichkeit mit tatsächlichen Vorkommnissen, Schauplätzen oder Personen, lebend oder verstorben, ist rein zufällig.
Dieses Buch darf ohne die ausdrückliche schriftliche Genehmigung der Autorin weder in seiner Gesamtheit noch in Auszügen auf keinerlei Art mithilfe elektronischer oder mechanischer Mittel vervielfältigt oder weitergegeben werden.

Titelbild entworfen von: Yocla Designs © 2019/2020
Herausgegeben von: Eve Langlais www.EveLanglais.com

eBook: ISBN: 978-1-77384-442-8
Taschenbuch: ISBN: 978-1-77384-443-5

Besuchen Sie Eve im Netz!
www.evelanglais.com

PROLOG

DER GEFANGENE LAG ZUSAMMENGEKAUERT UND EINGESCHÜCHTERT in seiner Zelle. Oh, wie der Mächtige gefallen war.

Es war amüsant, den Goldenen Heuchler vor seiner Gefangenschaft zu beobachten, wie er dachte, ihm gehöre der Thron. Wie er über sein dürftiges Territorium und die Septs herrschte, als hätte er das Recht dazu.

Keiner von ihnen hatte es.

Der Hass brannte hell auf diese aufgeblasenen Drachen, die sich für so großartig hielten. Nicht wirklich im Großen und Ganzen, eher wie dumme kleine Ameisen, die herumwuselten, ohne zu wissen, was auf sie zukam.

Er lernte durch den vernünftigen Einsatz von Schmerz, wie unbedeutend er war. Jetzt würde der Goldene Erbe, der dachte, er würde über alle herrschen, stattdessen dienen. Er würde helfen, eine neue Weltordnung zu schaffen. *Meine Ordnung.*

Aber erst, sobald er den letzten Schritt getan hatte.

Er muss sich mir hingeben.

In der Zwischenzeit war Geduld gefragt.

Bald. So bald würde die Welt brennen. Der Tag rückte

immer näher, an dem sich die Menschen, die Drachen und alle niederen Kreaturen beugen oder sterben würden.

Die Dunkelheit des Umhangs, ein tiefes und üppiges Gewebe, das auf der Erde nicht zu finden war, floss vom Scheitel bis zu den Zehen und bewegte sich gewunden auf die Tür der Zelle zu, als wäre er mit Rauch verbunden.

Ein Wink mit der Hand und die Schlösser lösten sich. Der vergitterte Eingang schwang auf und gab den Zugang zum Gefängnis und seinem Insassen frei.

Die Tage, an denen der Goldene aufstand und angriff, waren vorbei. Er war zur Unterwerfung geprügelt worden, und das nicht nur mit der Hand. Die Strafen, die den Geist schlugen, waren so viel besser.

Der Körper lag zusammengerollt in der Ecke, den Kopf eingezogen, den Schwanz um den Körper gewickelt. Die goldenen Schuppen, stumpf und mattiert von Dreck und Verzweiflung, raschelten vor Aufregung. Sie zitterten aus Wiedererkennung.

Zitterten aus Angst.

Es hatte einige Zeit gedauert, ihn zu brechen. Viele vergnügliche Momente voller Schreie und Schmerzen.

Aber letzten Endes war der Mann, der einst alles besessen hatte, der Drache, der dachte, er würde den Thron erben, zusammengebrochen.

Der erste von vielen.

Eine Hand wurde ausgestreckt, um die Beute zu berühren, die langen, geschmeidigen Finger hatten schwarze Fingernägel. Sie strichen über die Schuppen und vibrierten von der Kraft und Magie, die darin steckte.

Der gefangene Drache zuckte zusammen und zog den Kopf zurück, wodurch das Stoffhalsband die feine Kette klirren ließ, die daran befestigt war. Die die Bestie gefangen hielt.

DIE WIEDERGEBURT DES DRACHEN

Vom Beinahe-Anführer zur erbärmlichen Ruine.

Meine Geheimwaffe. Aber eine Waffe, die nicht zu früh enthüllt werden durfte. Die Dinge mussten noch in Position gebracht werden, aber wenn die Zeit gekommen war, würde nichts mehr den kommenden Krieg aufhalten.

Die Welt würde Zorn und Rache für das erleiden, was sie getan hatte.

Und brennen.

KAPITEL EINS

Unter Umgehung eines Termins – die waren für Leute mit weniger wichtigen Nachrichten – schritt Deka in das Arbeitszimmer ihrer Tante Zahra.

»Samael ist verschwunden«, verkündete Deka der Silvergrace-Matriarchin, bevor sie sich in den Klubsessel vor dem Schreibtisch fallen ließ.

»Ist das wirklich die Nachricht, mit der du rechtfertigst, hier hereinzuplatzen?« Ein arktischer Blick fixierte sie.

»Nun ja, es sind wichtige Nachrichten. Samael ist verschwunden.« Die Travestie. Das Grauen. Das *Wo zum Teufel ist der zukünftige Vater meiner Kinder?* Das war eine verdammt große Nachricht. »Gern geschehen.« Jetzt konnte Tantchen handeln, um ihn zu finden.

»Ich wusste bereits, dass er verschwunden ist. Remiel hat es mir gesagt.«

Kein Wunder, dass Zahra es wusste. Als Sept-Matriarchin entging ihrem stahlharten Blick so gut wie nichts.

»Wann also versammeln wir den Sept, um ihn zu finden?« Mit Deka an der Spitze des Trupps, bereit, den Tag zu retten. Dann könnte er sich bei ihr bedanken, mit einem großen –

»Wir versammeln gar nichts.«

Wie bitte? Hatte sie den Sept nicht zusammengerufen, um ihre Kräfte zu mobilisieren?

Der Grund dafür wurde klar. »Ich verstehe schon. Du hast keinen Suchtrupp losgeschickt, weil Remiel seinen Bruder selbst finden will.« Die Liebe zwischen Geschwistern, so süß – es sei denn, sie versuchten, sich an den Nachtisch des anderen heranzumachen. Dann stach man mit einer Gabel auf sie ein.

»Eigentlich wäre es Remiel lieber, Samael würde sich nie wieder blicken lassen. Er hat immer noch ein paar tief sitzende Probleme.«

Samael mochte seinen Teil dazu beigetragen haben, dass man seinen Bruder in einer Grube eingesperrt und seine Erinnerungen ausgelöscht hatte. Aber Remiel würde sicher nicht ewig nachtragend sein.

Deka schwang ein Bein über die Armlehne des Sessels und zwirbelte eine Haarsträhne. »Da der König jetzt glücklich ist und uns alle regiert, hätte er sicher nichts dagegen, wenn Samael zurückkäme. Vielleicht lässt er seinen kleinen Bruder mit jemandem aus der Familie zusammenkommen.« *Ähem. Mit mir.*

»Nein«, antwortete Tantchen, ohne sich die Mühe zu machen, von ihrem Stapel Papierkram aufzublicken.

Die schroffe Antwort schreckte Deka nicht ab. Tantchen brauchte vermutlich Hilfe, um zu verstehen, wie wichtig es war, Samael zu finden.

»Bist du denn gar nicht neugierig, wohin er verschwunden ist?« Deka jedenfalls konnte es nicht ertragen, es nicht zu wissen. Sie hatte sein Haus beobachtet – die Villa stand leer und zum Verkauf, seit Remiel übernommen hatte – und kein einziges Zeichen von Samael gesehen.

Eine Durchsuchung seines Kleiderschranks zeigte, dass er weder eine Tasche gepackt noch seinen Pass mitgenommen hatte und dass er nicht gern Slips trug. Zumindest hatte sie keine gefunden.

Genau wie ich. Keine Unterwäsche zu tragen bedeutete, weniger Wäsche zu waschen, und Deka wollte es ihren Angestellten so einfach wie möglich machen.

Da sein Haus ein Reinfall war, hatte sie sich auf elektronische Mittel verlassen müssen, um ihn zu überwachen. Bis jetzt hatte sie keine Aktivitäten auf Samaels Bankkonten, seiner Kreditkarte, bei Netflix oder auf seiner Lieblingspornoseite gesehen. Auch hatte er in seinem Lieblingsrestaurant keine Bestellung für eine extragroße Pizza mit doppelt Peperonisalami, Pilzen, Oliven, Speck, extra Käse und Chipotle-Soße aufgegeben. Deka hatte dem Besitzer ein paar Hundert in bar hinterlassen, zusammen mit der Anweisung, sie zu kontaktieren, falls Samael anrufen sollte.

Extrem? Nicht wirklich. Deka nahm ihr Stalking einfach nur ernst.

Wie soll ich sonst meinen Mann finden?

»Es ist mir wirklich egal, ob er aus dem Blickfeld der Öffentlichkeit verschwunden ist. Höchstwahrscheinlich ist er untergetaucht. Nach seiner unheiligen Verbindung mit dieser Blutroten Heuchlerin und seiner Behandlung unseres Königs hat er vermutlich Angst, dass ihn jemand ermordet.«

Nur über meine Leiche. Ich werde dich beschützen, Muffin.

»Er ist zu wertvoll, um ihn zu töten.« Trotz seiner Liste von Verbrechen floss goldenes Blut durch Samaels Adern – und außerdem hatte er Superspermien mit glitzernden Umhängen in seinen Eiern schlummern, die darauf warteten, aus seinem Kanonenschwanz zu schießen. Und ja, sie kicherte jedes Mal, wenn sie an die kleinen kugelköpfigen Kerle dachte, wie sie in ihre Vagina schossen.

Die Gene gaben ihm, wenn schon keinen Freifahrtschein, so doch zumindest die Chance, ein langes Leben zu führen – wahrscheinlich in Gefangenschaft als Zuchtbulle.

Es sei denn, ich rette ihn. Sobald er ihr Gefährte war, würde sie ihn beschützen. Männliche Drachen waren äußerst selten und wertvoll. Ähnlich wie Einhörner – von denen niemand zugeben wollte, dass sie von Drachen bis zur Ausrottung aufgefressen worden waren.

Pssst.

»Warum dieses anhaltende Interesse an ihm?« Zahra hob den Kopf und starrte Deka mit einem Blick an, dessen Direktheit nervenaufreibend war. Doch Deka war in ihrem Leben schon oft mit strengen Blicken bedacht worden und zuckte nur mit den Schultern.

»Es scheint einfach, als sollten wir aufmerksamer sein. Was ist, wenn die falschen Leute ihn in die Finger bekommen?«

Mit anderen Worten: Was war, wenn ein Flittchen, das es auf seinen Körper abgesehen hatte, ihre Krallen in ihn schlug? Dann müsste Deka sie umbringen, und das könnte einen Krieg auslösen, was zwar lustig, aber chaotisch wäre, vor allem weil die Menschen jetzt wussten, dass Drachen existierten. Sie hatte gehört, dass die Nachfrage nach riesigen Armbrüsten, die harpunengroße Pfeile abfeuerten, gestiegen war.

Das bedeutete, dass das Training aller Drachen noch einmal verschärft worden war. Sie waren nicht selbstgefällig, wenn es um ihre Sicherheit und ihr Überleben ging. Seit sie beinahe ausgelöscht worden waren, hatten sie gelernt, wie man überlebte.

Und wie man kämpfte.

»Es ist mir wirklich egal, wenn ein anderer Sept ihn schnappt.« Die Matriarchin zog eine Augenbraue hoch. »Sag mir nicht, dass du deine Besessenheit von diesem Mann noch nicht überwunden hast.«

»Er gehört mir.« Daran hatte Deka keinen Zweifel. Seit sie ihn zum ersten Mal gesehen hatte, mit seinen perfekt gekämmten goldenen Haaren – die durcheinandergebracht werden mussten – und dem Grinsen – das eindeutig ausdrückte: »Zieh dich aus« –, wollte sie ihn.

Aber jemand sagte Deka, dass sie ihn nicht haben konnte.

Es ist nicht an ihr, das zu entscheiden.

Zahra plapperte noch immer. »Dir ist klar, dass wir mit der Rückkehr des Goldenen Königs keine Fortpflanzungsprotokolle mehr durchsetzen müssen. Es steht dir frei, dich zu paaren, oder nicht, wie du willst.«

»Dann will ich ihn.«

Ein schweres Seufzen. »Ich würde es vorziehen, und ich weiß, dass deine Mutter mir zustimmt, dass du jemand anderen wählst. Er hat böses Blut.«

»Goldenes Blut.«

»Er ist befleckt. Du hast die Berichte gelesen, die wir aus Parkers Laboren gestohlen haben.«

Ach ja, der gute alte Parker, der Wolf-Gestaltwandler, der die Kryptozoiden vor den Menschen entblößt hatte. Jetzt verdächtigte jeder seinen Nachbarn, irgendeine Art weiterentwickeltes Wesen zu sein. Der Verkauf von Silber und Schrotflinten war in die Höhe geschossen. Die elektrischen Insektenfallen im Garten wurden immer größer, da die Leute verhindern wollten, dass irgendwelche Feen ihre Grünfläche übernahmen. Und Schwerter sowie Rüstungen erlebten ein Comeback, weil Möchtegern-

Helden auf die Suche nach Drachenschätzen gehen wollten.

Nebenbei bemerkt waren Rüstungen der Hauptgrund für das abrupte Ende der meisten Suchen. Am häufigsten lag es am Ertrinken.

Deka bemerkte, dass ihre Tante sie anstarrte, und zuckte mit den Schultern. »Ich weiß, was in den Berichten steht.« Sie hatte jeden einzelnen medizinischen Bericht gelesen. Ihre Mutter wollte sicherlich, dass sie sie sich ansah, denn sie hatte sie in ihren speziellen Safe gelegt. »Samael D'Ore ist definitiv der Bruder des sehr majestätischen Remiel D'Ore. Aber er ist kein Vollblüter wie der König. Die mütterliche Hälfte, die er geerbt hat, macht ihn zu einem Teil des Goldenen Septs.«

»Es ist die andere Hälfte, die mir Sorgen macht«, gab Zahra zu. »Der Junge hat etwas an sich ...« Sie schürzte die Lippen und zeigte mit einem manikürten Finger auf Deka. »Vergiss Samael. Such dir einen anderen Mann. Du kannst sogar mit einem *Menschen* verkehren«, der Spott war nicht zu überhören, »wenn du willst. Deine Mutter hat mit den Wissenschaftlerinnen der anderen Septs an einem Serum gearbeitet, das den Wyvern beim Übergang helfen soll. Einige sind bereits in ihre wahre Gestalt aufgestiegen.«

»Was fantastisch ist.«

Das war es wirklich. Jahrhundertelang hatten die Drachen brutale Fortpflanzungsprogramme durchgesetzt, um ihren Fortbestand zu sichern. Es führte zu ein paar schielenden Cousins und geschwätzigen Idioten. Männliche Drachen waren rar gesät, und obwohl Menschen köstlich schmeckten – und nicht nur auf die von Tante Claudia angepriesene Art, mit Rosmarin und Knoblauch über dem Feuer gebraten –, konnten sie keine echten Drachenbabys zeugen. Nachkommen zwischen einem Drachen und einem

Menschen waren als Wyvern bekannt, unfruchtbare Hybride, die nichts zur Fortführung der Blutlinien der Familie beitrugen. Es sei denn, ihnen wurde ein spezieller Drachencocktail injiziert, um sie zum Aufstieg zu zwingen.

Bla, bla, bla, alles Mögliche an Wissenschaft. Die Details interessierten sie nicht, denn sie hatte vor, mit einem Drachen Babys zu machen. Einem Goldenen Drachen ...

»Vergiss diesen verdorbenen Außenseiter.« Zahra schüttelte immer noch diesen Finger. Dekas Magen grummelte nach Pommes frites. »Oder du musst die Konsequenzen tragen. Du weißt, der König hat gesagt, dass wir seinen Bruder in Ruhe lassen sollen.«

Verboten. Gab es einen schmackhafteren Schatz?

»Aber –«

»Oh nein, das wirst du nicht.« Zahra betrachtete Deka mit zusammengekniffenen Augen. »Ich kenne diesen Blick. Du wirst diesen Gedankengang auf der Stelle beenden. Und ich werde dir eine Angst nehmen. Samael wird nicht angerührt werden. Die Septs wurden gewarnt, was passieren wird, wenn sie Samael gefangen nehmen und versuchen, ihn zu benutzen, um den Thron zu stehlen. Und das schließt uns mit ein.«

Ein rücksichtsloser König. Und ein gut aussehender Goldener noch dazu. Das war genug, um ein Mädchen ins Schwärmen geraten zu lassen, besonders nach Remiels erster Thronrede, die über Skype an die Septs auf der ganzen Welt übertragen worden war. Es war eine tolle Rede, kurz und bündig, und endete mit: »Verratet mich und sterbt.«

Sie wurde mit großem Beifall bedacht. Wer wollte nicht einen harten Herrscher, der erklärte, dass jeder, der nicht gehorchte, zu Brei zerquetscht wurde? Remiel war so arrogant und mächtig, und Brands Schwester konnte sich glücklich schätzen, ihn als Gefährten zu haben.

Deka war außerdem grün vor Neid. Sie wollte auch einen Mann, der seine Feinde wie einen Käfer zermalmen konnte. Nicht dass sie nicht in der Lage gewesen wäre, sie selbst zu zerquetschen, aber man stelle sich nur vor, wie viel Spaß ein Pärchenabend machen würde. Ein paar Feinde zerschlagen, vielleicht ein paar Schätze für den Hort sammeln – man konnte nie zu viele Pokémon-Sammelobjekte haben –, ein Riesensandwich besorgen und dann Sex.

Guter Sex. Der, bei dem ein Mädchen keine Angst haben musste, dass sie ihren Liebhaber versehentlich in einen Streckverband befördern würde.

Schon wieder.

Der blöde Anwalt der Silvergrace-Familie zwang sie nun, potenzielle Partner eine Verzichtserklärung unterschreiben zu lassen, bevor sie mit ihnen wild wurde. Es neigte dazu, die Stimmung zu zerstören.

»*Warum steht hier, dass ich mich verpflichte, dich nicht zu verklagen, wenn du mir während des Geschlechtsverkehrs die Knochen brichst oder meine Organe verletzt?*«

»*Nur eine Vorsichtsmaßnahme.*«

»*Ist es eine Vorsichtsmaßnahme, Nebenwirkungen wie Blut im Urin, Lähmungen und Tod aufzuführen?*«

Viele gingen an diesem Punkt, manche liefen sogar. Das bedeutete, dass ihr armer Vibrator in letzter Zeit eine Menge Batterien verbraucht hatte und sich bald zu ihrer Sammlung von Plastikpenissen gesellen würde, die mit ihrer Lust nicht mithalten konnten.

Aber ich wette, ein großer, starker Goldener Drache könnte das.

Wenn nur ihre Matriarchin zustimmen würde.

Deka verstärkte ihr Argument. »Was ist, wenn es nicht

einer der Septs ist, der ihn entführt hat, sondern diese verrückte Schlampe, die sich eine Zeit lang als Anastasia ausgegeben hat?«

Eine mysteriöse Gestalt mit glühenden roten Augen hatte sich in die Drachenpolitik eingemischt. Sie sollten ihr auf den Fersen sein. Stattdessen hatten sich die Septs zurückgezogen und die Reihen geschlossen, aus Angst, in einen Kampf zu geraten. Niemand wollte das Schicksal des Blutroten Septs teilen, der zahlenmäßig dezimiert und von der zweitmächtigsten auf die letzte Position zurückgefallen war.

Zahra schob ein Bündel Papiere beiseite, um den nächsten Satz zu unterschreiben. »Wir haben keinen Grund zu glauben, dass dieses Wesen noch Interesse an uns hat.«

»Kein Interesse? Sie hat uns einen Kopf gegeben.« Wortwörtlich. Den Körper hatten sie noch nicht gefunden.

»Den Kopf unseres Feindes. Ein passendes Geschenk, wenn du mich fragst.«

Deka stimmte irgendwie zu, aber diese ganze Scheiße à la *Nein, du darfst nicht das heißeste Ding suchen, das es seit den scharfen Margarita-Nächten in der Kneipe gibt* verdarb ihr den Spaß.

Ein schweres Seufzen entwich Deka. »Ich verstehe nicht, warum du dir nicht mehr Sorgen machst.«

Zahra stützte ihre Hände auf den Schreibtisch und beugte sich vor. »Drachen machen sich keine Sorgen. Schon gar nicht über andere Wesen. Jeder weiß, dass es niemanden gibt, der größer oder mächtiger ist als unsere Art. Wir sind die Spitze der Nahrungskette, die wahren Anführer dieser Welt, und jetzt, da unser König zurückgekehrt ist, werden wir unseren rechtmäßigen Platz einnehmen.«

»Unser rechtmäßiger Platz bedeutet hoffentlich nicht,

dass wir Röcke und so einen Scheiß tragen«, murmelte Deka.

»Wenn du mich fragst, war der Tag, an dem die Frauen ihre Röcke kürzten und anfingen, Hosen zu tragen, der Tag, an dem die Dinge durcheinandergerieten. Zu meiner Zeit –«

»Als sie gerade gelernt hatten, wie man Feuer macht.«

»– jagte eine Dame nicht hinter einem Mann her.«

»Das ist nicht das, was ich gehört habe. Ich habe gehört, dass du Onkel zu Boden geworfen und ihm gesagt hast, du würdest allen erzählen, dass er von einem Mädchen geschlagen wurde, wenn er nicht mit dir zum Debütantinnenball geht.«

Tante Zahra funkelte sie an. »Wie ich sehe, hat deine Mutter wieder geplappert. Sie erinnert sich offensichtlich anders an die Dinge. Und das hat nichts mit dem Hier und Jetzt zu tun. Wenn unser König wirklich die Welt regiert, wirst du einen Knicks machen und ein Kleid tragen.«

»Ich schätze, wenn es knöchellang ist, kann niemand über meine haarigen Beine meckern.«

»Es wird keine haarigen Beine geben. Du wirst dich rasieren.«

»In Europa muss man sich nicht rasieren«, murmelte Deka. »Ich wünschte, ich würde dort leben.«

»Wenn du es so schön findest, solltest du vielleicht eine Reise ins Ausland planen.«

»Ich will nicht weg. Ich habe hier Dinge zu erledigen.« Deka verschränkte die Arme und schmollte.

»Dinge wie einen Mann zu jagen, der nicht gefunden werden will, und mich zu belästigen?« Tantchen zog eine perfekt gezupfte Augenbraue hoch. »Ich sage, genug davon. Du wirst nach Europa gehen. Es wird dir guttun, in eine neue Kultur einzutauchen und einige der anderen Zweige des Silbernen Septs zu besuchen. Die Belleargents in Paris fallen mir da ein.«

»Muss ich denn nach Paris gehen?« Deka rümpfte die Nase.

»Ja. Das ist ein Befehl.«

»Wenn du das sagst, Chef.« Deka sprang von ihrem Sessel auf und ging auf die Tür zu.

»Das war's? Du wirst nicht noch ein wenig länger diskutieren?« Tantchen klang verwirrt.

»Erst schimpfst du mit mir, weil ich nicht auf dich höre, und jetzt, da ich sofort gehorche, ärgerst du dich trotzdem.« Deka rollte mit den Augen. »Ich kann nie etwas richtig machen. Vielleicht sollte ich zu Hause bleiben.«

»Pack deine Koffer! Ich werde dir den ersten Flug nach Frankreich buchen. Wage es nicht, ihn zu verpassen.«

»Ja, Ma'am«, sagte sie finster, was im Widerspruch zu dem Lächeln auf ihren Lippen stand. Gut, dass sie mit dem Rücken zu Tante Zahra stand. Die hätte sich sonst gewundert, warum Deka so aufgeregt war, nach Europa zu gehen, wohin zufällig eine bestimmte Kiste mit einem Ladungsverzeichnis mit Anastasias Namen – datiert nach ihrem Tod – verschifft worden war.

Eine Kiste, bei der sie sich ziemlich sicher war, dass sie einen Mann enthielt.

Meinen Mann.

Und sie würde ihn finden. Und noch besser: Sie hatte die Erlaubnis. In gewisser Weise.

Tantchen sagt, ich muss nach Europa reisen. Da konnte es nicht schaden, einen alten Freund aufzusuchen.

Als sie das Arbeitszimmer verließ und in ihr Zimmer ging, um ihre Sachen zu packen – oder besser gesagt, um den Reißverschluss ihrer Reisetasche zu schließen, denn die hatte sie schon vorbereitet; Tantchen war so berechenbar –, traf sie auf ihre Cousine Babette.

»Warum grinst du schon wieder so, als hättest du Farmer Browns geschätzte Kuh gefressen?«

»Igitt, was meinst du mit *schon wieder*?« Deka rümpfte die Nase. »Das Ding habe ich schon vor Ewigkeiten verdaut und ausgekackt. Da gibt es nichts mehr zu fressen.« Und Drachen waren viel zu kultiviert, um verwesende Kadaver zu fressen, was Zombies mit einschloss.

»Irgendetwas begeistert dich. Spuck's aus.«

»Tantchen schickt mich nach Europa.«

»Europa?« Babettes Stimme wurde lauter. »Glückskalb. Wie kommt es, dass ich nie an coole Orte geschickt werde? Stattdessen heißt es: Babette, frag Cameron, ob er mein Rezept abholen kann. Babette, sorge dafür, dass die Mitarbeiter meinen Bentley aufbereiten.«

»Babette, hör auf, von dir in der dritten Person zu sprechen.«

Ihre Cousine und beste Freundin rümpfte die Nase. »Nein, weil ich so großartig bin«, sang sie.

»Was hast du gemacht?«

»Ich habe Mutter gestern Abend dazu gebracht, eine Flasche Wein zu trinken.« Babette grinste vor Stolz.

»Das ist keine große Leistung.«

»Es war eine Zwei-Liter-Flasche, und sie wollte nicht teilen. Sie hat sich allerdings bereit erklärt, sich von mir die Haare färben zu lassen. Vielleicht habe ich mich bei den Farben verkalkuliert.«

»Du bist also der Grund, warum sie aussieht, als hätte ihr ein Regenbogen auf den Kopf gekotzt.«

»Ich habe ihr nur geholfen, ihre Frisur zu ändern, aber habe ich Dank bekommen?«

»Nein!«, riefen sie gemeinsam und kicherten dann.

»Also, warum schickt Tantchen dich nach Europa?«, fragte Babette, während sie Deka durch das riesige Herrenhaus folgte, das sie ihr Zuhause nannten.

Weißer und grauer Marmor, gestrichene Wände und vergoldete Leisten verliehen den Sälen, durch die sie gingen, eine üppige Eleganz.

Der rote Buntstift auf der unteren Vertäfelung mit den gekritzelten Worten »Polly ist ein Kackkopf« erinnerte Deka an die Zeit, als sie und Babette noch jung gewesen waren und Unsinn gestiftet hatten.

Nicht dass sie nicht auch heute noch Unsinn anstifteten. Sie taten es jetzt nur auf erwachsenere Weise, indem sie Botschaften in den Himmel schrieben oder sie bei Ballspielen auf dem Großbildschirm zeigen ließen.

»Tante Zahra meint, ich solle in die Kultur Frankreichs eintauchen, da ich mit meinen unrasierten Achseln und Beinen schon halb französisch sei.«

»Hast du ihr erklärt, dass das daran liegt, dass dir die Rasierklingen ausgegangen sind und du immer wieder vergisst, Cameron zu bitten, sie auf die Liste zu setzen?«

»Details«, antwortete Deka mit einer hochmütigen Handbewegung.

»Ich bin überrascht, dass du deiner Abreise zugestimmt hast. Was ist mit der Suche nach deinem Gefährten? Du weißt schon, derjenige, der nicht einmal weiß, dass du lebst?«

Deka verzog das Gesicht zu einem finsteren Blick. »Er war zu der Zeit irgendwie beschäftigt. Ich bin mir sicher, wenn wir etwas Zeit miteinander verbracht hätten«, nackt und in ihrem Bett, »hätte er gemerkt, dass wir füreinander bestimmt sind.«

»Er hat wohl eher gemerkt, dass du dich binden musst. Der Mann bedeutet nichts Gutes.«

»Ich weiß.« Das war eine seiner reizvollsten Eigenschaften.

»Bedeutet diese Reise, dass du aufgegeben hast?«

»Nein, natürlich nicht.«

»Also wirst du versuchen, da rauszukommen.« Babette nickte mit dem Kopf.

»Nein. Ich werde in dem Flugzeug nach Paris sitzen.«

»Warte mal kurz.« Babette legte die Stirn in Falten. »Du solltest dich nicht damit abfinden. Warum kämpfst du nicht?« Eine Glühbirne leuchtete auf. »Heilige Scheiße, du suchst immer noch nach ihm. In Europa!«

»Pssst!«, zischte Deka, einen Finger auf ihren Lippen. »Tantchen darf dich nicht hören. Sie wird mir sonst verbieten abzureisen.«

»Und? Seit wann hält dich das ab?«

»Das tut es nicht.« Deka zuckte mit den Schultern. Einer Drachin etwas zu verbieten war so, als würde man einen Kuchen zum Abkühlen hinstellen und hungrigen Gesichtern und gierigen Händen sagen, sie sollen ihn nicht anfassen. Er war in weniger als fünf Minuten weg. »Aber wenn ich mit Erlaubnis gehe, bedeutet das, dass alle Unkosten bezahlt sind.«

Babettes Augen wurden schmal. »Nimm mich mit.«

»Tut mir leid, Cousine. Du weißt, was man sagt. Drei sind –«

»Einer zu viel, wenn es keine Dreiecksbeziehung werden soll.«

Deka kicherte. Und genau deshalb liebte sie Babette. Wie eine Schwester, nicht wie eine Schwestergemahlin. »Tut mir leid, aber ich werde diesen Schwanz nicht teilen.«

»Igitt.« Babette würgte. »Du weißt, was ich von Würstchen halte. Sie sind nur zum Frühstück gut und wenn sie mit Speck serviert werden. Aber Törtchen hingegen ...«

Babettes Lippen verzogen sich vor Vergnügen. »Ich liebe frische Törtchen.«

»Wo ich hingehe, gibt es viele Geschmacksrichtungen«, überlegte Deka laut. Es könnte nicht schaden, ein zusätzliches Paar Augen dabeizuhaben. Schließlich könnte alles, was so knallhart war, einen Goldenen Drachen zu entführen, im Umgang ein *soupçon* schwierig sein. *Seht mich an, ich benutze schon französische Wörter.*

»Wie können wir Tantchen überzeugen, mich mit dir zu schicken? Du weißt doch, dass sie sagt, wir wären Unruhestifter, wenn wir zusammenarbeiten.«

»Weil wir das sind.« Es war offensichtlich.

»Ich weiß. Ich weiß nur nicht, warum sie denkt, dass das etwas Schlechtes ist.« Babette grinste. »Erinnerst du dich an das letzte Mal, als wir zusammen weggefahren sind?«

»Denk nicht mal dran«, entgegnete Deka schnell. »Wenn du sie an diesen Vorfall erinnerst, verbietet sie uns beiden die Reise.« Der Vorfall, wegen dem sie nicht nach Kanada einreisen durfte.

Und Deka sollte hinzufügen, dass es eine Menge brauchte, um von Kanada verbannt zu werden. Die Bedingungen ihrer Landesverweisung verboten es ihr, darüber zu sprechen. Man musste nicht erwähnen, dass sie Poutine nicht ansehen konnte, ohne zu kichern.

»Gute Zeiten«, sagte Babette mit einem Seufzen.

»Ja, das waren sie.« Deka wurde einen Moment lang nachdenklich – es tat fast weh. »Warum sagst du ihr nicht, dass du Französisch als zweite Sprache lernen willst?«

»Ja, das wird nicht funktionieren. Diese Ausrede habe ich schon benutzt, als ich ihr sagte, sie solle den Teich mit Fröschen füllen.«

»Daran erinnere ich mich. Sie waren köstlich.« Besonders wenn sie paniert und frittiert wurden.

»Vielleicht sollte ich so tun, als wäre ich eine fürsorgliche Cousine, und Tantchen sagen, dass sie dich nicht allein losschicken soll.«

Daraufhin kicherten sie beide.

Am Ende erzählte Babette Tante Zahra einfach, dass sie glaubte, die örtliche Polizeichefin sei in sie verliebt, und dass sie, sobald sie den Ehemann los sei, vorhätten, gemeinsam abzuhauen und eine Hippie-Kommune in der Wüste zu gründen, die sich dem spirituellen Genuss des Peyote-Rauchens widmen würde.

Kurzerhand wurde Babette dazu verdonnert, mit Deka einen Europa-Urlaub erster Klasse zu machen – was bedeutete, dass sie die Anzugträger, die neben ihnen saßen, in den Wahnsinn treiben konnten –, und sie bekamen eine luxuriöse Suite im Hotel Vier Jahreszeiten George V.

Nur das Beste für die Silvergrace-Töchter.

Aber Deka hatte nicht vor, das Hotelzimmer lange zu benutzen, denn wenn ihr Plan funktionierte, würde sie bald mit Samael zusammen sein.

»Mach dir keine Sorgen, mein heißer Muffin. Ich komme dich holen.« Und es war Babette, die ihrer Aussage ein unheilvolles Lachen hinzufügte.

KAPITEL ZWEI

Die Ankunft in einer fremden Stadt, in der jeder eine andere Sprache zu sprechen schien, hätte jeden anderen vielleicht abgeschreckt.

Nicht Deka. Was auch immer der Portier ihr zurief, war wahrscheinlich so etwas wie: *Hey, Sexy, lass mich dir eine Transportmöglichkeit besorgen.*

Nicht nötig. Sie fand eine. Das Taxi hielt vor dem Portikus an. Was für ein Zufall, dass sie es als Erste in den Wagen schaffte.

Die Dame mit zu viel Make-up – so viel, dass es sich in ihren Falten festsetzte – schüttelte eine Faust. Als wäre es Dekas Schuld, dass der Mensch mit seiner Gehhilfe zu langsam war, um einzusteigen.

Der Fahrer, ein bulliger Kerl mit Turban und üppigem Bart, drehte sich zu ihr um. Er brabbelte etwas. Sie nahm an, dass es in etwa so lautete: *Hey, hübsche Frau, wohin darf ich Sie an diesem schönen Tag fahren?*

Wer brauchte schon eine zweite Sprache zu lernen, wenn sie einfach Mimik und Absicht entziffern konnte?

»Bringen Sie mich in ein Museum. Das große mit den

vielen alten Sachen.« Denn laut des Ladungsverzeichnisses, das sie sich ausgeliehen hatte – ohne Erlaubnis, denn eine Silvergrace sollte nicht fragen müssen –, war ein Museum das Ziel der Kiste, die sie verfolgt hatte.

Der Mann brüllte und gestikulierte noch mehr, während der Portier sich vergewisserte, dass die Tür fest verschlossen war, indem er daran zerrte. Die Nettigkeit der beiden veranlasste sie, in ihrer Handtasche zu kramen und etwas Geld über den Sitz zu werfen.

»Museum. Pronto.« Das war Französisch für schnell. Oder war es Italienisch?

Ihr Fahrer schätzte ihr Trinkgeld offensichtlich sehr, denn er legte den Gang ein und raste davon wie ein geölter Blitz. Er hielt nichts von Geschwindigkeitsbegrenzungen, machte Gesten zu Autofahrern, die es wagten, ihm in die Quere zu kommen, und musste gelegentlich ruckartig bremsen, was ein Schleudertrauma verursachte. Ihre Art von Fahrer.

Bei der Geschwindigkeit, mit der er fuhr, würde sie ihr Ziel in Rekordzeit erreichen, denn ausnahmsweise war Deka verantwortungsbewusst und folgte einem Hinweis. Was Babette anging, so hatte Deka sie schnarchend im Bett zurückgelassen, weil der Mimosa, den sie ihrer Cousine verabreicht hatte, sie umgehauen hatte. Ihre Cousine konnte Champagner und K.-o.-Tropfen nie zusammen vertragen.

Aber Deka machte es nichts aus, allein loszuziehen. Es war ihr sogar lieber, denn sie wollte nicht, dass jemand anderes ihren Mann anpeilte, wenn sie ihn fand.

Das Taxi hielt schlagartig an und der Mann deutete auf den Taxameter. Sie überschüttete ihn mit weiteren Scheinen und wurde mit einem strahlenden Lächeln belohnt.

Als sie aus dem Wagen ausstieg, war selbst ihr verwöhnter Hintern von der Größe der Gebäude beeindruckt, vor denen sie stand. Sie waren größer als die Villa von Tante Zahra – was sie in ihrer Snapchat-Story vermerkte, als Deka damit im Hintergrund posierte – und hatten Statuen von Menschen statt Wasserspeier auf dem Dach.

Sie fragte sich, was die Gargoyle-Gilde dazu zu sagen hatte.

Die riesige Glaspyramide vor dem Museum war aus architektonischer Sicht interessant. Sie hätte auch besser ausgesehen, wenn ein Wasserspeier auf der Spitze gehockt hätte.

Vielleicht sollte sie diesen Vorschlag in ihren Briefkasten werfen.

Die Eintrittskarte – eine Frechheit, dass man ihr den Zutritt berechnete – kostete sie einen weiteren Teil ihres Bargelds.

Die Weite des Ortes beeindruckte sie, auch wenn sie angesichts der vielen alten Dinge, die ausgestellt waren, die Nase rümpfte. Würde es sie umbringen, einige der älteren Sachen zu modernisieren?

Es gab reichlich hässliche Gemälde sowie Statuen, denen Körperteile fehlten. Die meisten männlichen Statuen hätten ein wenig Handarbeit gebrauchen können, um sie etwas ansehnlicher zu machen. Wer hielt es für eine gute Idee, sie zu meißeln, nachdem sie offensichtlich eine kalte Dusche genommen hatten?

Deka wanderte durch einen Raum nach dem anderen, posierte mit der *Mona Lisa* – den Arsch in der Luft, um zu einem Live-Facebook-Post zu twerken –, packte eine Statue mit beachtlichen Hoden und schlug in einem der langen Flure sogar Räder.

Aber einen Drachen fand sie nicht.

Nicht einen einzigen. Nicht einmal einen Geruch, der auf einen hinwies.

Deshalb ließ sie sich schließlich von den Wachen einholen.

Sie packten sie an den Armen, aber wenn eine Drachin sich nicht bewegen wollte, konnte niemand, schon gar nicht zwei mickrige Menschen, sie dazu bringen. Deshalb erschien einen Moment später ein schlanker Mann im Anzug mit Pornobalken, der äußerst erpicht zu sein schien, mit ihr zu sprechen.

»Mizz, Zie muzzen gehen«, sagte er mit einem bezaubernden Lispeln.

»Nicht bevor Sie mich zu meinem Drachen gebracht haben.«

Der Mann blinzelte sie an, offensichtlich beeindruckt von ihrer perfekten Aussprache.

»Ez gibt hier keine Drachen«, sagte er, wobei er wieder seltsame Dinge mit der englischen Sprache machte.

»Daz izt eine Luge!«, erklärte sie und stieg in das Spiel ein.

»Gehen Zie, oder ich rufe die Polizei.«

»Werden die Beamten Handschellen benutzen?«, fragte sie. »Ich mag Fesselspiele. Aber mein zukünftiger Gefährte mag es vielleicht nicht, wenn ich vor unserer Hochzeit flirte. Anstatt mich also in Versuchung zu führen, sollten Sie mir sagen, wo er ist.«

»Wo wer izt?«, fragte der kleine Mann.

»Samael. Mein zukünftiger Ehemann. Ungefähr so groß.« Sie streckte die Arme aus. »Irgendwie schuppig. Sieht aus wie ein Drache, weil er ein Drache *ist*.«

Wieder blinzelte er sie an. Sie fragte sich, ob sein Hörgerät vielleicht neue Batterien brauchte.

Sie sprach langsamer und achtete darauf, dass er ihre Lippen sehen konnte. »Ich weiß, dass Sie über ihn Bescheid wissen. Jeder auf der Welt weiß über Samael und seinen Bruder Remiel Bescheid. Sie waren im Fernsehen.«

»Ez gibt hier keine Drachen.«

Die Erwiderung entlockte ihr ein Seufzen. »Hören Sie, ich weiß, dass eine Kiste mit meinem Verlobten an Ihr Museum geliefert wurde. Sagen Sie mir einfach, wo sie hin ist, und ich gehe. Wenn Sie es mir nicht sagen, dann ...« Sie beugte sich vor und brachte so viel von ihrer inneren Bestie hervor, dass ihre Augen grün leuchteten. »Dann werden Sie Ihren ersten Drachen kennenlernen. Habe ich schon erwähnt, dass ich einen wirklich langen Schwanz habe?« Sie schaute sich in der Galerie voller zerbrechlicher Vasen und Glasvitrinen um.

Seine Augen weiteten sich und zeigten endlich anständige Wertschätzung. »Ich weizz nichtz von diezem Paket, aber wenn Madame mit mir kommt, werden wir nachzehen. Und dann werden Zie gehen, *oui*?«

»Ich will nur meinen heißen Muffin. Also, gehen Sie voran, kleiner Mann.« Sie riss ihre Arme los und folgte dem Anzugträger, der in seiner Eile, ihr zu gefallen, fast joggte.

So nette Leute, diese Franzosen.

Leider konnte er nicht viel tun, um ihr zu helfen. Er fand zwar die Versandquittung für die Kiste, aber die Suche nach dem Paket blieb erfolglos.

»Ez cheint zu fehlen.« Francois schien ziemlich beunruhigt zu sein.

Sie tätschelte ihm den Arm. »Nehmen Sie es nicht zu schwer. Ich bin sicher, Sie finden einen guten Job, nachdem Sie gefeuert wurden.« Nur nicht bei einer der Silvergrace-Firmen. Ernsthaft, wie schwer war es, eine verschwundene mysteriöse Kiste zu finden – die es eigentlich gar nicht geben sollte?

Da das Museum in eine Sackgasse führte, musste Deka umdenken. Nachdenken war harte Arbeit, die eine Schachtel voller Croissants, ein Baguette und eine Flasche Rotwein erforderte. Sie ließ alles auf Babette fallen, die mit einem Schnauben und einem Sabberfaden im Mundwinkel aufwachte.

»Wazizt?«, fragte sie verschlafen.

»Heilige Scheiße, Babette. Eine Nacht hier und du sprichst schon wie eine Einheimische.«

Ein Schubs brachte Babette in eine sitzende Position und die Weinflasche rollte bedenklich nahe an die Bettkante heran. Gut, dass sie leer war. Deka war nach den zwei Stunden anstrengender Suche sehr durstig gewesen.

Babette rieb sich das Gesicht und schaffte es, den Blick zu fokussieren. »Wo warst du?«

»Auf der Jagd nach meinem Verlobten.«

»Du bist verlobt? Ich nehme also an, du hast ihn gefunden?«

»Nicht ganz. Aber es ist nur eine Frage der Zeit, und wenn ich ihn gefunden habe, wird er sicher keine lange Verlobung wollen.«

Babette blinzelte, ähnlich wie Louis – der kleine Mann im Anzug –, und Deka musste sich fragen, ob etwas in der Luft lag, das die Leute unfähig machte, einfache Logik zu verstehen.

»Hast du irgendwelche Hinweise auf seinen Aufenthaltsort gefunden?«, fragte Babette schließlich.

»Nein. Aber ich habe dir Frühstück gebracht.«

Babette beugte sich vor und öffnete die Schachtel mit den Croissants. Sechs Geschmacksrichtungen waren drin. »Warum fehlt von jedem ein Bissen?«

»Ich habe sie natürlich getestet.« Deka rollte mit den Augen. »Du wirst dich darüber freuen, dass sie köstlich sind.«

»Also, was kommt als Nächstes?«, fragte Babette, die sich den Mund mit der blättrigen Leckerei vollstopfte.

»Ich weiß es nicht. Louie hat gesagt, dass er mich anruft, wenn er etwas Neues über die Kiste erfährt.«

»Louie ist wer?«

»Mein neuer Freund aus dem Museum. Du solltest mal seinen Spitznamen für mich hören. Die verrückte Zlampe. Der Akzent ist bezaubernd. Ich werde ihn vielleicht dazu bringen, ihn für mich als Klingelton für die Familie aufzunehmen.«

»Wo suchen wir als Nächstes?«

»Als Nächstes besuchen wir unsere lang verschollene Familie.«

»Sie ist nicht wirklich verschollen, da wir eine Adresse haben.«

»Wie auch immer. Putz dich raus, wie Tantchen sagen würde, denn ich habe gehört, die französische Seite des Silbernen Septs ist hochnäsig.«

Die französischen Cousinen waren außerdem alles andere als beeindruckt von den amerikanischen Cousinen, die in Designerjeans, die an beiden Beinen bis zum Schritt zerrissen waren, in Korsetts, die ihren natürlichen Busen zur Schau stellten, und in knöchelhohen Turnschuhen vor ihrer Haustür auftauchten.

Total neidisch auf unseren Stil. Deka hielt den Kopf hoch erhoben. Tante J hielt den ihren noch höher.

Tante Josephine blickte außerdem über ihre Adlernase von oben auf sie herab, als sie fragte: »Hast du eine Kiste mit meinem Verlobten darin gesehen?«

Das brachte ihr ein Schniefen ein, was sich zu einem hochnäsigen *Nein* übersetzen ließ.

»Was ist mit einem Psycho mit glühenden roten Augen aus einer anderen Dimension –«

»Wir wissen nicht, ob es aus einer anderen Dimension kommt«, unterbrach Babette im Flüsterton.

»Es hat Anastasias Körper übernommen. Natürlich kam es von woanders her«, sagte Deka mit einem Augenrollen.

»Tante Zahra hat gesagt, wir sollen nicht darüber reden.«

»Verdammt, du hast recht. Soweit wir wissen könnte Tante J hier auch eine Leichenfledderin sein.« Ein messerscharfer Blick konnte ihre stoische Haltung nicht durchbrechen. »Ich werde dich überprüfen müssen.«

Tante J schätzte Dekas Entschlossenheit nicht, herauszufinden, ob sie echt war oder nicht – die gute Nachricht: Das Gesicht ließ sich nicht wie eine Maske abziehen. Die schlechte Nachricht? Ähnlich wie bei anderen Sept-Zugehörigen wurden Deka und Babette auf die Straße geworfen, woraufhin Deka rief: »Wenn du eine Kiste mit einem Drachen oder meinen Verlobten siehst, ruf mich an. Ich bin im Hotel.« Und dann, nur für den Fall, dass Tante J die Adresse nicht kannte, sagte sie sie laut auf. Zweimal.

Knall. Die Tür hielt wunderbar.

»Und das war's«, sagte Deka mit einem zufriedenen Grinsen. »Jetzt haben wir unsere familiäre Pflicht erfüllt. Nicht unsere Schuld, dass wir uns nicht verstanden haben.«

»Womit wir machen können, was wir wollen.« Babette kicherte. »Du bist hinterhältig, Kalb. So hinterhältig.«

»Ich weiß.« Es war eine Gabe.

Auf dem Rückweg zum Hotel wurden sie von niemandem belästigt, obwohl sie durch einige ziemlich dunkle Gassen gingen.

Paris war nicht so lustig wie erwartet, obwohl sie es an Versuchen nicht mangeln ließen.

Deka verbrachte die nächsten Tage damit, weitere Museen zu besuchen und bei Louie vorbeizuschauen, der mit einer Armbrust auf sie zielte – der Mann liebte es zu spielen, aber wenn er schon Pfeile schoss, sollte er wirklich lernen, sie zu fangen, wenn sie sie zurückwarf.

Überall, wo Deka hinkam, fragte sie lautstark nach ihrem vermissten Drachen und gab jedem, den sie traf, ihre Kontaktinformationen.

Wäre nicht die Tatsache gewesen, dass Deka Samael nicht finden konnte, hätte sie ihren Urlaub in Paris als Erfolg bezeichnet. Sie wurde vom Eiffelturm verbannt, weil sie dort ein Selfie machte – oben ohne. Sie wurde aus allen möglichen Restaurants rausgeworfen, da die Gäste scheinbar ihr Essen nicht mit ihr teilen wollten, damit sie sich entscheiden konnte, was sie bestellen sollte. Selbst das Hotel stellte ihr ein Ultimatum, nicht mehr in der Küche anzurufen, um zu fragen, ob sie Prinz Albert in der Dose hatten.

Nachdem jede Spur und jede Ecke, in die sie spähte, zu nichts führte, begann sie sich beinahe zu fragen, ob sie scheitern würde. Das wäre das erste Mal und keine Leistung, die sie sich angewöhnen wollte.

Da ihre Eskapaden nicht gerade diskret waren, erfuhr Tante Zahra von ihren Heldentaten und bestellte sie aus purem Neid, dass sie Deka bei ihrem Urlaub keine Gesellschaft leisten konnte, nach Hause.

Ich kann nicht nach Hause gehen. Nicht, bevor ich ihn gefunden habe.

Die Zeit wurde knapp und es gab noch so viele Kneipen, aus denen sie noch nicht rausgeworfen worden war.

Aber schließlich trug all ihre Arbeit Früchte.

Als sie aus einer Taverne, wo die köstlichsten Beilagen serviert wurden, in die Gasse taumelte, in der jemand alle Laternen zerschlagen hatte, bemerkte sie einen deutlichen Mangel an Geruch.

Normalerweise wäre das in einer nach Müll stinkenden Gasse eine gute Sache, aber sie blickte direkt auf Gesindel aus Männern und Frauen. Hart aussehende Wyvern, die Leder und Ketten trugen.

»Bist du die Frau, die nach Samael sucht?«, fragte der große Glatzkopf an der Spitze der Gruppe.

Aufregung brodelte in ihr. »In der Tat, das bin ich.«

»Du musst mit uns kommen.«

»Mit dem größten Vergnügen«, rief sie, wobei sie breit und einladend lächelte. »Ich habe mich schon gefragt, was ein Mädchen tun muss, um hier entführt zu werden.« Sie streckte die Hände aus. »Bringt mich zu eurem Anführer.«

Halte durch, mein heißer Muffin. Ich bin auf dem Weg.

KAPITEL DREI

Eine plappernde weibliche Stimme weckte ihn.

»Könntest du dich beeilen, Lakai der Dunkelheit? Ich bin schon gespannt auf meine kerkerartige Unterkunft. Aber ich wünschte, du hättest mir mein Handy gelassen. Wie soll ich Snapchats über meine Inhaftierung machen? Hast du eine Ahnung, wie viele Aufrufe ich bekommen würde? Ganz zu schweigen von dem Neidfaktor, weil ich in Europa Urlaub gemacht habe und von jemandem mit einem Schloss entführt wurde.«

Das helle Geräusch an diesem Ort der Schmerzen und der Dunkelheit ließ ihn den Kopf heben. Eine Kette rasselte mit der Bewegung, ein disharmonisches Geräusch, das ihn an seinen Status erinnerte.

Nur ein Gefangener. Eine gebrochene Hülle des Mannes, der er einst gewesen war.

Wie lange war es her, dass er ganz oben gestanden hatte? Jede seiner Launen wurde befriedigt. Jedes seiner Laster wurde erfüllt. Frauen, Alkohol, Reichtum und mehr ... er hatte alles.

Aber das war früher gewesen.

Wie lange schon? Die Tage der Folter und der abscheulichen Tränke verschmolzen miteinander, sodass es ihm vorkam, als sei eine Ewigkeit vergangen. Jetzt erinnerte er sich nur noch in seinen Träumen an die guten Zeiten, denn wenn er aufwachte, erlebte er einen Albtraum.

Wie dramatisch.

Halt die Klappe.

Er hatte sich das Recht auf seine Melancholie verdient.

Dann unternimm etwas dagegen.

Die innere Stimme schien nicht zu erkennen, dass es sinnlos war, es zu versuchen.

Genauso wie die Frau, die den Flur hinunterhüpfte, noch immer eine fröhliche Einstellung hatte. Das würde sich bald ändern.

Er wagte einen Blick durch die Gitterstäbe am anderen Ende seines höhlenartigen Gefängnisses und sah die nackten Beine einer Frau in einem kurzen Kleid, die an ihm vorbeisprang.

»Ist es diese hier?« Sie zeigte auf seine Zelle. »Oder die da?« Sie deutete auf die Zelle gegenüber von ihm. Sie ging weiter, immer noch im Gespräch. »Ooh, da gibt es Ratten. Kann ich die da haben?«

»Halt«, gurgelte der Gefängniswärter, eine widerliche Kreatur, die er während seiner Gefangenschaft kennengelernt hatte. Halb Schnecke, halb noch ekligere Schnecke, war der Gefängniswärter derjenige, der ihn zu seiner Bestrafung geschleppt hatte.

»Aber die am Ende habe ich noch nicht gesehen«, sagte die Frau mit einer schmollenden Stimme, die viel zu niedlich für diesen Ort war. »Mutter rät immer, nach einem Eckzimmer zu fragen. So ist es weniger laut. Hat eine der Zellen ein Fenster?«

Begriff die törichte Frau den Ernst ihrer Lage nicht? Wie konnte sie es wagen, so fröhlich zu klingen?

Wie konnte der helle Klang es wagen, etwas Kaltes und Schlummerndes in ihm zu wärmen!

»Komm hierher zurück. Diese Zellen sind nicht für Leute wie dich.« Der Gefängniswärter klimperte mit den Schlüsseln vor seiner Zelle.

Nein, keinen Mitbewohner. Er wollte sich allein in seinem Elend suhlen.

Aber sie klingt so lecker, flüsterte die Bestie in ihm. *Und wir sind so hungrig nach Fleisch.* Die Ratten, die sie so bewunderte, verirrten sich nicht mehr in seine Nähe.

»Die da?« Die Frau tauchte wieder auf, mit dem Rücken zu ihm gewandt. Ihr platinafarbenes Haar berührte ihre Schultern und der Rock ihres Kleides umspielte ihren prallen Hintern. »Sie ist rie-e-e-sig.« Gefolgt von einem Kichern.

Die dumme Frau scherzte. Hatte sie die Gefängniszelle nicht bemerkt? Andererseits wurde sie aber vielleicht auch von den Gitterstäben mit ihrem irreführenden trüben Aussehen verwirrt, die sich leicht hätten biegen lassen sollen, außer dass sie brannten, wenn er die Metalllegierung berührte.

Was ist das? Woraus auch immer die Gitterstäbe bestanden, es wirkte wie Kryptonit. Das hatte er auf schmerzhafte, blasenbildende Art und Weise gelernt.

Die Zelle gegenüber hatte die gleiche Art von Gitterstäben, und jetzt würde sie einen neuen Insassen bekommen. Jemanden wie ihn. Jemanden mit einer Stimme, die er nur entfernt erkannte.

Sie hat mich nach der Begegnung mit den Wyvern auf dem Dach in die Enge getrieben und gesagt: »Hey, Hübscher, wollen wir es treiben?«

Damals hatte er ihr Angebot nicht angenommen, da er zu sehr damit beschäftigt gewesen war, dass sein Bruder ihm das Rampenlicht stahl.

Aber jetzt war sie hier, ein Teil seines Albtraums.

Es gibt nichts, was ich tun kann.

Willst du es nicht einmal versuchen?

Was soll es bringen?

Während er mit sich selbst haderte, wirbelte sie zu seiner Zelle herum und er bemerkte ihre schlanken Knöchel, die zu kräftigen Waden führten.

Waden, die dafür gemacht sind, sich um meine Taille zu legen.

Sie konnte nicht stillhalten und hüpfte auf ihren Fußballen, während sie ihn direkt anstarrte. Sicherlich seine Einbildung. Niemand konnte in die dunkelste Ecke sehen, in der er sich versteckt hatte.

Er ließ den Blick nach oben wandern, wo er den rosafarbenen, schmutzverschmierten Stoff ihres Kleides sah, das vorn tief ausgeschnitten war und ihre Brüste umspielte.

Das Dekolleté weckte fast den Hunger, den er schon lange nicht mehr verspürt hatte.

Er konnte ihre Hände nicht sehen, da ihre Handgelenke hinter dem Rücken gefesselt waren. Da er bereits in derselben Position gewesen war, wusste er, dass die Fesseln aus dem gleichen Material wie die Gitterstäbe bestanden, aber mit Stoff überzogen waren. Das verhinderte, dass die Haut bei Berührung brannte, ließ sich jedoch nicht zerreißen.

Die Frau, die sie trug, schien das nicht zu stören. Sie wippte auf den Fersen, als der Wärter den ersten von drei Schlüsseln in das Schloss der Zelle gegenüber der seinen steckte. Es musste schnell gehen, einer nach dem anderen, damit die Tür aufsprang. Das bedeutete, dass es absolut nichts brachte, eines davon zu knacken, da er die anderen beiden nicht schnell genug knacken konnte. Normalerweise brach die Feder, die die beiden Schlösser miteinander verband, während er am dritten arbeitete, und die Schlösser fielen mit einem frustrierenden Klicken zurück.

Auch bekannt als das Geräusch des Scheiterns. Davon hatte er inzwischen eine ganze Sammlung.

Sie kam näher, wobei ihre Nase beinahe die Gitterstäbe berührte. »Wer ist in der anderen Zelle?«

Obwohl er regungslos im Schatten blieb, der das hintere Ende seines Gefängnisses verdeckte, hatte sie seine Anwesenheit bemerkt. Oder wohl eher gerochen. Er hatte schon seit einer Weile nicht mehr gebadet. Das war auch gut so, denn Sauberkeit bedeutete für gewöhnlich einen Besuch von *ihr*.

»Mach dir keine Sorgen um ihn. Er redet nicht mehr viel, seit die Oberherrin ihn gebrochen hat.«

»Wie gebrochen?«, fragte sie und wandte sich ab.

»Das wirst du bald sehen.« Das unheilvolle Lachen jagte ihm einen Schauer über den Rücken, denn er wusste es. Er wusste, welcher Schmerz sie erwartete.

Rette sie.

Nicht mein Problem. Er war kein Held gewesen, bevor das alles passierte, und er hatte auch nicht vor, jetzt einer zu werden.

»Rein mit dir.« Der Wärter wollte sie schubsen, aber sie war schneller, hüpfte in ihr neues Zuhause und wirbelte herum, um zu sagen: »Das ist einfach furchtbar.« Sie grinste. »Ich liebe es. Babette wird so wütend sein, dass sie nicht mit mir trinken gegangen ist. Sie wird nicht behaupten können, dass sie von einer bösen Oberin erwischt wurde –«

»Oberherrin.« Der Titel, auf den seine Entführerin

bestand. Es fiel ihm leichter nachzugeben, nachdem ihm die wiederholte Verwendung des Wortes Schlampe einen Körper voller Prellungen beschert hatte.

»Wie auch immer. Das ist episch. Obwohl es mit einer Kamera noch epischer wäre, zwinker, zwinker.«

Der Wärter antwortete nicht, sondern schlug stattdessen die Tür der Zelle zu. Es war kein Schlüssel nötig, um sie mit einem lauten Klicken automatisch zu schließen.

»Dreh dich um. Gib mir deine Hände. Ich werde dir die Handschellen abnehmen«, befahl der Wärter.

Die Handschellen wurden erst abgenommen, nachdem man sicher in der Zelle saß.

»Und wenn ich sie behalten will?«

Der Gefängniswärter knurrte. »Sei nicht so schwierig.«

»Oder was? Du wirst mir den Hintern versohlen. Mein Verlobter würde das wahrscheinlich nicht gut finden. Da du also darauf bestehst.« Sie wirbelte herum und streckte ihre Hände durch die Gitterstäbe, dann zischte sie, als der Wärter daran zerrte, sie gegen das Metall drückte und ihre Haut verbrannte, als er die Handschellen abnahm.

»Verdammt, Jabba. Diese Gitterstäbe sind aus echtem Dracinore gemacht. Ich dachte, das Zeug wäre ausgestorben.«

»Da hast du falsch gedacht«, war die Antwort. »Du solltest dich besser ausruhen. Die Oberherrin wird dich später holen.«

Ging es nur ihm so oder verdienten diese Worte eine musikalische Untermalung wie *dun-dun-dun*?

Die Schritte des Gefängniswärters entfernten sich, gefolgt von einem entfernten dumpfen Schlag, als die Tür zum Kerker zugeschlagen wurde. Wieder allein in fast vollkommener Dunkelheit, abgesehen von der einen flackernden Fackel in der Halle.

Aber du bist nicht mehr allein.
»Huhu. Du kannst jetzt rauskommen«, sang sie.
Antworte ihr.
Warum? Was kann ich sagen? Oh, hey, willkommen in meinem Albtraum. Ich hoffe, du hast eine hohe Schmerzgrenze, nicht dass es eine Rolle spielt. Die Oberherrin wird dich in kürzester Zeit zum Schluchzen bringen.
Jammerlappen.
Verpiss dich.
»Würde es dich umbringen, Hallo zu sagen?«
Moment, das war nicht sein Verstand, der da sprach, sondern sie.
Sie näherte sich den Gitterstäben. »Es hat keinen Sinn, sich zu verstecken. Ich weiß, dass du da bist.«
Er hielt still.
»Hör zu, ich verstehe, dass du überwältigt bist. Ich meine, es kommt nicht jeden Tag vor, dass deine Zukünftige, die umwerfend schön ist, dir zu Hilfe kommt. Manche Männer würden das als entmannend empfinden, aber ich bin sicher, du bist so weit entwickelt, dass dir das egal ist.«
Mich retten? Ein Drache brauchte keine Frau, die ihm zu Hilfe kam.
Hast du dein momentanes Dilemma nicht bemerkt?
Welchen Teil von verpiss dich verstehst du nicht?
»Nur für den Fall, dass du unter einer Art Amnesie leidest: Ich bin es, Deka Silvergrace. Wir haben uns vor einiger Zeit kennengelernt, als du in deiner Phase des bösen Herrschers warst.«
Warum hatte er den Eindruck, dass sie nicht die Klappe halten würde, bis er eine Antwort gab?
Mit einem gedanklichen Seufzer schrumpfte er und presste seinen ganzen schönen Körper in die begrenzte Gestalt eines männlichen Menschen. Eines schmutzigen,

stinkenden Menschen mit zotteligem Bartwuchs und ohne Kleidung. Er blieb im Schatten, und das nicht nur, weil das Halsband ihn fesselte. Er wollte nicht, dass die Frau, die praktisch mit einem silbernen inneren Licht erstrahlte, sah, wie tief er gefallen war.

»Was ist das für ein Geruch?«, rief sie aus.

»Halt die Klappe.«

Das ist die richtige Art, eine schöne Frau zu begrüßen.

Du kannst auch die Klappe halten.

Diese Unterhaltungen mit sich selbst machten ihn ein wenig verrückt.

»Es spricht!«, krähte sie. »Gegrüßt seist du, Samael. Der stinkende, böse Herrscher.«

»Ich sagte, halt die Klappe!« Er sprang auf die Füße und näherte sich den Gitterstäben, wobei er sich aufbäumte und die Kette mit ihm rasselte. Er achtete darauf, sie nicht zu berühren, damit es nicht brannte. Er hatte bereits genügend Narben.

Sein Sprung brachte ihn aus dem Schatten heraus und ihre Augen weiteten sich.

»Heiliger Captain Höhlenmensch. Weißt du, Muffin, ich fand dich schon vorher heiß, aber diese ganze ungezähmte Sache, die du da abziehst, ist auch ziemlich sexy.«

»Warum quasselst du so viel? Hast du irgendeine Ahnung von der Schwere der Situation?«

»Meinst du wie die Schwerkraft? Ich dachte, die ist überall auf der Erde gleich. Das hat mein Physiklehrer mir erzählt. Oder war das falsch? Gibt es eine Verschwörung, die verhindern soll, dass wir die wahre Schwerkraft, die auf einen Körper wirkt, wirklich kennen? Ist das der Grund, warum meine Waage zu Hause immer fünf Kilo weniger anzeigt als beim Arzt?«

Die Richtung, in die ihre Gedanken gingen, war so drastisch, dass er sie nicht mit einer Antwort würdigte. »Wie bist du hierhergekommen? Wie haben sie dich gefangen genommen?«

»In einer Gasse vor einem Klub. Ich war mir aber sicher, dass sie im Hotel hinter mir her sein würden. Ich habe sogar dafür gesorgt, dass die Balkontür jede Nacht offen stand. Aber nein, sie waren so klischeehaft bei ihrer Entführung.«

»Du klingst, als hättest du es erwartet.«

»Na, was denn sonst? Ich bin ja nicht umsonst durch Paris gezogen und habe überall Hinweise hinterlassen, weißt du.«

»Wir sind in Paris?« Er hatte sich über seinen Aufenthaltsort gewundert, denn das Letzte, woran er sich erinnerte, war ein Lagerhaus, dann das Innere einer Kiste und dann diese Zelle.

»Ja, Paris, die Stadt der Liebe. Sie wird unserer Geschichte ein romantisches Element hinzufügen, wenn wir sie unseren Kindern erzählen.«

Das machte ihn sprachlos. »Was zum Teufel hast du gesagt?«

»Ooh, hör dir an, wie du schlimme Wörter benutzt. Gut, dass Tante Yolanda nicht hier ist. Ihr ist es egal, ob du der Bruder des Goldenen Königs bist. Sie würde dich dazu bringen, etwas von diesem ekligen Öl zu schlucken. Was, wie ich hinzufügen möchte, ziemlich blöd ist, weil ich es normalerweise ausspucke und etwas noch Schlimmeres sage.«

Er konnte ihr nicht folgen, also machte er sich nicht die Mühe, es zu versuchen. »Warum wolltest du gefangen genommen werden?«

»Um dich zu finden natürlich. Ich habe meiner Familie gesagt, dass du zu mir gehörst, aber die anderen wollten nicht helfen. Was cool ist. Ich meine, ich kann dich auf jeden Fall selbst retten. Also Kopf hoch, mein sexy Muffin. Ich bin hier, um dich nach Hause zu bringen.«

KAPITEL VIER

ARMER KERL. ER WAR VON SEINEN GEFÜHLEN ÜBERWÄLTIGT. ER keuchte und würgte in seiner Zelle.

Sie griff nach den Gitterstäben, fest entschlossen, bei ihm zu sein, nur um die Luft einzuziehen, als das Metall die Haut an ihren Händen versengte. Sie riss ihre armen, misshandelten Gliedmaßen zurück und starrte auf die beleidigenden Gitterstäbe.

Blödes Dracinore. Sie hatte das Metall am Knie ihrer Mutter kennengelernt. Xylia, die ansässige Alchemistin des Silbernen Septs, besaß eine winzige Probe. Deka erinnerte sich noch gut an die brennende Lektion, als sie es mit ihrer pummeligen Faust vom Arbeitstisch ihrer Mutter gegriffen und in den Mund gesteckt hatte – sie hatte eine Phase durchgemacht, in der sie alles verschluckte, von dem ihre Mutter ihr sagte, sie solle es nicht anrühren. Es führte zu ein paar Besuchen in der Notaufnahme und einigen Röntgenbildern, die eingerahmt an den Wänden ihres Horts hingen.

Ihre Mutter hatte sie dazu gebracht, das Zeug auszuspucken und dann mit einer Kochsalzlösung zu gurgeln, um die Wirkung zu neutralisieren. Deka erinnerte sich daran, dass sie versucht hatte, nicht zu weinen – denn laut ihrer Cousine Gilly weinten nur verweichlichte Babys.

Während Mutter Deka auf den Schoß nahm und sie sanft schaukelte, hatte sie ihr erklärt, warum es so wehtat – schlimmer noch als die Bleiche, die sie geschluckt hatte, um ihrem Blut die gleiche Farbe wie ihrem Haar zu verpassen.

»*Dieses Stück Metall ist Dracinore, mein Mädchen. Das gefährlichste Metall, das unsere Art kennt.*«

»*Es brennt*«, lispelte sie.

»*Stimmt. Und es ist schwieriger, sich davon zu erholen, weil es uns auf zellulärer Ebene angreift und unsere schnelle Heilungsfähigkeit behindert. Du kannst diesem Metall die Schuld für unseren Untergang geben. Jemand hat unseren Feinden große Mengen von Dracinore gegeben und sie haben daraus Schwerter und Pfeile gemacht. Ohne es zu ahnen, fielen wir zu Hunderten durch ihre Waffen.*«

»*Warum haben sie das getan?*«, fragte sie. »*Warum*« war ihr Lieblingswort, zusammen mit »*Hey, Babette, willst du da runterspringen?*«.

»*Warum sonst, als um die größte Spezies aller Zeiten zu töten. Die anderen Rassen haben uns immer beneidet. Vor allem die Menschen haben uns gefürchtet. Anstatt uns als die überlegene Spezies zu dienen, wollten sie uns lieber ausrotten. Das ist ihnen auch fast gelungen. Aber trotz unserer schweren Verluste haben wir uns erholt. Wir wurden noch hinterlistiger als die Jäger. Jahrzehntelang versteckten wir uns vor den tödlichen Waffen und ließen die Menschen glauben, wir seien ausgestorben. Aber in der Zwischenzeit schmiedeten wir Pläne. Unsere Vorfahren infiltrierten die Burgen derer, die uns angriffen. Sie sammelten alle Dracinore-Waffen ein. Jede einzelne von ihnen.*«

»*Wo sind die Schwerter jetzt?*«, fragte die kleine Deka – denn eine mächtige Klinge, mit der man jeden erschlagen *konnte, vor allem diesen hasserfüllten Cousin Peter mit seinem schrillen Lachen, klang genau richtig.*

»Verschwunden. Jemand mit Magie hat einen Spalt geöffnet und das hässliche Metall zurück in die Dimension geworfen, aus der es kam. Bis auf dieses eine Stück.« Mutter hielt es mit einer Zange hoch.

Dann schlug sie auf Dekas Hand, als sie danach griff.

Die Lektion aus all dem? Iss keine Steine, und angeblich waren nur klitzekleine Stücke des Dracinore übrig geblieben.

Bis jetzt. Stichwort für die unheilvolle Musik.

Offensichtlich hatte jemand Zugang zu der Dimension, aus der es stammte, und hatte etwas davon mitgebracht, denn die Gitterstäbe ihrer Zelle waren damit überzogen.

Das Schlimmste daran? Das Zeug brannte nicht nur. Es hatte eine seltsame magische Eigenschaft, die es fast unmöglich machte, sich in ihren Drachen zu verwandeln, und die Kraft eines Drachen zunichtemachte. Selbst wenn sie die schmerzhafte Berührung hätte ertragen können, wäre sie nicht in der Lage gewesen, die Gitterstäbe zu verbiegen.

Das bedeutete, dass sie im Moment – igitt – nicht besser war als ein Mensch.

Die Scham. Apropos Scham ... jemand in der Zelle ihr gegenüber hatte keine.

»Was ist mit deinen Klamotten passiert?« Nicht dass es ihr etwas ausmachte, dass er nackt war. Trotz seines Aussehens wie Grizzly Adams hatte Samael nichts zu verbergen. Sein schlanker Körper – schlanker, als ihr lieb war – zeigte gut trainierte Muskeln, und er war ziemlich ... »Kannst du deine Hände bewegen? Ich versuche, dich abzuchecken.«

Er packte seine Kronjuwelen und funkelte sie an. »Ich habe dir nicht erlaubt zu glotzen.«

»Willst du mir etwa Befehle erteilen?« Sie klatschte in die Hände und hüpfte. »Wie aufregend. Mutter und die Tantchen machen das ständig, was bedeutet, dass ich dazu neige, nicht zu gehorchen. Aber bei dir weiß ich nicht, ob ich auf dich hören und gefällig sein soll.« Zwinker. »Oder ob ich nicht gehorchen soll, damit du mich bestrafst.« Zwinker, zwinker. Die Möglichkeiten brachten ihren Schritt fast zum Schmelzen.

»Hältst du jemals die Klappe?«

»Wenn mein Mund voll ist. Warum bewegst du nicht deine Hand, damit wir sehen können, ob du genug hast, um das zu erreichen.«

Der schwarze Blick schien nicht unbedingt kooperieren zu wollen.

Wie niedlich. Viel besser als der jämmerliche Haufen, den sie beim ersten Betreten des Kerkers gesehen hatte. Ein Gefängnis, das direkt aus einem zweitklassigen Film stammte, und sie ohne die Möglichkeit, ein Foto für ihr Erinnerungsalbum zu machen.

»Wann bekommen wir hier eigentlich was zu essen? Ich bin am Verhungern. In der Kneipe, in der ich mich betrunken habe, gab es nicht einmal Erdnüsse. Das nenne ich mal billig.«

»Wir bekommen eine Schüssel Haferschleim pro Tag.«

»Haferschleim, also eine Suppe aus Haferflocken mit Brocken.« Sie schüttelte den Kopf. »Das wird nicht reichen. Ich habe diesen Körper nicht mit Diätmist aufgebaut.« Sie deutete auf ihre Figur und freute sich festzustellen, dass er sie angemessen bewunderte. »Wir müssen uns etwas bestellen. Hast du Lust auf Pizza oder Chinesisch?«

»Du weißt schon, dass dies ein Gefängnis ist? Wir können nicht nach Essen rufen. Und auch keine Forderungen stellen. Wir sind hier nicht im verdammten Club Med.«

»Als würde Mutter mich dort unterkommen lassen. Der Club Med ist für Menschen.« Drachen wohnten in speziellen Resorts, in denen man sich die Schuppen schrubben und die Reißzähne schärfen lassen konnte.

»Ich habe genug von dir.« Er drehte sich um, um wegzugehen, wobei er seine prächtigen Gesäßmuskeln präsentierte. Ihren bewundernden Pfiff quittierte er mit einem Mittelfinger. Wahrscheinlich der, mit dem er sie beglücken wollte, wenn sie aus ihren gemeinen Zellen entkommen waren.

Wie süß von ihm, sie zu reizen.

Was ihre Flucht anging ...

Vielleicht habe ich den Mund zu voll genommen.

An einem großen Mund voll war nichts falsch, und der Witz ging auf seine Kosten. Sie hatte sein Gehänge bereits gesehen, als er nicht aufgepasst hatte. Im Ruhezustand war sein Schwanz eine dicke, schlummernde Bestie. Sie fragte sich, was nötig wäre, um ihn zu wecken, damit er sie vernaschte.

Trotz seiner Zurückweisung – die sie, hallo, nicht gebilligt hatte, also zählte sie nicht – sprach sie weiter.

»Was bieten sie hier zur Unterhaltung an?«

Totenstille.

»Gibt es noch andere Gefangene oder nur dich und mich, Hengst?«

Der Mann schwieg hartnäckig. Er spielte den Unnahbaren. Ihr Schritt explodierte förmlich vor Erregung.

»Also, du hast noch nicht erzählt, wie sie dich gefangen haben.«

Wieder Schweigen.

Das schreckte sie nicht ab. Nur weil er in seiner dunklen

Ecke verschwunden war, hieß das nicht, dass sie ihn Trübsal blasen lassen würde. Er sollte sich in dem Sonnenstrahl sonnen, der ihre Persönlichkeit war. Jetzt, da sie ihn in ihre Umlaufbahn gezogen hatte – in der sich alles um sie drehte –, würde er bald aus seiner depressiven Stimmung herauskommen und wieder zu seiner Persönlichkeit des bösen Herrschers zurückkehren.

»Oh, ist das ein Ratespiel? Ich fange an. Du wurdest gefangen genommen, nachdem du dich in einer gewaltigen Schlacht gegen Dutzende von Wyvern gewehrt hast, bis sie dich zahlenmäßig überwältigt haben.«

Er antwortete nicht.

»Sie schickten eine Doppelgängerin, die mein bezauberndes Gesicht trug und dich dazu bringen sollte, ihr zu vertrauen, damit sie nahe genug herankommen konnte, um dich zu betäuben.«

Ein Schnauben aus den Schatten. »Ich habe nie gesagt, dass du bezaubernd bist.«

»Das musstest du auch nicht.« Das verstand sich von selbst. Und siehe da, er hatte geantwortet. »Du musst tapfer in die Gefangenschaft marschiert sein, um mich vor dem Zorn dieser Oberin zu bewahren.«

»Du scheinst mich mit jemandem zu verwechseln, der nobel ist. In meiner Welt geht es nur um mich.«

Früher *ging es nur um dich. Du wirst bald erfahren, Hengst, für wen du existierst.*

»Mir gehen langsam die Möglichkeiten aus. Was bleibt dann noch? Oh, ich hab's. Dein Bruder Remiel war bei eurer Wiedervereinigung gerührt sowie beunruhigt über deine Existenz, und da er dich nicht töten konnte, hat er dich der Oberin übergeben, damit er sich nicht die Hände schmutzig machen musste.«

Wieder ein Schnauben. »Remiel hätte mich selbst getötet, wenn er die Chance dazu gehabt hätte. Zu seinem Pech hat er nie eine bekommen.«

»Außerirdische sind herabgestiegen –«

Er unterbrach sie. »Es war meine eigene Dummheit, die mich hierhergeführt hat. Ich war wütend und aufgebracht, nachdem Sue-Ellen –«

Hust. »Flittchen.« Hust.

»– meinen Bruder gewählt hatte.«

»Diese blasse Imitation eines Drachen ist nicht nötig. Du hast hier das Echte, Muffin.« Sie strich mit den Händen über ihre Kurven, und obwohl sie sein Gesicht nicht sehen konnte, stellte sie sich vor, dass er sie begierig anstarrte. Sie jedenfalls würde es tun, wenn die Rollen vertauscht wären.

»Willst du wissen, was passiert ist oder nicht?«

»Mach weiter.« Sie machte eine gebieterische Handbewegung.

Er seufzte. »Wie gesagt, ich war sauer und wollte zurück, was mein Bruder mir gestohlen hatte –«

»Was du, wie ich gehört habe, von ihm genommen hattest.« Was für ein reizender Mann, der von anderen nahm, um sich selbst zu bereichern. Deka lebte nach der gleichen Regel. Und sieh einer an. Sie wurden beide deswegen so missverstanden.

Er knurrte, ein leises, rumpelndes Geräusch, das sie fast dazu brachte, sich die Kleider vom Leib zu reißen und zu schreien: »Nimm mich.«

»Heb dir das Knurren für später auf. Ich will den Rest hören.«

»Der Rest beinhaltet, dass ich einen Anruf bekam, in dem mir gesagt wurde, dass ich Verbündete in Europa hätte und dass ich mich mit ein paar Leuten auf einem Flugplatz treffen sollte, damit sie mich aus dem Land schmuggeln könnten. Wie ein Idiot habe ich ihnen geglaubt. Ich stieg sogar selbst in die Kiste, inhalierte das Gas und dachte, ein Nickerchen wäre gut. Als ich aufwachte, fand ich mich hier wieder, ein Gefangener meiner eigenen Dummheit.«

»Es war eine plausible Geschichte. Es gibt Fraktionen innerhalb der Septs, die deinen Anspruch auf den Thron unterstützen würden.«

»Ist der Silberne Sept eine davon?«

Sie kicherte. »Nicht der nordamerikanische Zweig. Als würde Tante Zahra etwas anderem als einem vollblütigen Goldenen folgen. Selbst wenn Remiel verschwinden würde, würde sie zuerst den Mann ihrer Tochter unterstützen.«

»Du sprichst von Brandon, dem Sumpf-Alligator? Er wurde in einem Labor erschaffen.« Sein spöttischer Tonfall war nicht zu überhören.

»Ja, aber er gehört zur Familie. Du nicht.« Noch nicht.

»Du hast recht. Ich habe keine Familie, weil ich es versaut habe. Ich habe gezockt und verloren.« Eine so niedergeschlagene Antwort. Sie gehörte zu jedem, nur nicht zu ihrem bösen Herrscher.

»Warum bist du nicht geflohen?«

»Warum? Willst du mich verarschen?« Das lockte ihn aus den Schatten, einen wütenden nackten Mann, der sich an die Gitterstäbe heranpirschte, um sie anzufunkeln. »Glaubst du, ich habe es nicht versucht? Ich habe mir die Hände bis auf die Knochen verbrannt in dem Versuch, diese Gitterstäbe auseinanderzureißen.« Er hielt seine Handflächen hoch und zeigte ihr die Spuren der Narben. »Jedes Mal wenn der fette Wärter meine Zelle öffnete, habe ich versucht, ihn zu überwältigen und zu fliehen.«

»Sag mir nicht, dass Jabba stärker ist als ein Goldener Drache.«

»Natürlich nicht«, schnaubte er mit deutlicher Verachtung. »Aber er hat Zugang zu Tränken, die mich umhauen.

Dann legt er mir Handschellen an und ich bin nicht besser als ein mickriger Mensch.«

»Ich weiß nicht, wie sie damit leben können, so schwach zu sein«, sagte sie mit einem zustimmenden Nicken.

»Die Schwäche macht es unmöglich zu entkommen, und jeder Versuch wird bestraft.«

»Die Bestrafung ist flüchtig. Denk an die Qualen, die du deinen Feinden zufügst, wenn du entkommst.«

»Die Bestrafung tut verdammt weh und Rachegedanken bringen einen Scheißdreck, wenn dein Verstand von innen heraus geschunden wird.«

Trotz seines früheren Widerwillens zu sprechen erwies er sich jetzt als eine Quelle der Informationen. »Wer hält uns gefangen? Wer wagt es, den Zorn des Silbernen Septs zu beschwören? Wir werden die Haut von seinem Fleisch abziehen. Wir fressen seine Organe, eines nach dem anderen, während er stumm schreit.« Denn eine richtige Folter begann mit der Zunge und endete mit den Augen, wenn es nichts mehr zu sehen gab.

»Erstens ist es eine Sie, kein Er. Die Oberherrin ist eine Frau, aber ich bin mir nicht sicher, welcher Rasse sie angehört. Sie ist jedoch mächtig, mächtiger als du dir vorstellen kannst.«

»Ist sie dieselbe Person, die sich mit dem Blutroten Sept angelegt hat?« Die Betrügerin hatte den Körper der Hohepriesterin übernommen und allerlei Unheil angerichtet. Die Schande darüber würde die Blutroten noch jahrzehntelang an den unteren Rängen der Macht halten.

»Sie hat die Fähigkeit, jede beliebige Gestalt anzunehmen. Selbst das, was sie mir zeigt, ist wahrscheinlich nicht ihr wahres Gesicht.«

»Warum will sie dich?« Sie schüttelte den Kopf. »Egal.

Natürlich will sie dich. Ein männlicher Goldener Drache in seiner Blütezeit und ein Anwärter auf den Thron.«

»Scheiß auf den Thron. Das verdammte Ding hat mir nichts als Ärger eingebracht.«

»Sei nicht so voreilig.« Denn Deka wollte unbedingt eine Krone haben. Die Kälber zu Hause wären so neidisch.

»Ich habe genug von all der Politik und den Spielchen. Seit meiner Geburt heißt es immer: *Samael, tu dies, Samael, sag das*. Zwischen Anastasia, die mich am Schwanz herumführt, und Parker mit seinen gottverdammten Experimenten habe ich noch nicht mein eigenes Leben leben können. Meine eigenen Entscheidungen treffen können. Ich bin es leid, eine Marionette für andere zu sein.«

»Dann hör auf.«

Seine Augen wurden schmal. »Du sagst das, als wäre es einfach. Als hätte ich eine Wahl.«

»Weil du die hast. Du bist ein Drache. Und nicht nur ein Drache, sondern ein Goldener. Egal wie du geboren wurdest oder wer deine andere Hälfte ist, du gehörst zur mächtigsten Linie der Drachen. Du kannst buchstäblich alles tun, was du willst. Und bis auf einen Totalkrieg gibt es nichts, was dein Bruder oder die Septs tun können.«

»Vielleicht hätte ich das früher mal gekonnt, aber jetzt ...« Seine Schultern sackten in sich zusammen. »Ich bin nichts.«

Bevor sie ihm den mürrischen Gesichtsausdruck mit Worten austreiben konnte, polterte die Decke über ihnen. Sie blickte nach oben und schaffte es, »Was zum Teufel?« zu sagen, bevor Wasser herabströmte und tonnenweise aus winzigen Löchern in der Decke floss. Sie prustete unter dem sintflutartigen Regenguss, ihre Haut war durchnässt, ihre Kleidung durchweicht und ihr Haar, das bereits unter der

Entführung und der Kneipentour gelitten hatte, war ein klatschnasses Durcheinander.

Es dauerte lange genug, um jede ihrer Poren zu reinigen, und ein paar, da war sie sich sicher, waren nur aufgrund des Regens erschienen.

Als es fertig war und der Regen so plötzlich aufhörte, wie er begonnen hatte, funkelte sie die Decke an. »Das war unhöflich.«

»Das war ein Zeichen.«

»Du meinst, das ist schon mal passiert?«, fragte sie und bemerkte, wie schön seine Haut aussah, wenn sie nass war.

»Nicht oft, aber wenn es passiert, kann das nur eines bedeuten.«

»Und das wäre, dass die Oberin will, dass wir ertrinken? Uns Kiemen wachsen lassen?«

Ein grimmiger Gesichtsausdruck straffte seine Züge. »Es bedeutet, dass die Oberherrin mich sauber haben will.«

»Nun, es ist ja nett, dass sie sich so um ihre Gefangenen kümmert, aber könnte sie nicht eine Dusche einbauen? Vielleicht könnte sie das Wasser ein wenig erwärmen.«

»Sie schert sich nicht um unseren Komfort. Sie badet mich nur, weil sie etwas von mir will.«

»Und was will sie?«, fragte Deka.

Er antwortete nicht, und in der Stille hörte sie, wie sich der Wärter näherte – die Schlüssel an seiner Hüfte klimperten, während ihm ein langsames, eindringliches Pfeifen über die aufgeschwollenen Lippen kam.

»Nichts.« Samael starrte mit hängenden Schultern nach unten. Ein Schatten des forschen Mannes, den sie einst gekannt hatte.

»So schlimm kann es sicher nicht sein.« Er sah nicht allzu abgemagert aus, es sei denn, man zählte die Tatsache, dass er abgenommen hatte. Außer an seinen Händen hatte er keine frischen Narben. Er besaß all seine Gliedmaßen.

»Es gibt Dinge, die schlimmer sind als der Tod«, behauptete er und hielt ihrem Gefängniswärter die Hände hin, zwischen zwei Stäben hindurchgeschoben, damit Jabba ihm die speziellen Manschetten anlegen konnte.

»Was will sie von dir?«, fragte sie erneut, als Jabba die Zelle betrat und ihm das Halsband abnahm.

Ohne zu antworten, verließ Samael widerspruchslos seine Zelle und begann einen langsamen, schwerfälligen Gang vor ihrem Kerkermeister. Sie konnte fast spüren, wie die Scham in Wellen von ihm abstrahlte.

»Wo bringst du ihn hin? Was will die Oberin?«

Jabba hatte keine Gewissensbisse und sagte es ihr. Er summte es eher, und erst als sie weg waren und Deka den bekannten Refrain wiederholte, begriff sie den Titel des Liedes.

Warum singt er Schöner Gigolo, armer Gigolo?

Dann kam es ihr.

»Diese Schlampe!« Die Oberin spielte die Zuhälterin für ihren Mann.

KAPITEL FÜNF

Als er den Flur hinaufmarschierte, strich ein kühler Luftzug an Samaels Schwanz vorbei. Er schwang beim Gehen, und in seinem alten Leben hätte er sich vielleicht für seine Nacktheit geschämt. Hier drinnen dauerte es nicht lange, bis er dieses Gefühl überwunden hatte. Seit seiner Ankunft hatte er keine Kleidung mehr. Es war Teil der Auflösung dessen, was er war. Wer er einst gewesen war.

Ich war fast ein König.

Jetzt, so erinnerte ihn sein Gefängniswärter gern, war er ein Gigolo. Oder würde es werden, wenn er den Forderungen der Oberherrin nachgäbe.

Scheiß auf sie, wenn sie denkt, dass ich ihr irgendetwas gebe.
Er mochte nicht mehr viel haben. Kein Zuhause. Keine Freiheit. Keine Macht. Aber das Sperma in seinem Sack gehörte ihm!

Ich werde entscheiden, wer es bekommt.

Zumindest vorerst. Bis die Oberherrin seine Weigerung satt hatte und es sich mit Gewalt nahm. So wie sie sich auch andere Dinge ohne Erlaubnis genommen hatte.

Der Weg vom Kerker zu den oberen Etagen des

Schlosses war interessant. Die Steinarbeiten waren kompliziert und weitläufig. Die Gänge lang und verwinkelt. Die Fenster selten und weit auseinander. Nicht dass er viel durch sie gesehen hätte. Die Vorhänge hielten sie verdeckt.

Als ein Mann, der ein ausgiebiges Nachtleben genoss, hätte er nie gedacht, den heißen Kuss des Sonnenlichts zu vermissen.

Aber das tat er, und er vermisste richtiges Essen, sein Bett und das Spielen von Stickman Golf auf seinem Handy. So viele Dinge, die er für selbstverständlich hielt. So viele Dinge, die er nie getan oder erreicht hatte.

So viele Muschis, in die er nie seinen Schwanz getaucht hatte.

Ich hätte gern Dekas gekostet. Zuvor mochte die Frau nur einen flüchtigen Blick von ihm bekommen haben, aber überwiegend, weil er anderweitig beschäftigt war.

Jetzt jedoch, da sie in der Zelle ihm gegenüber saß, konnte er nicht anders, als sie zu bemerken.

Sie zu wollen.

Sie würde wunderschön aussehen, wenn sie mit Juwelen behängt wäre. Sein versteckter Hort beinhaltete mehr als genug, um ihren Körper zu bedecken. Noch besser konnte er sich vorstellen, wie sie auf seinem Edelsteinhaufen lag. Anders als ein Mensch mit zerbrechlicher Haut würde sie sicher nicht jammern, wenn die Edelsteine sich in ihre Haut bohrten, während er in ihr süßes Fleisch stieß.

Und sie würde ihn ficken. Die verdammte Verrückte hatte gesagt, sie war seinetwegen gekommen.

Warum?

Sie ließ es so klingen, als wäre sie an ihm als Mann interessiert. Als Liebhaber.

Sie würde ihre Meinung bald ändern. Wer wollte schon so ein kaputtes Ding wie ihn?

An manchen Tagen, wenn er die Augen öffnete, verfluchte er die Tatsache, dass er aufgewacht war, denn die Hoffnungslosigkeit drückte ihn nieder. Selbst die Stimme in seinem Kopf, auf die er die meiste Zeit seines Lebens gehört hatte, hatte das Kämpfen aufgegeben.

Er hatte sich mit seinem Albtraum abgefunden. Zumindest dachte er das. Doch ihre Ankunft brachte ihn aus dem Gleichgewicht. Die Hoffnung versuchte, aus ihrem Käfig auszubrechen. Seine Arroganz brodelte an den Rändern des Grabens, mit dem er sie umgeben hatte.

An diesem Ort war beides nicht erlaubt, und wenn die Oberherrin auch nur ahnte, dass er zum Kampf bereit war, würde der Hammer fallen – und er wollte nicht, dass Deka ihn schreien hörte.

Der Kerkermeister – er versuchte, ihn nicht als Jabba zu bezeichnen, wie Deka ihn nannte – blieb vor einem Paar majestätischer Türen stehen. Das schwarze Metall war zu Paneelen geschlagen worden, die mit komplizierten Schnörkeln verziert waren. Obwohl Jabba nicht die Faust zum Anklopfen hob, schwangen sie auf, als sie sich näherten, und das fehlende Knarren war noch bedrohlicher als der höhlenartige Raum, in den sie führten.

»Geh hinein. Die Oberherrin erwartet dich. Und du weißt, dass sie Unpünktlichkeit hasst.«

Er wusste es, und ein kleiner Teil von ihm schrie: *Lass sie nicht warten.*

Ein anderer Teil von ihm dachte, dass er in die Küche gehen und sich ein Sandwich machen sollte.

Er trat ein, und obwohl die Temperatur nicht sank, schrumpften seine Eier und krochen praktisch wieder in seinen Körper zurück.

Gut, dass Deka nicht hier war. Sie wäre jetzt nicht sonderlich beeindruckt von ihm.

Seit seinem letzten Besuch hatte sich nicht viel verändert. Es war immer noch ein riesiger Raum mit einer gewölbten, gerippten Decke und Säulen, die sie über einem polierten Steinboden hielten. Alles in Schwarz mit roten Streifen.

Der Inbegriff eines bösen Thronsaals.

Wenn er nicht so schmerzhafte Erinnerungen hervorriefe, würde er ihn begehren.

Der Raum war von einer schlichten Opulenz. Es gab nicht viel an Dekoration oder Möbeln – keine Gemälde von hässlichen Erben oder Antiquitäten mit dünnen Beinen. Die wenigen Stücke, die in dem riesigen Raum verstreut waren, waren teuer und dekadent.

Zum Beispiel der übergroße Thron, der aus dem Schädel einer riesigen Bestie bestand – *sag es, du weißt, was es ist.*

Na gut. Es war der Schädel eines Drachen, in den spiralförmige Hörner eingelassen waren, die ihn an den Seiten einrahmten. Das Weiß des Knochens war mit dunklen Edelsteinen besetzt, nicht gerade Rubine, auch wenn er gesehen hatte, wie ihr Herz mit rotem Feuer pulsierte.

Abgesehen vom Thron gab es einen Kamin, eine riesige offene Feuerstelle, die er noch nie mit Flammen gefüllt gesehen hatte. Schade. Der kalte Raum hätte etwas Wärme gebrauchen können.

Die Kette, die von der Decke hing, bestand aus dem stumpfen Metall, das seine Drachenseite hemmte, und die baumelnden Fesseln waren mit Samt ausgekleidet. Die Oberherrin wollte die Ursache für seine Schreie sein, nicht das Metall.

Allerdings zog er die Besuche im Thronsaal denen im Schlafzimmer mit seinem riesigen Himmelbett vor. Ein gewisser Selbsterhaltungstrieb wollte ihn aus dem Boudoir der verrückten Frau heraushalten. Eine Frau, die er gesehen hatte, von der er aber genau wusste, dass sie nicht das wahre Gesicht hinter der Illusion war.

Könnte ich es verkraften, die Wahrheit zu sehen?

Würde sie Tentakel haben? Er hasste Tentakel. Eklige, schlängelnde Dinger.

Die Luft im Raum veränderte sich, geladen mit einer bösartigen Kälte, die ihm Gänsehaut bescherte.

Ich habe keine Angst.

Das solltest du aber.

Die feige Stimme, die er sich seit seiner Gefangenschaft angeeignet hatte, riet ihm, sich zurückzuhalten. Sich zu benehmen, um nicht bestraft zu werden. Es gab Zeiten, in denen er diesen weisen Rat ignorieren wollte. Er wollte schimpfen, fluchen und kämpfen.

Kämpfe nicht. Du weißt, was passiert, wenn du das tust.

Ja, er fühlte sich wie ein Mann. Als täte er etwas, anstatt sein Schicksal zu akzeptieren.

Das ist jetzt mein Leben. Ich kann es nicht ändern.

Konnte oder wollte er es nicht?

Als die kühle Luft durch das Herannahen der Oberherrin verdrängt wurde, zappelte er nicht.

Er lief nicht davon.

Er drehte nicht einmal den Kopf, um zu schauen oder einen abfälligen Blick auf sie zu werfen.

Er wollte es. Wie gern hätte er diese Schlampe mit seinem Blick durchbohrt. Sie mit einem höhnischen Grinsen eingeschüchtert.

Kämpfe nicht. Gehorche.

Die leisen Worte in seinem Kopf entlockten ihm ein Seufzen.

»Arme hoch.«

Ungehorsam war keine Option.

Er hob die Hände über den Kopf, weil er wusste, wie es lief.

Magie zog an den Metallmanschetten an seinen Handgelenken und zerrte sie noch höher, bis er auf Zehenspitzen stand. Die Kette klirrte nur leicht, als sie an den Ösenhaken einrastete.

Die Position dehnte seinen Körper straff. Sie entblößte ihn. Andererseits hatte er schon lange nichts mehr zu verstecken.

Er starrte geradeaus, und das nicht nur, weil er es besser wusste, als sich umzudrehen. Er wollte es nicht sehen. Wenn er so tat, als gäbe es die Oberherrin nicht, konnte er vielleicht in seine Zelle zurückkehren und sich der ablenkenden Versuchung ihm gegenüber stellen.

Das leise Flüstern von Stoff auf dem Steinboden verriet ihm ohne einen Blick, dass sie sich näherte. Sein Körper war angespannt wie eine Bogensehne, bereit zu schwirren, wenn sie losgelassen wurde.

»Da ist ja mein Haustier.«

Er antwortete nicht.

»Ich habe gehört, du hast dich mit der neuen Gefangenen angefreundet.«

Ich habe keine Freunde.

Oder Familie.

Wahrscheinlich weil er sie alle verarscht hatte.

»Ich würde mich nicht zu sehr mit ihr anfreunden.« Die trällernde Stimme hatte einen heiseren Unterton. »Ich habe Pläne für sie.«

»Sie ist eine Silvergrace. Ihr Verschwinden wird nicht unbemerkt bleiben.«

»Das will ich auch hoffen. Ich hoffe, dass sie in Panik geraten und wie Drachen mit abgeschnittenen Schwänzen durch die Gegend laufen.«

»Warum?«

»Weil es mich amüsiert.«

»Was soll das alles?« Zum ersten Mal seit Langem stellte er eine Frage. Er wunderte sich über die Absicht der Oberherrin. Sie hatte Macht. Warum diese dummen Spiele?

»Suchst du nach einem Grund, warum ich die Drachen hasse? Warum ich all die hasse, die du Kryptozoiden nennst? Brauche ich einen?«

»Äh, ja.« Er hatte einen. Er war eifersüchtig auf seinen vollblütigen Goldenen Bruder gewesen, so eifersüchtig, dass er seinen Platz einnehmen wollte.

»Wenn du meine Geschichte kennen würdest, würdest du verstehen, warum ich das tue. Warum ich sie verspotte und necke. Denn wo bleibt der Spaß beim Töten? Wenn sie alle tot sind, wer wird mich dann noch amüsieren?«

»Du hast Menschen auf den Silbernen Sept gehetzt.« Er war bei der kurzen, blutigen Schlacht dabei gewesen.

»Entbehrliche Kreaturen. Nicht so lustig oder wertvoll wie Drachen. Die mächtigen Drachen, Herrscher der Lüfte und Meere. Einst auch Hüter der Magie, bis einer von ihnen sie alle verriet.«

»Woher weißt du das alles?« Selbst Anastasia, die Goldene Priesterin, kannte nur Bruchstücke aus ihrer Vergangenheit. Doch die Oberherrin sprach, als ... als hätte sie sie miterlebt.

Unmöglich.

Ist es das? Es gab viele Dinge an dieser Frau, die keinen Sinn ergaben.

Zum Beispiel, dass sie ihn gefangen genommen hatte und folterte.

Jedes Mal wenn sie sich trafen, nahm sie etwas von ihm mit. Aber nicht seinen Samen. Sie rührte ihn nie an.

Kein einziges Mal.

Gut so. Sein Schwanz würde vielleicht nie wieder aus seinem Versteck kommen.

Aber manchmal fragte er sich, ob das, was sie tat, schlimmer war.

Sie kam näher und das Kribbeln ihrer Magie prickelte auf seiner Haut. Er bemühte sich sehr, nicht zusammenzuzucken, als sie sich ihm näherte und sprach. »Ich bin die Hüterin der Kunde. Die letzte Bastion der wahren Magie. Ich bin die Einzige, die von den Eingesperrten übrig geblieben ist. Als könnten sie uns für immer gefangen halten.«

»Uns?« Das war das erste Mal, dass sie auf jemand anderen anspielte.

»Eine falsche Bezeichnung. Und du bist heute furchtbar neugierig. Gut, dass ich so milde gestimmt bin. Aber reize mich nicht.«

Ein stechender Schmerz durchzuckte seinen Schädel und er krümmte sich mit weit aufgerissenem Kiefer, der Schrei blieb in seiner Lunge stecken.

So schnell wie er begonnen hatte, hörte der Schmerz auch wieder auf, und er sackte in seinen Fesseln zusammen, während die Kette sein Gewicht hielt.

Es wurde nie leichter.

»Nun zu deiner Aufgabe. Hast du genügend Kraft getankt, um mir zu geben, was ich brauche?«

»Fick dich.«

Die Ohrfeige knallte laut auf seiner Wange. Es tat nicht wirklich weh und bewegte nicht einmal seinen Kopf. Da er schon Schlimmeres erlebt hatte, fiel es ihm leicht, geradeaus zu starren.

»Drachen. Immer so stur. Du tust dir immer wieder selbst weh, obwohl es so viel einfacher wäre aufzugeben.«

Aufzugeben würde weniger wehtun. Wenn er stillstand,

konnte er das Grauen wahrhaftig sehen, wie seine Seele aus seinem Körper gesaugt wurde. »Ich werde niemals aufgeben.« Die Worte kamen mit ein wenig Nachdruck heraus.

»Da ist heute jemand ein wenig temperamentvoll.« Das Lachen war leise und schreckenerregend. »Zeige etwas Respekt. Wir wissen beide, dass ich dich mit einer einzigen Handbewegung auf die Knie zwingen könnte, wo du mich anflehst, dich zu töten.«

»Warum tötest du mich nicht einfach?« Er wollte diese Kreatur nicht bestärken, und doch hatte er keine Wahl. Selbst jetzt hatte sich seine ramponierte Seele kaum von der letzten Blutsaugerei erholt.

Die Gestalt in dem dunklen Umhang bewegte sich vor ihm, die feinen Locken des Stoffes tanzten in einer unsichtbaren Brise. »Dich töten? Aber wir sind noch nicht fertig. Allerdings bist du noch nicht ganz reif für die Ernte. Wir müssen dich noch ein bisschen ausruhen lassen. Deshalb haben wir einen Ersatz besorgt.«

»Was für einen Ersatz?«

»Deine neue Kerkerbekanntschaft natürlich. Ein Silberdrache. So viel köstlicher als die Roten, mit denen ich gespielt habe.«

Der Gedanke, dass Deka unter den Händen der Oberherrin leiden würde, weckte eine Wut in Samael, von der er gedacht hatte, sie sei unterdrückt. »Wage es nicht, ihr wehzutun.«

»Oder was sonst?« Der Umhang wirbelte über seine Haut und ließ ihn frösteln, als seine Haut sich durch die eisige Berührung zusammenzog. Die Oberherrin bewegte sich um ihn herum. »Versprichst du, mir zu gehorchen und nicht zu kämpfen, wenn ich sie in Ruhe lasse?«

Dieser widerlichen Kreatur gehorchen, um eine Fremde zu retten?

Wer ist sie, wenn nicht ein Mädchen, das dich für besonderer hält, als du es bist?

Du bist ein Nichts.

Nichts als ein Verräter an meiner eigenen Art.

Doch er konnte sich rehabilitieren. Es würde mit einer einzigen Tat beginnen. Einem Moment der Tapferkeit und des Heldentums.

Er blickte auf die verhüllte Gestalt, sah in der tiefen Kutte die roten, glühenden Augen. Den fremden Blick, der etwas Dunkles und Beängstigendes in ihm auslöste.

Die Welt wird brennen, wenn sie bekommt, was sie will. Herrliche, tanzende Flammen. Und Schreie. So viele Schreie.

Sicherlich wollte er das nicht.

Gib nach, das ist einfacher.

Aber in diesem Fall würde er nicht auf die Stimme hören.

Er ließ den Kopf sinken. »Es ist mir egal, was du mit der Frau machst. Sie bedeutet mir nichts.« Sie war nur eine Erinnerung an die Dinge, die er nicht länger haben konnte.

»Ihr habt den Mann gehört. Bringt ihn zurück in seine Zelle«, befahl die Oberherrin. »Und holt mir das Mädchen.«

Eine Stimme in seinem Inneren, nicht die, die dafür plädierte, dass er sich umdrehen und seinen Bauch entblößen sollte, schrie: *Lass sie das nicht tun. Du kannst sie retten. Du kannst es tun.*

Nein, das kann ich nicht.

An diesem dunklen Ort trug er nicht den Titel eines Königs. Er konnte sich kaum als Mann bezeichnen.

Er war nichts weiter als ein Feigling.

KAPITEL SECHS

»Was soll das heißen, sie ist wieder im Bad?«, fragte Tante Xylia – die es überhaupt nicht lustig fand, wenn ihre Nichten kicherten und sie Xylophon nannten –, als sie zum dritten Mal an diesem Tag anrief.

»Sie hat Durchfall. Schlimm. Muss ein schlechtes Baguette gewesen sein.« Babette verzog das Gesicht, als die Worte aus ihrem Mund kamen.

»Hol sie sofort ans Telefon.«

»Aber –« Babette versuchte, eine andere Ausrede zu finden, um sie hinzuhalten. Tantchen durchschaute sie sofort.

»Sofort!« Wenn Tante Xylia diesen Tonfall anschlug, widersprach man nicht, es sei denn, man hatte seine Angelegenheiten in Ordnung gebracht. Babette fragte sich, ob die Papierserviette zählte, auf die sie geschrieben hatte, als sie achtzehn wurde.

Ich, Babette Silvergrace, von zweifelhaft gesundem Verstand, hinterlasse hiermit meiner Lieblingscousine Deka meinen Vorrat an Murmeln und Bio-Saatgut – das von GVOs völlig unberührt ist. Aber nur, wenn sie meinen Tod rächt.

Die überwältigte Deka hatte feierlich mit der Hand auf ihrem Herzen geschworen, zu vernichten, was auch immer Babette getötet hatte. Wäre es ein Autounfall, würde sie das Auto zerquetschen und einschmelzen lassen. Krebs? Sie würde verdammt noch mal ein Heilmittel finden.

Denn das war es, was beste Freundinnen taten! Beste Freundinnen deckten sich gegenseitig, es sei denn, Tante Xylia atmete durch das Telefon und drohte Babette mit körperlicher Gewalt – was angesichts ihres Zugangs zu Zaubertränken ziemlich haarig werden konnte –, dann verriet ein Mädchen alles.

»Ich weiß nicht, wo sie im Moment ist.«

»Ist sie bei einem Mann?« Tantchen klang vorsichtig hoffnungsvoll.

»Gewissermaßen.« Zumindest war das der Plan. Wenn Deka von der richtigen Sorte erwischt wurde, dann war sie bei Samael.

»Nun, wenn sie irgendwo Unzucht treibt, dann ist das wohl in Ordnung. Sie hat denjenigen doch vorher den Vertrag unterschreiben lassen, oder?«, fragte Tante Xylia.

»Ähm, nein, wahrscheinlich nicht. Aber mach dir keine Sorgen, er ist kein Mensch.«

»Wirklich?« Tante Xylias Tonfall wurde schärfer. »Gut für sie. Es wird Zeit, dass sie diesen Außenseiter D'Ore vergisst.«

»Hm-hm.« Babette brummte zustimmend in der Hoffnung, die Lüge zu verbergen.

Tantchen fokussierte sich darauf. »Sag mir, dass sie nicht mit Samael zusammen ist.«

»Nun, äh, es ist so, ich weiß nicht genau, ob sie es ist oder nicht.«

»Wo ist sie?«

Eine direkte Frage. Wie konnte man ihr ausweichen? »Ich weiß es nicht.«

»Wage es nicht, sie zu decken. Sag mir, wo meine Tochter ist.«

»Das kann ich nicht, denn ich habe seit gestern Abend nichts mehr von ihr gehört.« Die letzte SMS um ein Uhr nachts Ortszeit lautete schlicht: *Habe mir ein paar kostenlose Kondome geschnappt, um Wasserbomben zu machen. Wir sehen uns bald.*

Deka wusste immer, wie man Spaß hatte, und ein Balkon, der an ihr Zimmer angeschlossen war, bot so viele Möglichkeiten.

Nur kehrte Deka nie in ihr Zimmer zurück. Und obwohl Babette es nicht laut zugeben wollte, war sie irgendwie froh, dass Tantchen angerufen hatte und ausflippte.

Tantchens Stimme kam leise und schneidend. »Du willst mir sagen, dass deine Cousine seit gestern Abend verschwunden ist. Ihr Telefon ist nicht nachverfolgbar und du denkst erst jetzt daran, es mir zu sagen?«

»Ich hätte ja noch länger gewartet, aber du hast mich ja irgendwie dazu gedrängt.« Deka wäre sauer, wenn Babette sie nicht lange genug gedeckt hätte.

»Ich wusste, dass es eine schlechte Idee war, euch nach Übersee zu schicken. Ich werde im nächsten Flugzeug sitzen.«

»Wir wissen nicht, ob sie in Schwierigkeiten steckt.«

Das Schweigen war praktisch greifbar. Überwiegend aufgrund der Dummheit ihrer Aussage.

Babette seufzte. »Sag mir Bescheid, wenn dein Flug landet. Ich hole dich dann ab.«

Sie legte auf und stöhnte. Eine schlanke Hand strich über ihren nackten Arm und eine heisere Stimme flüsterte:

»Wie lange dauert es noch, bis du dich mit deiner Tante treffen musst?«

»Lange genug, damit du dich wie eine Frau fühlst«, sagte sie grinsend, bevor sie sich auf ihre neue Liebhaberin stürzte.

Was für ein Glück, dass sie Obéline in ihrer ersten Woche hier auf dem Flur begegnet war, als sie sich Eis holen wollte. Wenn die Frau nur nicht ständig weglaufen müsste, um sich um etwas zu kümmern. Anscheinend kümmerte sie sich um ein paar Tiere, die genau überwacht werden mussten.

Apropos ... »Ich würde zwar gern bleiben, aber ich muss gehen.« Sie erhob ihren geschmeidigen Körper vom Bett, Obélines Gestalt war absolute Perfektion. Ihre Haut war von mahagonifarbener Vorzüglichkeit. Ihr Haar war eine einzige Lockenpracht.

Und obwohl der gelegentliche rote Funke in ihren braunen Augen Anlass zur Sorge zu geben schien, vergaß Babette mit einem Kuss von diesen rubinroten Lippen alles. Sogar die Tatsache, dass sie sich Sorgen über Dekas Verschwinden machte.

Ich bin sicher, Deka geht es gut.

KAPITEL SIEBEN

Ich amüsiere mich. Nicht.

Von Samael hatte sie noch nichts gesehen, seit er gegangen war. *Ich habe ihn gefunden und verloren.*

In der Zwischenzeit war Deka so gelangweilt. Zu Hause reichten diese einfachen Worte aus, um sie aus dem Haus zu werfen und ihr zu sagen, sie solle abdampfen.

Ich muss etwas tun, sonst raste ich aus.

Zum Glück kam Jabbas hässlicher Zwillingsbruder, der ein paar Haare auf dem Kopf hatte, aber keine Zähne, um sie zu holen.

Jabba Zwei ließ die Handschellen vor den Gitterstäben baumeln und lispelte: »Gib mir deine Hände.«

»Und wenn ich das nicht tue?«, fragte sie, die Arme hinter dem Rücken verschränkt.

»Dann benutze ich das hier.« Er hielt eine Tasche hoch. Keine sehr interessante Tasche.

»Ist das eine Art Wurfspiel? Wirfst du damit nach mir und schlägst mich k. o.?«

»Das Pulver darin wird dich in den Schlaf versetzen.

Das würde mir gefallen.« Er grinste lüstern und leckte sich über die aufgeschwollenen Lippen.

Obwohl er nicht ihr Typ war, erkannte Jabba Zwei zumindest, dass sie heiß war; er hatte nur nicht die Erlaubnis, sie anzufassen.

Sie rümpfte die Nase. »Es gibt Gesetze gegen so etwas.«

»Menschliche Gesetze gelten hier nicht.«

»Mein Freund ist ein eifersüchtiger Typ. Er wird dir in den Arsch treten, wenn du mich anrührst.« Und das wusste sie, weil sie jeder Frau, die es wagte, dasselbe zu tun, die Augen aus dem Kopf reißen würde. Dann würde sie ihr die Arme abreißen und sie damit verprügeln. Oder sollte sie die Augen unversehrt lassen, damit sie sehen konnte, wie ihre eigenen Fäuste auf sie einschlugen?

Die Möglichkeiten.

»Ähm. Deine Hände.«

Wie unhöflich, ihre Überlegungen zu unterbrechen, wie sie sich am besten rächen könnte, wenn sie eifersüchtig wäre. »Was ist, wenn ich nicht zu deiner Chefin gehen will? Ist dir in den Sinn gekommen, dass ich vielleicht beschäftigt bin? Sag ihr, sie soll einen Termin machen.«

Der große Jabba-Bruder starrte sie mit offenem Mund an. Er war für sein unverschämtes Verhalten zurechtgewiesen worden.

»Du musst gehorchen«, rief er.

»Oder was? Ich genieße bereits die Gastfreundschaft in deiner Kerkerzelle. Du hast mein Haar ruiniert. Und da du meine Handtasche genommen hast, kann ich nicht einmal mein Make-up in Ordnung bringen.«

»Die Oberherrin wird dich für deinen Ungehorsam auspeitschen.«

»Die Oberherrin muss lernen, dass die Welt sich nicht

nur um sie dreht. Und was deine Chefin angeht, wer ist sie?«

»Jemand, mit dem nicht zu spaßen ist.«

»Mit mir auch nicht.«

»Sagt die Frau im Käfig.«

Moment mal, hatte dieser Trottel sie gerade ernsthaft verächtlich behandelt? »Ich bin aus freien Stücken hier.«

»Klar bist du das. Du kannst nicht raus.«

»Doch, das könnte ich, wenn ich es wollte.«

Das Grinsen in seinem Gesicht sagte etwas anderes.

Sie seufzte und steckte ihre Hände durch die Gitterstäbe.

»Braves Mädchen. Vielleicht wird sie dich nicht zu hart bestrafen.« Jabba legte ihr die Handschellen um die Handgelenke, die sie schnell wieder zurückzog, während sie ihren ungeduldigen Fuß stillhielt, als er den Schlüssel in den drei Schlössern drehte.

Die Tür öffnete sich und sie trat heraus, bevor sie verkündete: »Ich habe dir doch gesagt, dass ich aus diesem Käfig rauskomme.«

Er blinzelte. Vermutlich bewunderte er ihre Fluchtkünste.

»Aber du bist meine Gefangene.« Er deutete auf die Handschellen.

Sie schüttelte sie und lächelte. »Bin ich das, Jabba Zwei? Oder lasse ich dich nur in dem Glauben, dass ich es bin?«

Der arme Mann konnte ihrer eleganten Logik nicht folgen. Der Sabberfaden war wahrscheinlich ein Zeichen dafür, dass sein Gehirn aufgrund ihrer Großartigkeit schmolz.

»Bring mich zu deiner Anführerin«, erklärte sie mit einer hochmütigen Bewegung ihres Kopfes.

»Grinse, solange du noch kannst«, brummte ihr zweiter

Kerkermeister. »Du wirst schluchzen, wenn sie mit dir fertig ist.«

»Du kennst mich nicht sehr gut, wenn du glaubst, dass ich weinen würde.« Ihre Lippen verzogen sich zu einem Lächeln, das Babette als dämonisch bezeichnet hatte. »Aber Leute zum Weinen zu bringen ...« Sie fletschte einige Zähne. »Darin bin ich sehr gut.«

Der korpulente Mann von mächtiger Statur war in ein loses Gewand aus grobem, braunem Stoff gehüllt, und sie war sich nicht sicher, ob er über den Boden ging oder eher schlitterte.

Seine Erscheinung hatte etwas seltsam Faszinierendes und gleichzeitig Erschreckendes an sich. *Weil er etwas Vertrautes an sich hat.*

Dennoch auch etwas Perverses und Groteskes. Er ließ ihre Haut kribbeln und ihre psychotische Seite – die, von der ihre Mutter immer gesagt hatte, sie solle sie nie zum Spielen herauslassen – vor Erregung zucken.

Nicht gut. Immer, wenn sie diesem Zucken die Oberhand ließ, wenn sie auf das zischende Flüstern hörte – *Lass mich raus!* –, führte das zu Chaos.

Gute Zeiten.

Verbotene Zeiten, erinnerte sie sich.

Teure Zeiten, in denen man die Anwälte rufen musste.

Trotzdem ...

Wenn es ein Notfall wäre, würde Mutter das sicher verstehen.

Mutter vielleicht, aber Tante Zahra? Die geizige Chefin hatte ein Problem mit Schadenersatz und dem Ruf der Familie. Sie könnte Deka eines Tages tatsächlich den Geldhahn zudrehen, was der einzige Grund dafür war, dass Deka sich nicht entfesselte und Jabba Zwei umbrachte.

Noch überraschender als ihre Zurückhaltung war

jedoch die Tatsache, dass sein Gestank nicht all ihre Systeme zum Erliegen brachte.

Offenbar badete er nicht so wie sie und Samael.

Da sprich mal einer davon, im Nachteil zu sein. Sie warf einen Blick auf ihr Kleid und verzog das Gesicht. Wie konnte sie den feuchten Stoff und ihr zerzaustes Haar verbessern?

Schnell improvisierte sie und stellte Fragen, während sie an ihrem Kleid zerrte und Streifen abriss.

»Wie lange arbeitest du schon für die Oberin?«, fragte Deka.

»Für wen? Ich arbeite für die Oberherrin und für niemanden sonst.«

»Ja, das habe ich verstanden. Aber wie lange schon?« Verstand heutzutage wirklich niemand mehr etwas?

Die machen das doch mit Absicht, um dumm zu sein, Mutter. Sie könnten wirklich eine Ohrfeige gebrauchen. Kann ich ihnen eine geben? Bitte.

Das Ausbleiben einer Antwort bedeutete wahrscheinlich nein.

Oder heißt das ja ... Die Wände könnten etwas Farbe vertragen.

»Ich war schon bei der Oberherrin, bevor das Römische Reich unterging.«

»Du bist also uralt«, antwortete sie mit gerümpfter Nase. Mit den Händen richtete sie geschickt ihr neues bauchfreies Oberteil, das sie mit einem Stoffstreifen zwischen ihrem Dekolleté festband, sodass es wie ein Neckholder-Top aussah. »Hast du schon immer so ausgesehen wie eines dieser Dinger, die der Koch aus unserem Garten pflückt und dann in Knoblauchbutter kocht?« Diese plumpen Schnecken sahen auch ziemlich hässlich aus, wenn man sie aus ihrem Haus drückte, aber sie schmeckten köstlich, wenn sie gebraten waren.

Hmm. Sie musterte ihn.

Jabba Zwei bemerkte es nicht. Es war fast schon beleidigend.

»Ich habe nicht immer so ausgesehen.« In seinem Tonfall schwang eine gewisse Traurigkeit mit. »Aber Äußerlichkeiten spielen keine Rolle. Ich habe gelebt, während andere es nicht taten.«

»Andere? Du meinst, es gab noch mehr wie dich?« Und was genau sollte das heißen? Jabba Zwei und sein Bruder waren sicherlich anders als alles andere, was sie je gesehen hatte.

Sie hatte noch nie davon gehört, und ihre Mutter hatte ihr viel über die Welt beigebracht, die unter der menschlichen existierte.

»Die Verbannten waren wenige und doch viele, als sie gezwungen waren, getrennt zu leben. Im Laufe der Zeit überlebten nicht alle, und ohne Außenseiter, die unsere Reihen verstärkten, schrumpfte unsere Zahl.«

Sie zupfte ein letztes Mal an ihrem Rock und sah ihn neugierig an. »Habt ihr keine Kinder bekommen?« Das Erste, was jede Spezies tun sollte, wenn sie vom Aussterben bedroht war, bestand darin, sich fortzupflanzen. Die Drachen überlebten die Ausrottung durch die Menschen nur dank strenger Fortpflanzungsprotokolle.

Sie mussten vorsichtig sein, denn ohne einen Goldenen König, der ihnen auf die Sprünge half, konnten die Drachen nur untereinander Drachen zeugen. Menschen, der häufigste andere Partner, produzierten unfruchtbare Wyvern.

Jetzt nicht mehr. Wenn Remiel begann, diese Verbindungen zu segnen, würde die Welt bald in Drachen schwimmen.

Und dann würde das wahre Horten und Chaos beginnen.

Samael würde ein Teil dieses Chaos sein. Jeder konnte sehen, dass sich in diesem Körper ein böser – sexy – Herrscher verbarg. Sie hatte vor, ihn herauszulocken.

Jabba Zwei sprach leise. »Unfruchtbarkeit war ein Problem. Auch die Langlebigkeit.« Er blieb vor einer Holztür stehen, in die Blumen geschnitzt waren. »Bis wir einen dunklen Pfad entdeckten.«

»Einen dunklen Pfad wohin?«, fragte sie. Neue Orte zu entdecken war das, was ihr eine weibliche Erektion bescherte. Manche Jungs hatten Autos. Manche Mädchen hatten Schuhe. Deka steckte ihre Nase in Dinge, wo sie nichts verloren hatte.

»Er hat uns alle in die Verdammnis geführt.« Die Tür schwang auf seine Berührung hin auf.

Da Jabba Zwei nicht eintrat, reichte sie ihm die Fetzen, die von ihrem Kleid übrig geblieben waren, als Trinkgeld. So wie der königliche Hof seinen Helden Andenken zu geben pflegte.

Du bist mein Held des Gestanks.

Und der Informationen. Es entstand ein Bild, zumindest ein Teil. Wenn sie mehr Teile entdeckte, würde sie es vielleicht verstehen.

»Das ist schön«, sagte sie voller Bewunderung, als sie den Raum betrat. Die Flure, durch die sie gekommen war, mochten schlicht sein, aber das großzügige Schlafzimmer wies einige Annehmlichkeiten auf.

Ein weißer Plüschteppich, in den ihre Zehen eintauchten. Ein Marmorkamin, in dem silberne Flammen tanzten, schimmerte hell. Ein Diwan, auf dessen einziger Armlehne ein graues, pelziges Kissen lag.

Das *pièce de résistance* war das Bett, ein monströses Himmelbett, das mit Matratze und Kissen vollgestopft und dessen silbern abgesteppte Decke weich und einladend war.

»Wird auch Zeit, dass ihr meine Unterkunft aufrüstet.« Deka zerzauste ihr Haar, das sie zu einem unordentlichen Dutt gebunden hatte.

»Das sind die Gemächer der Oberherrin.«

»Du meinst, die Oberin überlässt mir ihr Zimmer?« Sie klatschte die Hände zusammen. »Die beste böse Entführerin aller Zeiten!«

»Was? Nein. Du verstehst das falsch.«

Sie winkte Jabba Zwei ab, als sie das Zimmer betrat. Auf dem Tisch neben dem Diwan stand ein Tablett.

»Oooh. Snacks. Aber ich sehe keinen Wein. Hol mir eine Flasche aus dem Keller.«

»Das ist nicht für dich. Du sollst hier stehen bleiben und warten –«

Sie hielt ein halb gegessenes Stück Käse vor dem Mund und unterbrach ihn. »Ja, du kannst jetzt aufhören zu reden. Ich warte auf niemanden, außer auf unsere Matriarchin. Oh, und auf meine Mutter.« Sie runzelte die Stirn. »Und ich schätze, auch auf meinen König. Aber das war's, es sei denn, sie sind superwichtig.«

»Ich bin wichtiger als du.«

Trotz seines klumpigen Gesichts brachte er einen empörten Gesichtsausdruck zustande und sein Teint färbte sich zu einem interessanten Orangeton. Wenn er erst einmal rot war, würde er dann wie ein gegarter Hummer aussehen?

Das Stück Käse überlebte nicht. Knabber, knabber. Ein

weiteres Stück folgte ihm, während Jabba Zwei einen kleinen Anfall bekam.

Da Tante Yolanda ihnen beigebracht hatte, ihre Untergebenen zu ignorieren, kaute sie weiter. Aber schließlich konnte sie sich nicht mehr zurückhalten. »Wo ist der Wein? Ich habe versucht, dir deinen Moment zu lassen, aber er stört meine Trinkzeit. Hol ihn, bevor ich mich bei der Oberin über ihre faule Belegschaft beschwere. Mutter sagt immer, dass man sie mit Argusaugen beobachten muss. Nur können wir sie nicht fressen, wenn sie zu langsam sind.«

»Ich bin nicht dein Diener«, fauchte er, bevor er davonging – davonschlitterte?

Deka setzte sich auf einen Stuhl und aß noch ein wenig, da die Trauben wenigstens etwas Nahrung boten.

Allerdings könnte ich wirklich Wein vertragen. Hoffentlich würde Jabba schnell damit zurückkommen.

»Wer hat dir gesagt, du sollst dich setzen?« Die Stimme kam von hinter ihr.

Interessant, denn sie hatte nicht gehört, dass sich jemand näherte. »Du darfst dich mir anschließen«, bot Deka großzügig an. Tante Yolanda wäre so stolz.

»Deine Frechheit ist recht faszinierend.«

»Dein Versuch, hart zu klingen, ist es nicht.« Deka verbarg ein Gähnen hinter einer Hand, da sie sich an ihre Manieren erinnerte.

»Hältst du das für einen Scherz?«

Sie lehnte sich in ihrem Sitz zurück, reckte aber noch immer nicht den Hals, um nachzusehen.

Gib ihnen niemals einen Vorteil. Sie konnte Tante Waida praktisch in ihrem Ohr hören. *Wenn du kannst, nimm immer eine Position der Macht ein.*

Was in vielen Fällen bedeutete, denjenigen dazu zu bringen, zu einem zu kommen.

Ein Wirbel aus rauchigem Stoff geriet in ihr Blickfeld. Er wehte in wechselnde Richtungen, ohne einen einzigen Windhauch.

Der seltsame, hauchdünne Mantel bedeckte eine schlanke Gestalt, die größer als sie war, aber vermutlich nicht schwerer.

Die tiefe Kapuze verbarg das Gesicht. Das arme Ding musste hässlich sein. Es rief das Mitgefühl von Deka hervor. »Ich kenne einen guten Schönheitschirurgen, wenn du Hilfe brauchst.«

»Hilfe? Ich brauche keine Hilfe«, zischte die weibliche Stimme.

»Wenn du es sagst. Ich kenne einen Kerl, der dir Papiertüten besorgen kann, wenn du eine Pause von der Kapuze brauchst.«

»Ich verstecke mich nicht wegen meines Gesichts.«

»Sagst du. Ich gehe einfach davon aus, dass du potthässlich bist.«

Die schlanken Finger zogen die Kapuze zurück und enthüllten feine Gesichtszüge, eine lange, gerade Nase, volle Lippen und Augen, die rot leuchteten.

Deka legte den Kopf schief. »Ich nehme an, du bist nicht mit Rudolph verwandt.«

»Unverschämtheit!«, rief die Oberin, wobei ihre hellen Iriden aufblitzten.

Deka machte sich eine Notiz: *Sie könnte für den Weihnachtsmann arbeiten.* Gut zu wissen. Sie könnte einen Kontakt für ein paar coole High-Tech-Sachen gebrauchen.

»Jetzt, da ich dich hier habe, muss ich eine Beschwerde einreichen. Sogar ein paar. Erstens: Wo ist mein Gepäck? Ich nehme an, dass deine Mitarbeiter daran gedacht haben, meine Sachen mitzunehmen, als sie mich als Gast aufsuchten.«

Die Oberin blinzelte. Sie hätte wirklich etwas Mascara für ihre kurzen Wimpern gebrauchen können. Das würde diese roten Dinger hervorheben.

»Und wo ist der Wein? Ich bin durstig, Alter. Wenn du schon Käse und Weintrauben anbietest, muss der Wein«, sie deutete auf das fast leere Tablett, »auch dazu getrunken werden.«

»Das war nicht für dich.«

»Nun, das ist unhöflich. Ich lasse dich hier in meiner Gegenwart schwelgen und du kannst mir nicht einmal einen angemessenen Snack anbieten. Du bist eine schlechte Gastgeberin. Wenn du willst, kann ich Tante Yolanda bitten, dich an einen Benimmkursus zu verweisen. Du weißt schon, damit du keinen Fauxpas begehst.« Sieh einer an. Noch mehr Französisch. Vielleicht war diese Sache mit der zweiten Sprache doch nicht so schwer.

»Genug.«

Das Wort vibrierte, die beiden Silben trafen ihre Haut und ließen sie erstarren. Sie hielten sie unbeweglich.

Die Frau in der Robe rückte näher und ging in die Hocke. Als Deka in die roten Löcher in den Augen der Frau starrte, bemerkte sie ein Wirbeln darin. Eine ewige Schleife, die sich immer wieder drehte.

Hübsch.

»Antworte mir.«

»Entschuldige, hast du gerade geredet?«, fragte Deka.

Die Oberin schürzte die Lippen. »Wie kommt es, dass deine Frechheit immer größer wird?«

»Mutter sagt, es ist eine Gabe.« Sie lächelte. »Ich kann auch das Alphabet rülpsen, aber damit soll ich in der Öffentlichkeit nicht angeben.«

»Wer hat dich geschickt?«

»Glaubst du wirklich, dass ich Befehle von irgendjemandem annehme?« Manchmal nahm sie Vorschläge an, die sich auszahlten, aber meistens zog Deka einfach nach Belieben los.

»Ich habe dich gefangen genommen, was bedeutet, dass du als Spionin versagt hast.«

»Versagen ist so ein hartes Wort. Und hast du jemals daran gedacht, dass ich gerade erst angekommen bin?« Sie lächelte. »Du hast noch nicht gesehen, was ich kann.«

»Dein Optimismus wird herrlich zu erdrücken sein.«

»Ich werde dich vermissen, wenn du nicht mehr da bist.« Während Deka sich weiter unterhielt, drückte sie gegen den Zwang, der sie festhielt. Es war nicht das erste Mal, dass jemand sie gefesselt hatte – und es nicht schaffte, sie zu halten. Sie fragte sich, ob der Vater, den sie nie gekannt hatte, einen Hauch von Houdini in sich trug.

»Sag mir, warum du nach Samael gesucht hast.« Die Oberin stand auf und ging auf und ab, wobei die Robe in der steifen Brise mit ihrer Aufregung zerriss.

»Ich dachte, Sammy hätte mich sitzen lassen. Das ist total uncool, vor allem wenn man bedenkt, dass das Universum ihn zu meinem Gefährten gemacht hat.«

Daraufhin wirbelte die Oberin herum. »Samael ist nicht beansprucht.«

»Weil du ihn gestohlen hast, bevor ich ihn nehmen konnte.« Es bestand kein Zweifel, dass der Mann sie wollen würde.

Das ist Schicksal.

»Samael ist nicht für dich.«

»Heilige Scheiße.« Ihre Augen weiteten sich vor Verständnis. »Ich verstehe, warum du nicht willst, dass ich mit ihm zusammenkomme. Du bist in mich verknallt.« Sie beugte sich nach vorn, in ihrem Tonfall lag totales Mitgefühl. »Das ist schon okay. Das passiert oft, weil ich so unglaublich fantastisch und sexy bin. Es ist ein Wunder, dass jemand weiterziehen kann, nachdem er mich kennengelernt hat. Alle anderen verblassen im Vergleich dazu. Aber du wirst über mich hinwegkommen müssen, denn ich gehöre zu Samael.«

»Ich bin nicht auf diese Weise an dir interessiert.«

»Rede dir das ruhig ein. Ich bin sicher, mit der Zeit wirst du es glauben.«

Sie knirschte mit den Zähnen und ihre Augen begannen, stroboskopisch zu pulsieren. »Dein Beharren darauf, dass Samael zu dir gehört, ist lächerlich. Er weiß kaum, dass du existierst.«

Deka winkte mit einer Hand ab. »Details. Und wieder ist es deine Schuld. Du hast den natürlichen Verlauf unseres Liebeswerbens unterbrochen.«

»Es wird kein Liebeswerben geben. Und auch keine Paarung mit ihm. Denn du wirst dich mit mir vereinen.«

»Mit dir?« Deka legte den Kopf schief und schürzte die Lippen. »Es tut mir leid, dir das sagen zu müssen, Schatz, aber so bin ich nicht drauf. Ich bevorzuge eine Wurst für mein Brötchen, wenn du verstehst, was ich meine.«

»In der Tat, das tue ich«, sagte die Oberin und wirbelte so herum, dass sie ihren Rücken präsentierte. »Ich muss sagen«, fuhr sie mit nun tieferer Stimme fort, »dass ich lieber ficke, als gefickt zu werden. Mir kommt der Ausdruck in den Sinn, dich wie ein Hammer zu nageln.«

Die Verwandlung war so fließend, dass Deka blinzeln musste, um zu merken, dass es passiert war. Aber als sie es tat ... »Heilige Scheiße, du bist ein Zwittie.«

»Ein was?« Es war ein tiefes, männliches Grollen.

»Zwitter. Du weißt schon, eine Person mit männlicher

und weiblicher Ausstattung. Das ist total cool und wirft in mir die Frage auf, warum du überhaupt einen Freund oder eine Freundin brauchst. Ich meine, bist du nicht dein eigener bester Freund? Ich würde lieber mit meiner besten Freundin ausgehen, was in deinem Fall bedeutet, dass du dich selbst ficken kannst.« Ihr Tonfall verwandelte sich in heldenverehrende Anbetung. »Das wäre die ultimative Selbstbefriedigung. Verdammt, du solltest deinen eigenen Live-Feed-Kanal bekommen. Du könntest ein Vermögen damit verdienen, wenn du es dir selbst vor einem Publikum besorgst.«

Der Mann, groß und braungebrannt, jetzt viel breiter in den Schultern und mit groben, attraktiven Gesichtszügen, starrte sie an.

Von anderen Menschen bewundernd angestarrt zu werden war irgendwie mächtig cool. Sie lächelte und nahm es gnädigerweise an, aber gleichzeitig führte die Tatsache, dass sie den Leuten den Atem raubte, zu einseitigen Gesprächen.

»Du weißt, dass du mit mir reden kannst«, stellte Deka klar. »Sei nicht schüchtern. Ich weiß, es kann einschüchternd sein, jemanden wie mich zum ersten Mal zu treffen.«

»Du scheinst zu denken, dass du die Situation unter Kontrolle hast, dabei bin ich«, eine unsichtbare Hand packte sie an den Haaren und hob sie hoch, »derjenige, der die Macht hat.«

Da sie schon als Kind gewaltsam an den Haaren gezogen worden war – und seitdem jedes Mal, wenn sie sich mit einer ihrer Cousinen stritt –, reagierte Deka nicht wirklich. Mit verschränkten Armen baumelte sie ein paar Zentimeter über dem Boden.

»Deshalb brauchst du Benimmunterricht. Das ist kein akzeptables Gastgeberverhalten.«

Das Gesicht wurde dicht an ihres gelehnt und zischte: »Du wirst auf mich hören.«

Sie rümpfte die Nase. »Wie wäre es, wenn du dir stattdessen etwas Mundwasser besorgst, denn Böser-Entführer-Atem ist vermeidbar. Genauso wie Zahnfleischentzündung.«

Er schleuderte sie von sich, und da sie reichlich Übung hatte, landete sie auf den Füßen.

Langsam drehte sie sich um und strich sich die losen Haare hinter die Ohren. Sie lächelte ihn an, bemerkte sein höhnisches Grinsen und stürzte sich mit dem Kopf voran auf ihn. Sie schaffte zwei Schritte, bevor er »Stopp« murmelte.

Sie blieb stehen, ein Bein oben angewinkelt, die Arme ausgestreckt. Stopptanz in seiner extremsten Form.

Er ging zu ihr hinüber. »Wer hat jetzt das Sagen, Schlampe?«

Mit steifen Lippen brachte sie heraus: »Wer leidet unter dem Kleiner-Schwanz-Syndrom?«

Sie erwartete die Ohrfeige, weshalb sie darauf vorbereitet war. Bevor ein zweiter Schlag kommen konnte, ertönte ein Klopfen. Während ihre Wattpad-Story es als unheilvoll und voller Vorzeichen beschreiben würde, war es in Wirklichkeit nur eine schnelle Abfolge kurzen Pochens.

Die Oberin – oder sollte sie ihn jetzt Zwittie nennen? – brüllte: »Was ist?«

»Es gibt ein Problem im Kerker.« Die Tür öffnete sich und der Gefängniswärter trat ein. Oder besser gesagt, er schlitterte.

»Wenn es nicht gerade von einem Steinwurm verschluckt wurde, bezweifle ich sehr, dass es dringend ist«, schnauzte die Oberin.

»Du musst kommen und dich darum kümmern.«

»Ich bin noch nicht fertig mit dem Mädchen.«

»Spiel später mit ihr. Du musst dich jetzt um die Situation im Kerker kümmern.« Jabba Eins – erkennbar an seiner weniger nasalen Stimme – beharrte darauf.

Die Oberin runzelte die Stirn. »Ich verstehe deine Dringlichkeit nicht. Der Gefangene ist doch in seiner Zelle, oder nicht?«

»Ja.«

»Und du hast ihm das Halsband angelegt?«

»Das habe ich.«

»Wo liegt dann das Problem?«

Jabba grummelte: »Der Drache wütet.«

»Und? Er kann nicht entkommen.«

»Das ist es ja gerade.« Jabba warf ihr einen Blick zu, kam näher und senkte die Stimme.

Hallo, sie konnte ihn immer noch sehr gut hören.

»Er hat die Kette zerrissen und den Wänden Risse verpasst.«

»Was hat ihn so aufgeregt? Ich dachte, wir hätten ihn endlich gebrochen«, sagte die Oberin/Zwittie.

»Es scheint, als wäre die Frau der Auslöser.«

Ah, wie niedlich. Samael hatte einen Wutanfall, und laut Jabba auch noch einen aus Eifersucht. Sie konnte sich ein Lächeln nicht verkneifen.

Zwei Augenpaare wurden auf sie gerichtet. Sie schaffte es, aus ihrer unbeholfenen Pose heraus ein kleines Winken zu vollführen.

»Schnapp dir das Mädchen. Ich will deine Theorie testen.«

Wie vorhersehbar. Sie wollten sie als Köder benutzen.

Sie konnte es kaum erwarten, dass Samael anbiss – oder in sie hinein.

KAPITEL ACHT

IN SAMAEL BRODELTE DIE WUT, EIN FORMLOSES DING, DAS pulsierte, während er in seiner Zelle auf und ab ging und die Glieder seiner Kette rasselten.

Ich hätte etwas tun sollen.

Es ärgerte ihn, dass er es nicht getan hatte. Die feige Stimme in seinem Inneren, die jetzt verstummt war, hatte es ihm als die einzige Wahl erscheinen lassen.

Aber es war die falsche Wahl.

Ich hätte etwas tun müssen, um sie zu retten.

Aber du bist schwach. Und dumm. Und ein Feigling.

Arrrrgh! Er schlug sich auf die Brust, ein dunkler, brodelnder Gefühlsausbruch explodierte aus ihm heraus, spaltete Haut und Knochen, formte ihn um und das Band an seinem Hals riss fast, als er eine schlangenähnliche Gestalt annahm.

Er hasste es, seinen Drachen hier drin zu tragen. Es schien eine Farce zu sein, sein größeres Ich leiden zu lassen. Doch das Bedürfnis in ihm war zu groß.

Arrrrrruuu. Das trällernde Trompeten seiner Unzufriedenheit hallte in dem höhlenartigen Raum wider. Die Zelle mochte für seine menschliche Gestalt mehr als groß sein, aber jetzt war er groß und leicht. Sein ganzes Fleisch, ein atomares Geflecht aus Biomaterie, war zwar dünn, aber stabil genug, um den meisten Angriffen standzuhalten.

Warum bin ich so schwach?

Er war nie schwach gewesen.

Sie hat mir fast meine ganze Seele genommen.

Das erklärt aber nicht alle deine Handlungen.

Wann war er feige geworden?

War er wirklich so tief gesunken? Selbst er sollte einen gewissen Standard haben.

Ich hätte sie retten sollen.

Der Gedanke hallte in ihm nach, erfüllte ihn mit Angst und ließ ihn auf und ab gehen, aber die beträchtliche Kammer war nicht groß genug für seine Wut. Er drehte sich immer wieder zu schnell. Er polterte gegen eine Wand.

Wie kann sie es wagen, sich mir in den Weg zu stellen?

Knall.

Er prallte dagegen, die Wucht verursachte ein Beben. Verirrte Wassertropfen aus der vorherigen Dusche fielen von der Decke.

Kein Entkommen.

Er wirbelte herum und stürmte in die andere Richtung zurück, so schnell wie seine Drachenbeine es zuließen.

Bumm.

Ein weiterer Angriff mit roher Gewalt gegen die beleidigende Wand.

Ein Drache sollte nicht eingesperrt sein.

Er heulte über die Ungerechtigkeit, ein scharfer, heller Ton, bevor er in die andere Richtung zurücklief, wobei seine Kette lose hinter ihm rasselte, nachdem er sie in seiner Wut aus der Wand gerissen hatte.

Immer und immer wieder griff er an. Traf. Er schaffte es

nicht, den Aufruhr zu zerschlagen, der sich in ihm aufstaute.

Inzwischen hat sie wahrscheinlich ihre Arme straff gezogen und ihren üppigen Körper entblößt.

Meinen Körper!

Knall.

Wird sie verletzt? Der Schmerz, den ihr die Oberin zufügte, war nicht der einer Peitsche oder einer Tracht Prügel. Mit körperlichen Schmerzen konnte man umgehen, aber der Schmerz, wenn jemand den Geist zerfetzte, jede Schwachstelle, jedes Geheimnis aufriss … Das tat weh. Es tat so sehr weh. Und noch schlimmer war es, wenn der Schmerz aufhörte und Teile von einem einfach verschwanden.

Ich hätte ihr helfen sollen.

Er hätte die Eier haben sollen. Er hätte handeln sollen. Dann säße er nicht in einer Zelle fest, angekettet wie eine Bestie, die hin und her lief, gegen Wände knallte und das ganze Gebäude zum Wackeln brachte.

»Hey, mein heißer Muffin, hast du mich vermisst?«

Die plötzliche helle Erscheinung ihrer Stimme ließ ihn innehalten. Er drehte seinen großen Kopf und blickte durch die Gitterstäbe, um zu sehen, wie Deka vor dem Kerkermeister herlief, ihre Haut unversehrt, ihr Kleid irgendwie anders als zuvor.

Seine Augen wurden schmal. Sie wirkte zu tapfer. Sie musste den Schmerz verbergen.

Ein Strudel der Dunkelheit erfüllte den Korridor. Die verdammte Oberherrin, die hinter all seinen Problemen steckte, schritt auf die Zellen zu, vermutlich aufgrund von Samaels Verhalten gerufen.

Gut so.

Es hatte funktioniert.

Wenn die Oberherrin hier war, dann folterte sie Deka nicht.

Ein leises Knurren, das er schon lange nicht mehr gehört hatte, ertönte aus ihm. Seine Drachengestalt schrumpfte mit einem Schnappen, als Samael knurrte: »Hat die Schlampe dir wehgetan?«

»Als ob, Sammy.« Deka blieb vor seiner Zelle stehen und drehte sich. »Alles in Butter.« Sie blieb stehen und sah ihn an. »Hast du mich vermisst?«

»Sammy?« Die tiefe Stimme klang vertraut, und doch ...

Samaels Kopf ruckte herum, als er sich umdrehte und die Oberherrin ansah, aber er bemerkte, dass sie anders aussah. Größer, breiter und die Hände ...

Er umgriff die Stäbe und presste sein Gesicht dagegen, bevor er fragte: »Wer bist du?«

»Erkennst du mich nicht?«, spottete die Stimme. Sie kam von einem Mann mit dunklem Haar, das wie ein Krähenflügel hochstand, aber diese Augen ... Diese Augen mit den roten Iriden.

»Du bist es. Das kann nicht sein.« Er legte die Stirn in Falten.

»Du wusstest nichts von Zwittie?«, sagte Deka mit einem Hauch von Überraschung. »Halb Mann, halb Frau. Und anscheinend hat er nicht erkannt, welche Möglichkeiten er hat, das für die Massen auszunutzen.«

»Deine neue Zellengenossin hat ein großes Mundwerk, *Sammy*.« Der Spott war nicht zu überhören. »Ich freue mich darauf, es ihr durch Bestrafung auszutreiben.«

Sein Griff um die Gitterstäbe wurde fester. Metall stöhnte.

Deka sah entsprechend beeindruckt aus. Es wurde Zeit, dass er etwas in dieser Art tat. Sie kam näher und streckte einen Finger aus, um über die zu streichen, mit denen er die Stäbe umklammerte.

Ein Ruck von etwas durchfuhr ihn. Ein Gefühl des Bewusstseins, von dem er wusste, dass sie es auch spürte.

»Wie hältst du die Stäbe?«, fragte sie, eine einfache Frage, die zu verstehen er einen Moment brauchte, denn in seinem Kopf hatte sie etwas gesagt, das in etwa so lautete: *Lass mich dir einen blasen.*

Oralverkehr war immer das Erste, woran ein Kerl dachte, gefolgt von: *Verdammt, ihre Hand würde an meinem Schwanz gut aussehen.* Und schließlich: *Sie ist ziemlich hübsch. Ich frage mich, ob sie eine Runde auf meinem Schwanz drehen will.*

»Sind deine Gitterstäbe defekt?« Sie ließ ihre Hand von ihm weg auf das Metall gleiten. Sie holte tief Luft.

Er schlug ihre Hand weg. »Tu das nicht.«

Sie legte den Kopf schief. »Warum schreist du nicht?«

»Genug geplappert. Bring die Silberne zurück in ihren Käfig.«

Der Gefängniswärter bewegte sich in ihre Richtung, aber Deka wartete nicht auf ihn. Sie ging in ihren Käfig, drehte sich um und winkte dem Oberherrn mit der Hand zu. »Geh. Ich habe keine Lust mehr, mit dir zu reden. Wenn du bleibst, werde ich dich ignorieren. Du bist der schlechteste Gastgeber aller Zeiten.«

Die Falle, die sie gestellt hatte, war reizend. Samael bewunderte sie so sehr, dass er die Hände sinken lassen musste.

Der Oberherr war total am Arsch. Wenn er ging, schien es, als würde er ihr gehorchen. Wenn er blieb, wovon jeder wusste, dass er das nicht vorhatte, verlor er auch sein Gesicht.

Die Eleganz war wunderschön.

Und der Oberherr wusste das. »Du denkst vielleicht, dass du für den Moment gewonnen hast, aber du scheinst zu vergessen, dass ich einen anderen in die Finger bekomme, solltest du dich als zu schwierig erweisen.«

Wenn Deka weiter reizte, würde der Oberherr Deka in Ruhe lassen.

Die nächsten Worte machten diese Hoffnung zunichte.

»Ich brauche dich nicht, und es ist schon eine Weile her, dass wir einen Drachen gebraten haben.«

»Tante Waida sagt, wir werden am besten langsam über einem Kohlefeuer gebraten. Du solltest auch eine Marinade besorgen, die zur Farbe der Schuppen passt. Für einen Silbernen solltest du eine Marinade mit Meersalz und Pfeffer machen. Die Gewürze werden unter die Schuppen gerieben. Manche Leute machen den Fehler, zuerst zu häuten, aber das sollten sie nicht tun, denn die Haut dient als Folie, um das Innere zu backen.«

Samael war nicht der Einzige, der sich Zeit nahm, um die Tatsache zu verdauen, dass Deka sich mit dem Kochen von Drachen ziemlich gut auszukennen schien.

Der Kerkermeister schlug die Tür zu und die Schlösser klickten.

Samael brodelte an den Gitterstäben, die er immer noch umklammert hielt, jedoch ohne sich daran zu verbrennen. Das war nicht das erste Mal, dass er das geschafft hatte. Vermutlich baute er eine Immunität auf.

Ich bin eben etwas Besonderes.

»Wir werden sehen, ob du immer noch lachst, wenn wir dich aufspießen und rösten.« Der Oberherr wirbelte herum und verdeckte mit der Bewegung seines Wolkenumhangs seinen Rückzug.

»Es wird auch Zeit, dass du gehst. Ich schwöre, manche Leute verstehen einfach keinen Wink, wenn sie nicht mehr willkommen sind«, sagte sie laut genug, dass alle es hören konnten.

Jabba grinste, als er dem Oberherrn hinterherhuschte und sie allein ließ.

Wie peinlich.

Ich hätte romantisch gesagt. Die eindeutig weibliche Stimme ertönte in seinem Kopf, aber es war keine, die er zuvor gehört hatte.

Bin ich endlich übergeschnappt und habe meine weibliche Seite gefunden?

Das Lachen half nicht.

»Sammy«, rief Deka ihn. »Sieh mich an, mein heißer Muffin.«

Er drehte den Blick, um den ihren zu finden. Ihre grünen Augen waren feurig und er spürte, wie seine eigenen als Antwort glühten. Als er durch die Gitterstäbe starrte, entzündete sich ein Funke in ihm. Er verbrannte die Ränder der Dunkelheit in seinem Inneren.

Er brachte Worte hervor, die auszusprechen er für unmöglich gehalten hatte. »Wir werden hier rauskommen.«

Sie schlug die Hände zusammen. »Wirst du auch ungeduldig, Muffin? Ich kann es jedenfalls nicht erwarten, dass deine Hände meinen Körper verehren.«

Okay, darauf konnte er auch nicht warten, aber das war nicht sein Hauptgrund, um von hier zu verschwinden.

Moment, warum denn nicht?

Während sich seine Wut abkühlte, wurde das Metall, das er umklammerte, heiß.

»Scheiße.« Er trat von den Gitterstäben weg und Deka stieß ein »Hmmm« aus.

»Was soll das heißen?«, fragte er.

»Ich finde nur deine Reaktion auf die Stäbe interessant.

Mir wurde immer beigebracht, dass kein Drache Dracinore-Metall berühren kann, ohne zu leiden, und doch hast du es eine Zeit lang getan.«

»Eine verzögerte Reaktion.«

»Könnte sein, oder es beeinflusst dich nicht wie einen Reinblüter.«

Er sträubte sich und blähte seine Brust auf. »Willst du damit sagen, dass ich kein Drake bin?« Ein männlicher Alphadrache, der herrschen konnte.

»Du hast definitiv Eier, Hengst. Aber ich weiß auch von den Tests meiner Mommy, dass du kein reiner Goldener bist.«

»Willst du mich verspotten, weil ich ein Halbblut bin? Das erscheint mir ironisch, nachdem du keine reine Silberne bist.«

»Ich bin es zu drei Vierteln«, erklärte sie. »Und niemand verspottet hier irgendjemanden.«

»Noch nicht.« Der Moment war noch jung. Die Möglichkeiten endlos.

»Ich will damit sagen, dass du zur Hälfte etwas bist, aber meine Mutter konnte nicht herausfinden was. Was, wenn diese Hälfte nicht von Dracinore beeinflusst wird?«

»Wenn das so wäre, warum funktioniert es dann nicht immer?«

»Eine Hybrideigenschaft. Sie muss wahrscheinlich ausgelöst werden. Was hatten die Zeiten, in denen du immun warst, gemeinsam?«

»Ich war wütend.«

»Warum warst du dieses Mal wütend, Sammy?« Sie trat näher an die Gitterstäbe heran und fuhr mit einem Finger an ihrem Dekolleté entlang bis zu einem Knoten.

»Ich mag keine Spiele.«

»Nur Verlierer hassen Spiele. Und keiner von uns ist ein Verlierer, Hengst. Ich weiß, dass du eifersüchtig warst.«

»War ich nicht.«

»Das solltest du aber sein. Die Oberin ist total hinter meinem Körper her.«

»Er hat dich angefasst?« Er konnte sich das Schreien der Worte nicht verkneifen.

»Er wollte es. Aber leider wurde er von meinem supereifersüchtigen Freund unterbrochen.«

»Ich bin nicht dein Freund.« Er war mehr als das.

Ich bin ihr *Gefährte*.

Die Vorstellung ließ ihn ohnmächtig werden.

KAPITEL NEUN

Armer Samael. Der Mann war ziemlich überwältigt, wahrscheinlich vor Sorge um sie.

Sie konnte sehen, dass er sie für eine zarte Blume hielt, die seinen Schutz brauchte. So sexy. Aber es war nicht verkehrt, ihm von Zeit zu Zeit zu zeigen, dass sie stark war. Bald würde er sehen, wie wunderbar eine selbstbewusste Frau sein konnte – vor allem im Bett.

Er wird keine Verzichtserklärung unterschreiben müssen.

Ihre Libido rieb sich vergnügt die gierigen Hände.

»Mach dir keine Sorgen um deinen hübschen Goldkopf. Wir werden bald hier rauskommen.«

»Hast du endlich die wenigen Tassen verloren, die du noch im Schrank hattest?«, war seine sarkastische Antwort, während er sich aus seiner Bauchlage mit dem Gesicht auf dem Boden in eine sitzende Position kämpfte.

»Oh, bitte. Die habe ich schon vor langer Zeit an meine Cousine Mary verloren. Sie sammelt die verdammten Dinger. Wenn du gegen sie gewinnen willst, besorg einfach ein paar und halte sie ihr unter die Nase, um sie abzulenken.«

»Ist das nicht Betrug?«

Sie blinzelte. »Dein Argument ist?«

Ein rostiges Glucksen ertönte und mit einem Hauch von Verwunderung murmelte er: »Heilige Scheiße, ich hätte nie gedacht, dass ich noch einmal einen Grund zum Lachen finden würde.«

»Das ist erst der Anfang, mein heißer Muffin. Du und ich werden zusammen glorreiche Abenteuer erleben, viel lachen und wahnsinnig heißen Sex haben.«

»Das klingt in Anbetracht unserer Situation übertrieben optimistisch.«

»Gerade eben hast du noch gesagt, wir würden fliehen.«

»Gerade eben habe ich die Situation kurz vergessen. Sie ist immer noch beschissen, falls du es noch nicht bemerkt hast.«

»Der Kerker ist halb voll, Hengst. Du musst das Positive um dich herum sehen.«

»Was ist positiv daran, in einer drachensicheren Zelle gefangen zu sein?«

»Nun, erstens bist du nur ein halber Drache. Und zweitens: Ich bin hier.« Sie streckte ihre Hände aus und sang: »Ta-da!«

»Ich weiß nicht, wie das helfen soll.«

»Weil du mürrisch bist, da du wahrscheinlich geil bist. Mach dir keine Sorgen. Das bringen wir bald in Ordnung.«

»Das sagst du immer wieder, aber ich habe noch keinen konkreten Plan für deine Flucht gehört.« Er deutete auf die Wände und Gitterstäbe seiner Gefängniszelle. »Ich habe es versucht. Dieser Ort wurde geschaffen, um einem Drachen zu widerstehen.«

Sie klopfte auf die Steinwand. »Das wurde er auf jeden Fall. Das muss man unseren europäischen Vorfahren lassen.

Sie wussten, wie man Kerker baut. Aber auch wenn sie uns gut davor schützen auszubrechen, hält das niemanden davon ab hineinzukommen.«

»Wer sollte hierherkommen?« Er deutete mit einer Hand auf ihre Umgebung. »Hier gibt es nicht einmal einen Starbucks.«

»Sag nicht das S-Wort«, stöhnte sie. »Ich könnte jetzt einen Hibiskusdrink gebrauchen«, murmelte sie. »Ich werde eine alles andere als gute Bewertung über dieses Schloss auf *TripAdvisor* schreiben. Mit einer Betonung auf dem Mangel an Annehmlichkeiten.« Sie schüttelte eine Faust in Richtung der Decke. »Würde es euch umbringen, Kaffee zu servieren?«

»Keiner kommt, um uns zu retten, weil keiner weiß, dass wir hier sind.«

»Sei dir da nicht so sicher. Ich habe dich gefunden.«

»Ja, du hast mich gefunden. Aber hast du jemandem gesagt, wo du hingegangen bist? Weißt du überhaupt, wo wir sind?«

Sie winkte mit einer Hand ab. »Noch nicht. Ein kleines Detail, das ich lösen werde, sobald ich einen Blick aus dem Fenster werfen kann.«

»Selbst wenn du es geschafft hättest nachzusehen, und zum Teufel, sagen wir mal, du hättest eine Adresse gesehen, wem würdest du sie mitteilen? Wir haben kein Telefon. Kein Internet. Nicht einmal eine verdammte Fackel.« Er zählte die Punkte an seinen Fingern ab. »Ich sage es dir nur ungern, verwöhnte Prinzessin, aber niemand wird kommen, weil niemand weiß, wo *das hier*«, große Geste in Richtung des Raumes um sie herum, »ist.«

»Ich korrigiere, mein Goldener Hengst. Sie wissen es doch.« Sie schlug sich auf den Hintern. »Mutter hat mich chippen lassen, nachdem ich zum dritten Mal im Einkaufszentrum verschwunden war.«

»Deine Mutter hat dich gechipt wie einen Hund?«

Sie rümpfte die Nase. »Nun, so hat sie es nicht ausgedrückt. Ihre Worte waren: *Mein lieber Schatz Deka, ich wäre am Boden zerstört und würde mich wahrscheinlich in einen Abgrund stürzen, wenn dir aufgrund meiner elterlichen Fahrlässigkeit, nicht auf dich aufzupassen, jemals etwas zustoßen würde.*«

»Das hat deine Mutter gesagt?« Er verbarg seine Skepsis nicht.

»Nicht mit diesen genauen Worten, aber das war die Kernaussage. Ich meine, wie würdest du sonst übersetzen: *Dämonenbrut, ich werde dir einen Peilsender verpassen, bevor das Jugendamt mich wegen Kindesvernachlässigung anklagt?* Das ist das Gleiche.«

»Total.«

Sie konnte nicht anders, als ihn anzustrahlen. »Ich wusste, du würdest es verstehen. Meine Familie versteht mich nicht immer. Anscheinend hat ein Seelenklempner meiner Mutter gesagt, ich hätte eine dissoziative Störung. Sie behauptete auch, ich hätte eine Portion Narzissmus und ein komisches Wort, das ich nicht aussprechen kann.«

»Meiner sagte mir, ich hätte einen Überlegenheitskomplex«, erzählte er.

Sie rümpfte die Nase. »Was ist daran falsch?«

»Das habe ich auch gesagt.«

»Wusste dein Seelenklempner, dass du ein Goldener bist? Ich denke nämlich, dass du aufgrund deiner Gene zu einem Gottkomplex verpflichtet bist.«

»Siehst du, du verstehst es, aber glaubst du, dieser Arsch hätte zugehört?«

»Nein!« Sie schlug eifrig die Hände zusammen. »Also hast du ihn für seine Frechheit gefressen.«

»Ich wünschte, es wäre so gewesen. Anastasia hat mich nicht gelassen. Also bin ich in der Nacht zurückgekehrt und habe das Haus niedergebrannt.« Er hielt inne. »Während er mit seiner Geliebten drin war.« Ein Lächeln umspielte seine Lippen, und sie erwiderte es, erregt von dem Aufblitzen seiner früheren Arroganz.

Das ist der Drache, den ich als Gefährten haben will.

»Rache ist leckerer als alles andere. Wenn wir hier rauskommen –«, sagte sie.

Wirst du dich nackt ausziehen und für mich vornüberbeugen. Sie hörte seinen Gedanken ganz deutlich, ließ sich jedoch nicht davon ablenken.

»Werden wir –«

Wirst du so hart an meinem Schwanz kommen, dass du fast daran erstickst.

Oh, da wäre sie fast vom Thema abgekommen, aber sie blieb standhaft und brachte es zu Ende. »Dir ein paar Klamotten besorgen.«

»Was?«

Warum will sie mich anziehen?

Sie konnte seine Verwirrung hören und verstehen, da ihrer beider Fantasien das Ausziehen beinhalteten.

Sie erklärte es ihm. »Ja, Kleidung, mein ungezogener, nackter Hengst. Wenn meine Leute eintreffen, wäre es nicht gut für sie, wenn sie dich begaffen. Ich mag die meisten von ihnen und würde es hassen, sie töten zu müssen.«

»Fürs Anstarren.«

»Ganz genau.« Sie strahlte. »Ich wusste, du würdest es verstehen. Das macht es einfacher, eifersüchtige psychotische Anfälle zu vermeiden.«

»Du bist eifersüchtig? Meinetwegen?«

»Ich weiß, das ist überraschend, weil ich normalerweise alles um mich herum in den Schatten stelle, aber du bist ziemlich schick und ich kann mir vorstellen, dass einige der Kälber denken, sie könnten dich anbaggern. Das ist natürlich völlig inakzeptabel.«

»Natürlich«, erwiderte er mit leiser Stimme. »Heißt das, ich darf darauf bestehen, dass du Rollkragen trägst?« *Damit niemand die glatte Linie ihres Halses bewundern kann.*

Sie hörte den Gedanken deutlich. Es löste ein schwindelerregendes Gefühl in ihr aus. »Du solltest vielleicht auf weiten Trainingshosen bestehen. Genauso wie du vielleicht hässliche Haarschnitte ertragen musst, die Art, bei der ich sie mit einer Schüssel auf deinem Kopf stutze.«

Seine Lippen zuckten. »Oder wir könnten beide die Welt mit unserem Aussehen verblüffen, sie uns begaffen lassen und nach einem glorreichen Eifersuchtsstreit schreienden Versöhnungssex haben.«

Sie seufzte. »Du sagst die süßesten Dinge. Ich schlage vor, dass wir uns gleich nach dem dritten Orgasmus, den du mir verschaffst, einen dicken, fetten Cheeseburger mit viel Belag, Pommes und einen Milchshake gönnen, denn wir müssen wieder ein wenig Fleisch auf diese Knochen bringen.«

»Die Kerkerdiät hat mich etwas dünner gemacht als früher.« Er schaute an seinem Körper herunter.

»Ich habe nichts gegen ein paar Knochen, aber nur, wenn sie mit einem Steak serviert werden. Oh, und für deinen knochenharten Schwanz mache ich eine Ausnahme.«

Der arme Kerl verschluckte sich. Wahrscheinlich hatte er etwas in die falsche Röhre bekommen.

»Keine Sorge, mein heißer Hengst. Bald wirst du nach Luft schnappen, weil ich dich wie ein Cowgirl reiten werde.« Ohne Sattel. Es hatte keinen Sinn zu warten. Ihre biologische Uhr tickte und sie musste aufholen. Einige Cousinen und Freundinnen hatten bereits ein paar süße, plappernde Zwerge zur Welt gebracht. Sie wollte auch nach Babypuder und Kotze riechen.

Er wurde ernst. »Denkst du wirklich, dass Sex ganz oben auf unserer Liste stehen sollte? Ich meine, der Oberherr hat böse Pläne. Sollten wir uns nicht Sorgen um das Schicksal der Welt machen ...«

Sie starrte ihn an.

»Mögliche Ausrottung der Menschheit, Hungersnot, Krieg ...«

Sie starrte ihn weiter an, bis er langsamer wurde und endete: »Du hast recht. Scheiß auf sie alle. Die können warten, während ich es mit dir treibe, bis sich deine Zehen krümmen.«

Meine Zehen haben sich schon in dem Moment gekrümmt, in dem ich dich zum ersten Mal traf.

Sie sprach es nicht laut aus, dennoch bemerkte sie, wie seine Augen sich weiteten. Die Kommunikationsmöglichkeiten zwischen ihnen wurden immer breiter. Das war bei gepaarten Gefährten oft der Fall, vor allem jetzt, da sie sich berührt und eine leichte Verbindung aufgebaut hatten.

Sex würde sie festigen.

Während sie darauf wartete, dass die Kälber das Schloss stürmten, verbrachten sie eine Weile mit Plaudern. Der alte, forsche Samael, den sie von früher kannte, tauchte erst bruchstückhaft, dann in längeren Abschnitten auf.

Das war der Mann, der Drache, der Fast-König, in den sie sich verliebt hatte.

Das böse Funkeln in seinen Augen war jedoch der Grund, warum sie ihn liebte.

»Ich habe vielleicht einen Plan, wie wir aus diesen Zellen herauskommen«, behauptete er.

Angesichts der Tatsache, dass ihr ganzes Blut aus dem Gehirn gen Süden geflossen war, was ihr das Denken unmöglich machte, war sie froh, dass ihm endlich etwas eingefallen war. Denn Babette und die anderen ließen sich viel Zeit mit ihrem Auftauchen.

Ernsthaft. Sie hätten schon längst hier sein müssen. Vielleicht war der Ort besser bewacht, als es schien. Nur weil sie lediglich Jabba Eins und Zwei gesehen hatten, hieß das nicht, dass es nicht noch mehr Wachen oder Sicherheitseinrichtungen gab.

Dekas persönliches Hortversteck war wie aus einem *Tomb Raider* Film, mit versteckten Gruben, feurigen Speeren und Giftpfeilen. Sie hatte sogar einen riesigen Felsbrocken, der herunterfiel.

Das Problem war nur, dass er nicht nur Eindringlinge zerquetschte, sondern auch ihren Schatz.

Es war schwierig, Blut und Eingeweide aus dem plattgedrückten Goldfiligran herauszubekommen. Wenigstens hatte sie nach dem ersten Verlust gelernt, keine Actionfiguren an diesem Ort aufzubewahren. Das Ewok-Dorf aus den Achtzigern hatte sie noch nicht ersetzt.

»Wie lautet der Plan, Hengst?«

»Wenn unser Kerkermeister mit unserer nächsten Mahlzeit kommt, verführe ihn.«

»Ähm, solltest du als mein supereifersüchtiger Freund nicht dagegen sein?«

Er fixierte sie mit seinem Blick. »Fühlst du dich zu ihm hingezogen?«

»Nicht besonders.«

»Und ich habe nicht gesagt, dass du sehr weit gehen musst. Du musst nur nahe genug an ihn herankommen, um seinen Schlüsselbund zu stehlen. Dann wirf ihn mir zu, während du ihn aufhältst.«

»Du willst, dass ich gegen ihn kämpfe?« Sie zeigte auf sich selbst. »Warum beinhaltet dieser Plan nicht, dass du ihn verführst und mir die Schlüssel zuwirfst, während du ihn überwältigst?«

»Das wird nicht funktionieren.« Er zuckte mit den Schultern. »Ich habe es versucht. Ich bin nicht sein Typ.«

»Dir ist klar, dass es als deine Rettung durch mich gewertet wird, wenn ich das tue.«

»Ich bin sicher, dass wir eine Gelegenheit haben werden, das auszugleichen.«

»Wird bei dir alles zum Wettbewerb?«, fragte sie, eine Hand in die Hüfte gestemmt.

»Wahrscheinlich.«

Sie lächelte. »Seelenverwandte, mein heißer Muffin. Totale Seelenverwandte.«

Er presste die Lippen fest aufeinander und antwortete nicht. Sie hätte wetten können, dass die Gefühle ihn überwältigten. Ihr böser Herrscher war eben so sensibel.

Bald würde er einen Weg finden, es auf körperliche Weise auszudrücken. Aber bevor sie zu den guten Dingen kamen, machten sie ein Nickerchen. Und warteten.

Und unterhielten sich.

Warteten noch mehr.

Schliefen wieder.

Dann wurde sie genervt. »Wann werden wir gefüttert?« Sie ging in ihrer Zelle auf und ab. »Ich werde sehr, sehr hungrig.«

»Du hörst dich an wie der Marsmensch aus *Looney Tunes*.«

Ihr funkelnder Blick hätte ihn wie eine außerirdische Waffe durchlöchern sollen. »Meinen Hunger zu verspotten ist keine gute Idee, *Muffin*.« Es war möglich, dass sie beim Aussprechen dieses Wortes knurrte.

»Du wirst nicht mehr lange warten müssen, Psycho.«

»Versuch nicht, mir Honig ums Maul zu schmieren, es sei denn, du hast wirklich Honig. Wenn das so ist, dann wirf etwas davon rüber.« Normalerweise bevorzugte sie eine Beilage dazu, aber in diesem Fall würde sie eine Ausnahme machen.

»Pssst.«

Er hatte sie zum Schweigen gebracht.

Ohne seinen Schwanz.

Wusste er denn nicht, wie man das machte?

Der langsame, schwerfällige Schritt von Jabba verschloss ihre Lippen. In Anbetracht ihres früheren Plans streckte sie die Hüfte heraus, befeuchtete ihre Lippen und war bereit, als er auftauchte.

»Hey, Hübscher.« Sie starrte auf seine leeren Hände und kreischte: »Wo ist mein verdammtes Essen?«

Okay, der Plan für die Verführung fing also holprig an. Das Geheimnis – von dem sie Samael nichts erzählte –, das Blut und Gewalt beinhaltete, wirkte jedoch immer reizvoller.

Wenn alles andere versagt, speise im Freien. Jabba-Tartar hört sich im Moment gut an.

Sie näherte sich den Stäben und leckte sich die Lippen. »Entschuldige bitte, Jabba. Ich werde ein bisschen gereizt, wenn ich Hunger habe.«

Ein bisschen? Die männliche Stimme in ihrem Kopf lachte.

»Der Oberherr will dich.« Jabba beäugte sie, wie es sich gehörte.

Sie schüttelte ihr Haar. »Die Oberin kann mich am prallen Arsch lecken. Warte.« Sie runzelte die Stirn. »Das will er doch schon. Wenn ich es mir recht überlege, sag der Oberin, er soll sich selbst einen blasen, denn diese Lippen gehören Sammy.«

»Du glaubst, du hast eine Wahl?« Jabba gluckste. »Gute Nacht, Prinzessin.« Er schüttete Pulver in seine Hand aus dem Beutel an seiner ... es war nicht wirklich eine Taille. Rolle an seiner Seite? Steuerbordteil?

Die feinen Partikel flogen durch die Luft, ein dunstiges Durcheinander aus Staub, von dem sie besser wusste, als es einzuatmen. Sie wedelte hektisch mit einer Hand. Hielt den Atem an. Drückte sich die Nase zu und blies die Wangen auf.

Der feine Staub landete auf ihrer Haut.

Ihr fielen die Augen zu und sie sank zu Boden, als die Schlösser klackten und die Tür sich langsam öffnete.

Erst als Jabba direkt über ihr stand und – unhöflicherweise – grunzte, als er ihren federleichten Körper hochzog – leichter, als er angedeutet hatte, verdammt noch mal –, riss sie die Augen auf und schrie: »Buh!«, bevor sie die Beine nach oben schwang und Jabba einen Tritt gegen den Kopf versetzte.

Sie rollte sich auf die Füße und schlug Jabba wieder und wieder. Die ganze Zeit über kicherte sie.

»Mich betäuben. Ha. Meine Mutter hat mich schon in jungen Jahren immun gegen die meisten Tränke gemacht.« Nicht immer absichtlich. Deka schluckte gern das Zeug in den hübschen Flaschen, besonders wenn es leuchtete.

»Nicht. Du wirst. Verdammt.« Jabba konnte keinen Satz mehr beenden und bald auch nicht mehr stehen. Er sackte bewusstlos zu Boden.

Sie stellte einen Fuß auf ihn und hob siegreich die Hände. »Und die Menge tobt.«

Als der Applaus ausblieb, funkelte sie Sammy an. »Ähem. Ich sagte, die Menge tobt.«

Er verschränkte die Arme. Sie kannte diesen Blick.

Er war von der Art, die ausdrückte, dass er ihr lieber persönlich danken würde, als seine Energie mit Klatschen zu verschwenden.

»Ich komme, Sammy.« Und das meinte sie mehr als wörtlich. Schauder.

KAPITEL ZEHN

Es gab nichts Besseres als den entmannenden Moment, in dem einem klar wurde, dass die zierliche und kurvige Frau, die noch nicht einmal einen Tag eingesperrt war, einen besseren Fluchtplan hatte als man selbst.

Als sie durch die Gänge des Schlosses wanderten – frei aufgrund ihrer Handlungen –, fragte sie: »Bist du eingeschnappt?«

»Ich bin nicht eingeschnappt«, schmollte er, während die Schwerkraft auf seiner Unterlippe Überstunden machte. »Ich verstehe nur immer noch nicht, warum Jabbas Scheiße dich nicht umgehauen hat.«

»Übung, Hengst. Ich bin sicher, dass du mit der Zeit die gleiche Immunität gegen Drogen entwickelt hättest wie ich. Vergiss nicht, dass meine Mutter Alchemistin ist. Ich wurde geimpft und bin gegen viele Dinge immun geworden.«

»Musstest du dich allein um den anderen Kerkermeister kümmern, bevor du mich freigelassen hast?« Trotz seiner wiederholten Schreie war sie losgelaufen – mit den verdammten Schlüsseln –, um den anderen Wärter niederzuschlagen und zurückzuschleppen. Sie waren nun beide in ihrer Zelle eingesperrt.

Dann, und erst dann, hatte sie ihn freigelassen.

Was für eine Schande.

»Schmoll nicht, Hengst. Ich habe nur meine ehrenvolle Pflicht gegenüber meinem Sept erfüllt, indem ich den Bruder des Königs beschützt habe.«

»Blödsinn. Du willst, dass ich dir etwas schulde.«

»Ja, klar. Du weißt genauso gut wie ich, dass es nur um den Sieg geht. Also, willst du jetzt noch weiter über meine gewandte Flucht schwadronieren oder mir dabei helfen, sie zu vollenden?« Sie streckte die Hand aus. »Lass uns den Laden aufmischen.«

Beinahe hätte er nach ihrer Hand gegriffen, doch dann erinnerte er sich an die verstandauslöschende Erfahrung, die er beim letzten Mal gemacht hatte.

Wenn sie mich berührt, weiß ich vielleicht nicht mehr, was ich tun soll.

Und das ist schlecht, weil?

Er konnte es sich im Moment nicht leisten, verwirrt zu sein. Die Freiheit wartete.

Er drängte sich an ihr vorbei, sein Körper zitterte, als er spürte, wie Haut an Haut rieb, und marschierte aus freiem Willen durch den Flur.

Geh zurück. Wenn der Oberherr dich beim Umherstreifen erwischt, bekommst du mächtig Ärger.

Halt die verdammte Schnauze.

»Wer spricht denn da?«, fragte sie.

»Hör auf, meine Gedanken zu hören.«

»Dann hör auf, sie zu schreien. Es ist nicht meine Schuld, dass du so laut bist. Was mich, wie ich hinzufügen möchte, normalerweise nicht stört, wenn es um mich geht und nur um mich. Aber in diesem Fall antwortest du jemand anderem, und das gefällt mir nicht.«

»Worüber quasselst du jetzt? Ich rede mit niemandem außer mit deinem verrückten Arsch.«

»Und mit der Stimme in deinem Kopf. Wer ist sie? Ich habe dich vor meiner eifersüchtigen Seite gewarnt. Gedankengespräche sollten nur für dich und mich sein. Niemanden sonst.«

Er hielt inne und wirbelte herum. »Wovon redest du?«

»Diese Stimme. Du weißt schon, die, die will, dass du ein Weichei bist. Wer ist es?«

»Ich.« Die Scham darüber brannte wie Säure in seinem Inneren.

Sie schüttelte den Kopf. »Nein, das ist sie nicht. Sag mir nicht, dass du dachtest, es sei so.« Sie kicherte. »Dummer Drache. Wie konntest du nicht merken, dass jemand mit deinem Verstand gespielt hat?«

Du meinst, das bin nicht ich, der mir einredet, ich solle kneifen und meinen verdammten Bauch zeigen?

Hör nicht auf sie. Sie weiß nicht, wovon sie spricht.

Wer zum Teufel ist in meinem Kopf?

Blöde Frage. Nur eine Person würde mit seinen Gedanken spielen.

»Dieser Wichser.« Kein Wunder, dass Samael sich immer wieder auf den Rücken drehte. Er hörte nicht wirklich auf sich selbst. Jemand zog an seinen mentalen Fäden. »Wie werde ich ihn wieder los?«

»Was meinst du mit *wie*?« Sie schürzte die Lippen. »Hat dir niemand beigebracht, deinen Verstand zu hüten?« Sie machte ein abfälliges Geräusch. »Natürlich haben Parker und diese verklemmte Schlampe von Priesterin das nicht getan.«

»Sag mir, wie ich meine Gedanken zu meinen eigenen

machen kann. Lobotomie? Vielleicht, wenn du mir ins Gesicht schlägst. Versuch nur, mir nicht die Nase zu brechen. Sie ist ziemlich perfekt.«

Ihre Lippen zuckten. »Fast so perfekt wie meine. Was deinen Verstand angeht, ist es eigentlich ganz einfach. Sag dir, die Welt dreht sich um mich.«

Er legte die Stirn in Falten. »Die Welt dreht sich um mich? Das ist alles?«

»Nein, dummer Muffin. Um *mich*.« Sie stieß sich auf die Brust. »Allerdings wirst du einige Drachen treffen, die dich davon überzeugen wollen, dass sie der Mittelpunkt des Universums sind. Völlig falsch. Ich bin es. Das war schon immer so.«

Sie war zweifellos ein Lichtblick in seinem jetzigen Leben. Trotzdem schien es zu einfach. »Wie soll es helfen, mich auf dich zu konzentrieren?« Aber wenn er sich auf sie konzentrierte, trat alles andere in den Hintergrund: die Gefahr, seine Depression, die Fetzen im Wind; aber wenn er sich auf sie konzentrierte, wurden sein pochender Schwanz und seine Eier noch deutlicher.

»Es funktioniert, denn sobald du akzeptierst, dass ich der Mittelpunkt deines Universums bin, weißt du, dass die einzige Stimme, auf die du hören solltest, meine ist. Alle anderen kannst du ignorieren.«

Nur auf sie hören? Aber sie dachte, er sei es wert, für ihn zu kämpfen. Sie wollte dekadente Dinge mit seinem Körper anstellen.

Und er wollte diesen Gefallen erwidern.

Aber sie zur Summe seiner Existenz zu machen? War das nicht ein Tausch von einem Gefängnis gegen ein anderes?

»Wie wäre es, wenn ich aufhöre, auf die Stimmen in meinem Kopf zu hören, und stattdessen tue, was ich will?«

Denn, Moment mal, als Golddrache sollte sich die Welt, ja das ganze Universum, nicht nach ihm richten?

»Gehorchst du mir etwa nicht?« Deka wirbelte herum, die grünen Augen blitzten, die Lippen waren zu einem Lächeln verzogen.

Wie sexy sie aussah.

Und gefährlich.

»Es ist kein Ungehorsam, wenn ich mich weigere anzuerkennen, dass du wichtiger bist als ich. Eigentlich bist du, wie ich anmerken sollte, diejenige, die mit einem Goldenen Erben ziemlich unverschämt umgeht.« Es tat gut, wie die Arroganz von seinen Lippen glitt.

»Heißt das, du wirst mich bestrafen?«

Indem ich sie über mein Knie lege und ihr den Hintern versohle.

»Ja!«, knurrte sie, als sie seine Gedanken las.

Sie stürzte sich auf ihn, schleuderte ihn gegen die Wand und presste sich an seinen Körper.

»Was machst du da?«, fragte er.

»Mir ist aufgefallen, dass wir zwar praktisch verlobt sind, uns aber noch nie geküsst haben.«

»Wir sind nicht verlobt. Ich habe dich nie darum gebeten, meine Gefährtin zu sein.«

»Semantik. Wir sind dazu bestimmt, zusammen zu sein. Wenn du dich dann besser fühlst, wie wäre es, wenn wir einen modernen Ansatz wählen. Hey, Samael D'Ore, willst du mit mir in die Kiste steigen?«

In einer vernünftigen Welt hätte er Nein gesagt. Andererseits wurde Vernunft völlig überbewertet. Er packte ihren Hintern, hob sie hoch und murmelte an ihrem Mund: »Ich will dich ficken, bis du so hart kommst, dass du nicht mehr schreien kannst.«

Ein deutlicher Schauer ging durch ihren Körper, vibrierte in seinen Händen und bebte an seinem Körper.

So sexy, weshalb er sie küsste.

Er tat es.

Zuerst.

Endlich etwas, das er als Sieg über diese Frau verbuchen konnte.

Aber obwohl er vielleicht damit angefangen hatte, machte ihn die bloße Berührung ihrer Lippen sprachlos. Lust floss in jeden Winkel seines Körpers. Seine Nervenenden kribbelten. Goldene Kraft strömte durch seine Adern.

Er pochte vor Verlangen.

Doch sie stieß ihn weg.

»Komm zurück«, knurrte er.

Sie tanzte aus seiner Reichweite, als er sie packte. »Nicht jetzt, mein heißer Muffin. Wir müssen eine Flucht bewältigen. Aber behalte diesen Gedanken für später.« Sie zwinkerte.

Sie zwinkerte ihm verdammt noch mal zu, anstatt sich um das schwellende Problem zu kümmern, das aus seinem Körper ragte.

Er schaute auf seinen armen Schwanz hinunter.

Bald, Kumpel. Du hast gehört, was sie gesagt hat.

Er war sich ziemlich sicher, dass jemand schluchzte.

Da er wieder ein gewisses Maß an Dominanz erlangt hatte – *ich bin schließlich der Bruder eines Königs* –, folgte er dem prallen Arsch vor ihm. Es war nur recht und billig, dass ihm jemand den Weg wies und sein Kommen ankündigte.

Obwohl sie erst zweimal durch den Spießrutenlauf der Flure geführt worden war – einmal hin, einmal zurück –, schien sie genau zu wissen, wo sie abbiegen musste. In kurzer Zeit hatten sie die kühlen Temperaturen der Kellergeschosse unter dem Schloss verlassen und waren in die kunstvolleren und etwas wärmeren Gänge der Hauptebene gelangt.

Wo sie normalerweise an der Nische mit dem Becken mit den flackernden blauen Flammen links abbiegen würden, bog sie rechts ab.

»Warum gehst du in diese Richtung?«, fragte er.

»Weil der andere Weg tiefer ins Schloss und nach oben führt. Wir wollen eine Tür, die nach draußen führt.«

»Was ist falsch an einem Fenster?« Er gestikulierte.

Deka wurde langsamer und betrachtete den dunkelgrauen Vorhang, der von der Decke bis zum Boden reichte. Der dicke Stoff fiel in schweren Falten herab.

»Die Fenster sind wahrscheinlich vergittert.«

Die lahme Ausrede ließ ihn die Stirn runzeln. »Warum habe ich das Gefühl, dass du nur ungern nach draußen sehen willst?«

»Weil ich das Gefühl habe zu wissen, warum meine Leute nicht gekommen sind, um mich zu retten. Und es wird dir nicht gefallen.« Sie riss an dem Vorhang und öffnete ihn.

Der Blick nach draußen lockte und er betrachtete das karge graue Ödland mit seinen rot umrandeten Rissen und dem stürmischen Himmel, woraufhin er erkannte, noch während sie es sagte: »Wir sind nicht mehr auf der Erde, Hengst.«

KAPITEL ELF

»Was soll das heissen, der Peilsender funktioniert nicht?« Tante Xylia brüllte ihren Laptop an. Die sonst so ruhige und besonnene ältere Silvergrace verlor völlig den Verstand.

Die Videokonferenz mit den Tanten Valda und Varna zeigte sie in einem zerzausten Zustand, ihre platinblonden Haare standen an allen Seiten ab, ihre Strickjacken waren mit Essen bekleckert. Sie hatten offensichtlich an dem Problem gearbeitet, aber sie hatten nicht die Antwort, die Xylia oder sonst jemand haben wollte.

Varna antwortete: »Ich meine, laut den protokollierten Satellitensignalen ist ihre letzte aufgezeichnete Position die, die wir euch gegeben haben.«

Xylia drehte sich im Kreis und richtete die Kamera ihres Laptops auf die Kuhweide, auf der sie standen, und sagte: »Wie du sehen kannst, ist sie nicht hier.«

»Vielleicht wurde der Chip entfernt?«, schlug Babette vor.

Die Tanten V schafften es, sie anzustarren, und ihre Verachtung in ihren Blicken war trotz des Laptop-Bildschirms deutlich zu sehen. »Man entfernt nicht einfach einen unserer Chips.«

Valda schniefte. »Ganz zu schweigen davon, dass sie so konstruiert sind, dass sie uns sofort benachrichtigen, sobald sie das lebende Gewebe verlassen.«

»Was ist mit einem elektromagnetischen Impuls?«, fragte Babette, die ihr Star-Trek-Wissen für einen guten Zweck nutzte. »Würde das die Schaltkreise auslöschen?«

»Wahrscheinlich nicht. Die Schaltkreise wurden so konstruiert, dass die Menschen sie nicht einfach ausschalten und uns unbemerkt schnappen können.«

»Nun, irgendetwas hat dein verdammtes Signal gestört«, schnauzte Xylia, während Babette nach Luft schnappte – vor Freude. Es kam selten vor, dass eine Tante die Fassung verlor und fluchte.

Es war nicht von Dauer. Xylia seufzte. »Entschuldige meine Ausdrucksweise.« Sie zog einen Flachmann aus ihrer Tasche und leerte ihn mit einer Grimasse. Anscheinend war die Strafe nicht nur für die jüngeren Drachinnen gedacht.

»Was ist mit Magie?«, fragte Babette.

»Es könnte Magie sein, schätze ich.« Valda runzelte die Stirn. »Aber das ist für diese Zeit eher selten. Ich glaube, ich habe in meinem Leben erst zwei menschliche Magier getroffen. Ich habe noch nie von einem Zauber gehört, der die Technik lahmlegen kann. Sie in die Luft jagen, ja. Aber ihre Eigenschaften verändern ...« Sie schüttelte den Kopf.

»Was sollen wir jetzt tun?« Xylia schritt auf dem Feld umher, die Unruhe über das Verschwinden ihrer Tochter war offensichtlich. »Was ist, wenn Remiels Bruder, der verärgerte Goldene Drache, sie hat?«

»Dann wird sie glücklicher sein als ein Schwein, das sich im warmen Schlamm wälzt, und sauer sein, wenn wir sie retten.« Babettes Beitrag wurde mit einem finsteren

Blick quittiert. »Ich sage ja nur, dass Deka überzeugt ist, dass er ihr Gefährte ist. Wenn sie zusammen sind, musst du dich auf einen Kampf gefasst machen, denn wenn sie ihn beansprucht hat, wird sie ihn nicht mehr hergeben.«

»Wenn sie ihn beansprucht hat, wird es Probleme geben. Wir haben bereits ein Goldenes Männchen in der Familie. Ganz zu schweigen von einem reinrassigen König.«

»Aber der ist drüben in den USA.«

»Was willst du damit sagen?«

Der Fokus aller Augen machte Babette nervös, doch war sie es Deka schuldig, es zu versuchen. »Ich will damit sagen, dass früher sogar die Goldenen ihre Macht aufteilen mussten. Der Großkönig herrschte über alle Septs, aber er hatte Botschafter in den verschiedenen Ländern, die an seiner Stelle regierten.«

»Befürwortest du, dass Samael nach allem, was er getan hat, vergeben und in eine Machtposition gebracht werden sollte?«

»Ähm, ja?« Sie schaffte es nicht ganz, sich mit ihrer Antwort durchzusetzen.

Trotzdem strahlte die Tante. »Was für eine hervorragende Idee und Lösung.«

Tante Varna kicherte. »Und das hat überhaupt nichts damit zu tun, dass deine Tochter am Ende mächtiger wäre als unsere Schwester Zahra.«

»Der Gedanke kam mir nie in den Sinn.« Xylias falsche Behauptung passte gut zu ihrem habgierigen Lächeln.

Die Drachen mochten sich unter einer Farbe vereinen, aber im Herzen regierte sie der Hunger nach Macht – und nach mehr Schätzen.

»Ich hasse es, dieses Liebesfest zu ruinieren ...« Jeder konnte sehen, dass es Yolanda, Babettes eigener Mutter – die schönen Pastellfarben in ihrem Haar waren noch nicht ganz verblasst –, nicht im Geringsten leidtat. »Aber was ist, wenn das Kind nicht mit dem halbblütigen Goldenen Unzucht treibt? Sie könnte in Schwierigkeiten sein.«

»Du weißt, dass sie in Schwierigkeiten steckt. Vor allem, wenn sie eine Gefangene des rotäugigen Wesens ist, das die Priesterin getötet hat.« Deka steckte immer in Schwierigkeiten. Für gewöhnlich hatte sie allerdings Babette an ihrer Seite, die sie mit ihr teilte.

»Wenn dieses *Ding* immer noch Wyvern benutzt, um ihre Drecksarbeit zu erledigen, würde das den Mangel an Gerüchen erklären.« Tante Xylia hockte sich auf den Boden und schnüffelte, wobei ihre Augen grün aufleuchteten, als sie an ihrem anderen Ich zog. »Es ist, als hätte Deka dieses Feld überquert, kaum eine Spur hinterlassen und sich dann in Luft aufgelöst.«

»Du glaubst, sie sind mit ihr weggeflogen?« Babette runzelte die Stirn. »Aber wie erklärt das das Fehlen des Signals?«

»Das tut es nicht. Bis jetzt haben wir keinen Beweis dafür, wer daran beteiligt ist.«

»Dekas Bauchgefühl –«

»Das hat sie nicht nach Frankreich geführt. Es war eine Sackgasse, die sie dorthin geführt hat.« Xylia fixierte Babette mit einem Blick. »Ich weiß von der Kiste und ihrem Verschwinden. Ich weiß auch, dass meine Tochter sich in der Stadt herumtrieb und jedem, der es hören wollte, erklärte, dass sie nach Samael suchte, und ihre eigene Herkunft dabei nicht geheim hielt.« Der strenge Tadel ließ Babette auf ihre Zehen blicken.

Sie könnten wirklich einen neuen Nagellack gebrauchen.

Vielleicht hätte sie sich mehr anstrengen sollen, um ... Verdammt, aber Tantchen war gut. Sie hatte es fast geschafft, dass sie sich schuldig fühlte.

Sie richtete sich auf und hielt den Kopf hoch. »Deka hat gehandelt, weil es sonst niemand getan hat. Was ist, wenn die rotäugige Doppelgängerin Samael wirklich gestohlen hat?«

»Lass uns deine Theorie noch einen Schritt weiterführen. Was wäre, wenn diese Doppelgängerin jetzt auch eine Silberne Tochter hat? Kannst du dir vorstellen, was für ein Chaos sie mit Deka und Samael anrichten könnte?«

Einen Moment lang herrschte Schweigen, als sie sich das vorstellten. Das glorreiche Chaos, das daraus entstehen würde.

Komisch, aber Babette war gar nicht so besorgt um ihre beste Freundin und Cousine. Deka konnte allein mit wenig Hilfe jede Menge Ärger bekommen – auch bekannt als jede Menge Spaß. Und wenn Deka noch verliebt war und eine rotäugige Schlampe in die Quere kam?

Das konnte ganz schnell unheimlich werden.

»Wir sollten das Leder auspacken.« Das hielt Blut besser aus als jedes Polyester-Viskose-Gemisch.

KAPITEL ZWÖLF

Deka saß auf dem Thron und beobachtete Samael, der auf und ab ging. Er machte das so gut, die Muskeln seines Körpers waren angespannt, seine Miene war grimmig, und der Lendenschurz, den er um seine Hüften geschlungen hatte, täuschte niemanden.

Ich weiß, was du da unten versteckst, Hengst. Einen Schatz zum Lutschen.

Und das würde sie auch tun, wenn er jemals lange genug aufhören würde, sich aufzuregen, um zu merken, dass sie allein waren.

Du solltest mich schon längst vernascht haben. Sie dachte fest zu ihm, und er verpasste nichts.

Der Mann war gut. Oh so gut. Aber er konnte ihr nicht ewig widerstehen.

»Wie zum Teufel sollen wir entkommen?«, murmelte er zum x-ten Mal, anstatt das zu sagen, was er hätte sagen sollen, nämlich: *Beug dich vornüber, Süße, und lass mich dich ins Paradies bringen.*

Der Mann musste wirklich seine Prioritäten neu überdenken.

»Beruhige dich, Hengst. Wir lassen uns etwas einfallen.«

Er fixierte sie mit einem feurig grünen Blick, der einen Hauch von Rot aufwies. War dieser Ort ansteckend?

»Ich bin völlig ruhig, wenn man bedenkt, dass ich in einer außerirdischen Dimension gefangen gehalten werde.«

»Ich weiß nicht, ob ich es als außerirdisch bezeichnen würde.« Keine Tentakel oder käferäugigen Kreaturen bis jetzt. »Es ähnelt irgendwie der biblischen Version der Hölle.«

»Das ist nicht hilfreich.«

»Du auch nicht, möchte ich hinzufügen. Wir sind seit dreißig Minuten aus unseren Zellen raus und du hast immer noch nicht versucht, mich zu verführen.«

Er stemmte die Hände in die Hüften und schnaubte. »Ist das alles, woran du denken kannst? An Sex?«

Sie blinzelte und lächelte. Vielleicht streckte sie sich auch auf unangemessene Weise. »Ja. Und nach dem Ständer zwischen deinen Beinen zu urteilen geht es dir genauso.«

Er ließ die Hände zu seinem Lendenschurz sinken. »Würdest du aufhören, mich abzulenken? Ich muss nachdenken.«

»Vielleicht«, sagte sie, hüpfte vom Thron und kam auf ihn zu, »denkst du besser, wenn du bis zu den Eiern in mir steckst.«

»Und wie genau soll das helfen?«, grummelte er.

»Weil du dann vielleicht wieder etwas Blut in dein Gehirn bekommst.«

»Hast du schon mal daran gedacht, dass jeden Moment jemand bemerken könnte, dass wir aus unseren Zellen ausgebrochen sind, und derjenige nach uns sucht?«

»Auf jeden Fall.« Sie grinste. »Der Gedanke, entdeckt zu werden, ist ziemlich erregend, findest du nicht?«

»Beunruhigt dich eigentlich irgendetwas?«

»Nö. Und ich bin überrascht, dass dich das so sehr stört. Der alte Samael hätte sich keine Sorgen darüber gemacht, erwischt zu werden.«

»Der alte Samael war in einer Machtposition. Ich konnte tun und lassen, was ich wollte, und keiner hat mir widersprochen. Was denkst du, wie ich mit dem Mord an Parker davongekommen bin?«

Ihre Augen weiteten sich. »Das warst du!«, schwärmte sie. »Episch. Du kannst dich also unsichtbar machen? Warum hast du dann nicht versucht, dich an mich heranzuschleichen und mir in den Hintern zu kneifen?«

»Weil das nicht so einfach ist.«

»Aber du kannst es?«, drängte sie. »Und andere Sachen? Du bist ein Goldener Drache. Der mächtigste unserer Art.«

»Halb Golden.«

»Das hat dir früher nichts ausgemacht.«

Er verzog das Gesicht. »Ich weiß, und wegen meiner alten Arroganz habe ich die einzige Familie, die ich hatte, verarscht. Ich habe Sue-Ellen Dinge angetan, die ich nicht hätte tun sollen, und im Grunde alle verärgert, die auf meiner Seite gewesen wären.«

»Ich bin immer noch auf deiner Seite.«

Er starrte sie an, sein Blick war leer, seine Augen verschlossen. »Warum?«

»Was meinst du mit warum? Das ist ein sehr beladenes Wort, weißt du.«

Er fuhr sich mit einer Hand durch die Haare. »Warum bist du so an mir interessiert? Ich bin kein zukünftiger König mehr. Ich bin noch nicht einmal ein vollblütiger Goldener.«

»Gold genug für mich.«

»Ist das alles, was ich bin? Ein Hengst, den du ficken kannst?«

»Nun, du bist ein Hengst, aber ich füge hinzu, dass ich mich bis zu meinem achtundzwanzigsten Lebensjahr nicht mehr mit einem Drachen gepaart haben muss. Ich muss mich überhaupt nicht mehr paaren. Aber ich habe es vor. Mit dir.«

»Warum? Was hast du zu gewinnen? Ich bin ein Flüchtling vor meiner eigenen Art. Ein Gefangener einer Kreatur, die wahrscheinlich dämonischer Natur ist. Ich habe nichts zu bieten.«

»Da liegst du falsch, mein heißer Muffin. Ich denke, du hast einem Mädchen viel zu bieten. Und ich spreche nicht nur von deinem Körper oder deinen goldumhüllten Schwimmern.«

»Meine was?«

»Kannst du dich nicht einfach darauf konzentrieren, dass ich dich will?«

»Nein.« Wieder rieb er sich an den Haaren und zog an den Enden. »Ich kann mich nicht darauf konzentrieren, weil ich es nicht verstehen kann. Ich habe kein Königreich an diesem Ort. Keine Reichtümer.«

»Entschuldige bitte, aber du bist mehr als reich.«

»Wie kommst du darauf?«

»Du hast mich.« Der größte Schatz von allen.

»Wie hilft es uns zu entkommen, dich zu haben?«

»Weil eins und eins zwei ist.«

»Du kannst zählen. Gebt der Prinzessin eine Schleife.«

»Benutz deinen Kopf, Muffin. Zuvor hast du allein gekämpft. Ein einzelner Planet ohne Sonne, um die du dich drehen kannst. Ohne Ziel.«

»Ist das wieder eine entmannende Art zu erklären, dass du ein besserer Kämpfer bist als ich?«

»Ich glaube, du wirst ein großartiger Kämpfer sein, wenn du lernst, loszulassen und wirklich zu akzeptieren, wer du bist.«

»Und wer bin ich?«

Sie trat dicht an ihn heran und schaute ihm in die Augen. »Du bist Samael D'Ore, einer der letzten wahren Goldenen Söhne und Erbe des Goldenen Throns, falls deinem Bruder und seinem zerbrechlichen kleinen Baby etwas zustößt.«

»Du hast doch nicht vor, es zu töten, oder?«

Ihr angespanntes Lächeln verriet nichts. »Du bist selbst ein mächtiger Mann. Ein unvergleichlicher Drache. Du hast Kräfte, von denen einige von uns nur träumen können. Innere Kräfte, die du noch nicht erschlossen hast. Und einen heißen Körper, den ich lecken möchte.«

Ups, den letzten Teil hatte sie vielleicht laut ausgesprochen.

Angesichts der Tatsache, dass er sich gegen ihren Reiz wehrte, hatte sie wirklich nicht erwartet, dass er sie packen und an sich ziehen würde. Mit seinen starken Händen umklammerte er sie fest um die Taille und hob sie auf die Zehenspitzen.

Sein Blick bohrte sich in sie. Die wirbelnden Tiefen waren ein chaotischer grüner und roter Sturm, der strudelte. Auch Teile von ihr strudelten.

Besonders ihre Teile weiter unten.

»Wie kommt es, dass du mich so verrückt machst?«, fragte er schließlich, ohne von seinem Blick abzulassen. Sein Fokus auf sie war intensiv, und sie blühte darunter auf.

Es wurde auch Zeit, dass er sie endlich *sah* und so reagierte, wie er es sollte.

»Der Grund, warum du seltsame und rührselige Dinge fühlst, mein Hengst, ist, dass du mich als deine Gefährtin erkennst. Der Grund für deine Existenz. Das muss doch überwältigend sein, oder? Meine Art der Großartigkeit begegnet dir nur einmal im Leben. Aber ich möchte, dass du weißt, dass es für mich in Ordnung ist, wenn du mich verehrst.« Großmütig von ihr. *Ich weiß. Ich bin einfach so großzügig in dieser Hinsicht.*

Seine Mundwinkel zuckten. »Du bist umwerfend arrogant.«

»Danke.« Es war möglich, dass sie den Kopf auf stolze Weise neigte. Ihre Lippen waren verführerisch geöffnet und sie achtete darauf, auf seinen Mund zu blicken.

Jeden Moment würde er die Kontrolle verlieren und sie küssen.

Jeden Moment.

Seine Lippen bewegten sich ... um zu reden!

»Die logische Seite von mir sagt, dass ich deine beträchtlichen Reize ignorieren und versuchen sollte, einen Weg zur Flucht zu finden.«

»Langweilig«, sang sie. Wer wollte schon logisch sein, wenn er ihre Reize beträchtlich nannte?

»Ja, langweilig, denn wer will schon auf Nummer sicher gehen?« Er zog eine Augenbraue hoch. Es war faszinierend, ihn zu beobachten.

»Ich wähle immer die Gefahr.« Das sprach sie aus, weil hallo, einige kurzlebige Ex-Liebhaber anscheinend dachten, dass sie etwas zu schnell Ja sagte.

Zu allem.

Diejenigen, die sich weigerten mitzumachen, servierte sie ab – aber erst, nachdem sie sie dazu gebracht hatte, ihr Bier zu halten.

»Ich wusste, du würdest Gefahr sagen. In gewisser Weise bist du vorhersehbar.«

»Das nehme ich dir übel.«

Wieder zuckten seine Lippen. Teile von ihr zuckten ebenfalls.

Wird er jemals die Klappe halten und mich küssen?

Hatte sie das laut gesagt, denn plötzlich wurden seine Lippen wahnsinnig breit, seine Augen leuchteten rot und er hielt sie fester in seinen Armen.

Die Nähe löste einen Schauer in ihrem Körper aus.

»Dich küssen oder fliehen? Die Wahl sollte offensichtlich sein«, flüsterte er, die Worte heiß auf ihren Lippen.

»Ich glaube, wir können uns alle denken, was ich wählen würde«, murmelte sie zurück, wobei sie bei der letzten Silbe mit ihrer Unterlippe über die seine strich.

Diesmal durchströmte ihn ein feines Zittern. »Es läuft darauf hinaus, dem Verlangen nachzugeben oder klug zu sein.«

»Ich glaube, es läuft darauf hinaus, dass du mich küssen sollst, sonst werde ich dir sehr wehtun.« Dekas Geduld hatte ihre Grenzen.

»Ich habe bereits Schmerzen. Das ist das ganze Problem. Außerdem kann ich in deiner Nähe nicht denken.« Er knabberte an ihrer Unterlippe.

Es war möglich, dass sie in ihrem Slip ein wenig schmolz.

»Küss mich einfach.«

»Ich küsse dich, wann ich verdammt noch mal will«, knurrte er und strich mit seinem Mund über ihre Wange bis zu ihrem Mundwinkel, bevor er aufhörte.

Sie klammerte sich mit den Fingern an seine Schultern und grub sie in die angespannten Muskeln, als sie zischte: »Was glaubst du, wer hier das Sagen hat?«

Ein geflüstertes *Du* ging ihr durch den Kopf, doch sein Mund bewegte sich, um zu sagen: »Wie du immer wieder betonst, bin ich hier der Goldene Drache.«

»Das bist du.«

»Was bedeutet, ich verneige mich vor niemandem.«

»Wird auch Zeit, dass du das erkennst.« Sie strahlte ihn an.

»Das bedeutet auch, dass du mir als ranghöchstem Drachen gehorchen solltest.«

»Lass uns nicht voreilig sein«, sagte sie und rieb ihren Mund an seiner Unterlippe, wobei sie hörte, wie er nach Luft schnappte.

»Gehorche mir, *Frau*.« Die Art und Weise, wie er das sagte, brachte ihr Inneres zum Flattern.

»Ha. Unwahrscheinlich. Ich würde lieber erst eine Flucht planen. Andererseits ... Ich weiß nicht, warum wir überhaupt an Flucht denken, wenn –«

»– wir übernehmen können.« Seine Lippen verzogen sich zu einem Lächeln. »Warum ist mir das nicht eingefallen?«

»Weil du ein Mann bist und ich eine Göttin.«

»Hast du dich gerade erhoben, um ranghöher als ich zu sein?«

»Ich weise nur auf das Offensichtliche hin. Ob du zustimmst oder nicht, ist deine Sache.« Sie biss in seine Unterlippe, zog daran und kniff fest hinein.

Er ließ seine Hände von ihrer Taille zu ihrem Hintern gleiten, um ihn zu drücken. »Du bist lächerlich herrisch, und das sollte so unattraktiv sein, aber verdammt, ich kann dir nicht widerstehen.« Er küsste sie, und sie stieß einen lautlosen, glücklichen Seufzer aus.

Manche Frauen hätten Samaels Verhalten als grob und arrogant bezeichnet. Sie verstanden einfach nicht, was ein richtiger Mann war. Er war stark genug, um ihr ebenbürtig zu sein. Er würde nicht einfach aufgeben. Und er würde auch nicht kneifen, wenn die Dinge schwierig wurden.

Als er sie weiter küsste und seinen harten Mund auf den ihren presste, schmolz Deka dahin. Gut, dass sie sich ihres Slips entledigt hatte, sonst hätte sie ihn auswringen müssen.

Er hob sie hoch, woraufhin sie instinktiv die Beine um seine Schenkel schlag, um ihn näher zu sich zu ziehen.

Der blöde Lendenschurz war im Weg. Sie konnte ihn nur durch den Stoff spüren, wie er sich an ihrer feuchten Muschi rieb.

Sie griff nach unten, packte das Hindernis und riss es weg.

Er grunzte.

Es war ein sehr attraktives Geräusch. Ein ursprüngliches Geräusch.

Sie drückte seinen geschwollenen Schwanz an sich und die Feuchtigkeit ihres Schritts glitt an ihm entlang, ein Reiz für sie beide. Ihr Rock rutschte zu ihrer Taille hoch, was ihr erlaubte, ihre Beine und ihren Körper so zu neigen, wie sie es wollte, um die Spitze seines Schwanzes genau an dieser Stelle zu finden. Die pulsierende Hitze seines Schwanzes drückte.

Sie wollte ihn so sehr in sich haben. Sie begann, ihre Beine anzuspannen und ihn in sich hineinzuziehen. Ein Keuchen entwich ihr und sie stöhnte: »Ja, ja. So ist es gut.«

»Niemand hat mir erzählt, dass ich eine Show bekommen würde«, sagte die Oberin, die jetzt wieder Titten trug. Die Ankunft der Schlampe brachte den Fluss des Moments völlig durcheinander.

Deka drehte den Kopf, und ja, es wirkte vermutlich ähnlich wie bei *Der Exorzist*. Sie konnte nichts für ihre

Aggression, denn ihr Körper pulsierte vor Verlangen und diese Nutte störte sie.

Hallo, hätte diese nächste Szene des übertriebenen Bösen nicht erst passieren können, nachdem sie flachgelegt worden war? Das hätte doch, was, höchstens zwei Minuten gedauert, oder?

Verdammte Nervensäge. Ich werde sie umbringen, oder ihn. Ich werde sie zweimal töten.

Deka löste ihre Beine von Samaels Taille, als sie zu Boden sank. Sie stellte sich vor ihn, nicht so sehr zum Schutz, sondern als Maßnahme des Anstands.

Die Oberin sollte besser nicht meinen Gefährten ansehen.

Töte die, die begehren. Das hatte ihr die verrückte Großtante Helga beigebracht. Sie hatte ihr auch beigebracht, ihre eigenen Snacks ins Kino zu schmuggeln, anstatt diese unverschämten Preise zu zahlen.

»Ich muss sagen, ich bin beeindruckt, dass das Mädchen einen Weg gefunden hat, um zu entkommen. So clever schien sie nicht zu sein.« Der Umhang der Oberin schwang um ihren Körper, als sie näher kam.

»Also, wenn du mich als clever bezeichnest, ist das etwas Gutes, oder?« Deka machte ein paar Schritte und lächelte das Lächeln, das Tante Helga ihr ebenfalls beigebracht hatte.

Es brachte große Hunde zum Wimmern.

Für eine Sekunde schwankte die Oberin, die Linien ihres Körpers verschwammen und zeigten etwas Größeres, Dunkleres mit Hörnern, gefolgt von einem undeutlichen Zwittie, dann eine dunkelhäutige Braut, bevor sie zur Oberin zurückschnappte.

»Dummer Silberdrache. Dafür werde ich dich bezahlen lassen.«

»So dumm, dass ich superschnell aus deinem Gefängnis

rausgekommen bin. Ich wäre schon früher raus gewesen, aber ich brauchte ein Nickerchen.«

Die Oberin presste die Lippen aufeinander. »Du konntest nicht früher raus. Warum verdrehst du die Dinge?«

»Was habe ich verdreht? Ich habe ein Nickerchen gemacht. Als ich aufgewacht bin, bin ich geflohen.« Für Deka schien es offensichtlich zu sein. Samael hustete möglicherweise hinter ihr. Wahrscheinlich bekam er durch den Luftzug um seine Backen herum eine Erkältung.

Ich sollte diese Backen wärmen.

»Kehrt in eure Zellen zurück oder stellt euch den Konsequenzen.« Die Oberin streckte einen Arm aus, wobei der Umhang darunter Schatten warf.

Deka klatschte in die Hände. »Oh, toll, ein Spiel mit einem Preis am Ende. Lass mich die Regeln erraten. Damit du gewinnst, musst du uns in unsere Zellen sperren.« Ihr Blick wurde ernst. »Was Samael und mich angeht ... Um zu gewinnen, müssen wir dich nur töten.« Sie lächelte. »Bonuspunkte, wenn du schreist.«

Denn die Sache war die: Während es bei den Guten um Gerechtigkeit ging, war Deka nicht gut, und sie hatte kein Problem damit, ihre Feinde zum Weinen zu bringen – oder, noch besser, zum Bluten.

KAPITEL DREIZEHN

Was zum Teufel ist hier los? Samael hörte zu, wie Deka – eine zierliche und kurvenreiche Frau mit so viel Sex-Appeal, dass er trotz der Unterbrechung immer noch einen Steifen hatte – drohte, der Oberherrin die Eingeweide herauszureißen und sie in eine Schleife zu wickeln.

Da sprich mal einer von völlig verrückt.

Und gewalttätig.

Und so verdammt süß, dass es wehtat.

Sie war anders als alle anderen, die er je getroffen hatte, und er konnte nicht den Wunsch unterdrücken, sie sich über die Schulter zu werfen und an einen Ort zu bringen, den er nie mit jemandem geteilt hatte.

Aber mit ihr würde er es tun.

Wenn sie es lebendig rausschafften.

Vielleicht hatte die Oberherrin einen schlechten Tag, oder Samael hatte endlich die Augen geöffnet. Was auch immer der Grund war, die Oberin sah nicht so mächtig aus, wie er es in Erinnerung hatte. Der Umhang hatte jedoch eine sehr coole Anziehungskraft.

Will ihn.

Nimm ihn.

Die Stimme war die von Deka, und ihr Rat stimmte mit seinen Wünschen überein. Er machte einen Schritt nach vorn, doch die Oberin kniff die Augen zusammen und schnauzte ihn an: »Rühr dich nicht.« Sie griff einen Beutel mit einer Kordel an ihrer Seite.

Ich erkenne diese Tasche. Die gleiche, die die Jabbas benutzten. Darin befand sich glitzernder Sand, der ihn, wenn er ihn einatmete, in einen erbärmlichen Gefangenen verwandelte.

Du kannst nicht entkommen. Es ist unmöglich. Du weißt, was passieren wird, wenn du es tust.

Er erinnerte sich. Er erinnerte sich an die Qualen, als er in den Ketten zusammensackte.

Du willst das nicht tun. Du kennst die Schmerzen, die du erleiden wirst. Ist es diesen kleinen Moment der Rebellion wert?

Rebellion würde wehtun, und zwar für eine lange Zeit.

Es ist besser, sich zu benehmen. Füge dich. Überrede das Mädchen, sich ebenfalls zu fügen.

Allein der Gedanke, sie auszuliefern, ließ ihn den Kopf neigen, und er konnte nicht anders, als im Geiste zu erwidern: *Ich werde Deka verdammt noch mal an niemanden übergeben.*

Seine silberhaarige Prinzessin legte den Kopf schief und antwortete, als hätte sie ihn gehört. »Natürlich wirst du mich nicht weggeben. Du wirst mich für immer und ewig exklusiv für dich behalten. Stimmt's, Muffin?« Sie klimperte mit den Wimpern. »Und wenn du nicht tötest, was uns auseinanderhält«, Deka knackte mit den Fingerknöcheln, wobei die perfekte Maniküre an den Spitzen ihrer Finger ein nettes Detail war, »dann werde ich es tun.«

Der rote Blick der Oberin richtete sich auf sie. »Du wirst leise mitkommen, Silberne, oder ich werde ihn dazu bringen, dich zu holen und dir zu zeigen, wie unwichtig du wirklich bist. Mein Haustier weiß, wer sein Meister ist.«

Die Silberne ist eine Unruhestifterin. Du solltest ihr helfen, zurück in ihre Zelle zu kommen, bevor sie dir noch mehr Schmerz zufügt.

Die Silberne?

Er würde Deka, diese feurig-heiße Frau, niemals als so etwas Allgemeines und Zahmes bezeichnen.

Die Oberin hingegen schon.

Und in diesem Moment der Erkenntnis verlor die Oberherrin ihre Macht.

Er funkelte sie an. »Geh mir aus dem Kopf.«

»Du musst auf mich hören, oder ich werde dir wehtun.« Sie hob eine Hand.

Eine sehr kleine und blasse Hand.

Sie konnte viel Schmerz zufügen, wenn sie wollte.

Genau wie er.

Er stürzte sich auf sie und versuchte, die Oberherrin zu packen, aber der rauchige Umhang glitt wie Nebel durch seine Hand.

»Wie kannst du es wagen?« Die Magie traf ihn und schleuderte ihn quer durch den Thronsaal, als hätte ihn eine riesige Faust aus Luft gepackt. Er schlug hart genug gegen die Säule, um sie knacken zu hören.

»Fass meinen Muffin nicht an!« Deka stürmte vorwärts, und während die Oberherrin Lichtkugeln formte, die sie schleuderte, wich Deka aus und duckte sich, wobei ein ursprünglicher Laut – war es ein Lachen? – über ihre Lippen kam.

Als er aufstand, konnte er nicht umhin zu beobachten, wie Dekas Vorwärtsdrang die Oberin nach hinten stolpern ließ.

»Stopp.« Das Wort sprudelte aus der Oberherrin heraus

und traf Deka, die nur eine halbe Sekunde lang zitterte und langsamer wurde.

»Fick dich, Schlampe.« Deka begann zu glühen. Sie wurde nicht durch die Nebenwirkungen irgendwelcher Drogen behindert.

Sie konnte sich nach Belieben verwandeln, was die Oberherrin zu spät bemerkte. Etwas schoss aus ihrer Hand, aber das hielt Dekas Verwandlung nicht auf, ihre Gestalt dehnte sich aus, ihre Kleiderfetzen zerrissen vollständig.

Er konnte spüren, wie die Metamorphose die Luft auflud, wie der Druck nachließ, als sich ihr Körper ausdehnte, ihre Gestalt sich ausfüllte und beschwingt wurde. Ihr Inneres war wie eine ausgehöhlte Trommel. Das verteilte Gewicht war ein Teil davon, wie ihre Flügel mit ihrer Größe funktionierten.

Aber in dieser Leichtigkeit lag auch Stärke. Die verwandelte Deka, deren silberne Schuppen mit einem Hauch von Blau umrandet waren, jagte hinter der Oberherrin her, die hinter Säulen auswich und Magie versprühte.

Er hingegen umklammerte das Band um seinen Hals, dessen Stoffbeschichtung ausreichte, um ihn vor Verbrennungen zu bewahren, aber nicht genug, um zu verhindern, dass die Magie seine eigene Fähigkeit zur Verwandlung einschränkte.

Ich kann mich in meiner Zelle verwandeln. Dort hielt ihn das Halsband nicht auf.

Wenn er wütend war. Aber im Moment war nicht er derjenige, der sauer war. Das war Deka. Sie trompetete, als sie die Oberherrin durch eine kleine Tür hinter dem Thron aus dem Thronsaal jagte. Die Bewegung behinderte Deka kurzzeitig, deren breiter Drachenkörper sich in dem schmalen Bogen verfangen hatte.

Als kluger Mann wusste er, dass eine Erwähnung dessen nur zu seinem sicheren Tod führen würde.

Er riskierte es dennoch. »Du musst mit deinem Arsch noch ein bisschen wackeln, wenn du durchpassen willst.«

Er war sich ziemlich sicher, dass sie ihm im Geiste den Mittelfinger zeigte.

»Brauchst du einen Schubs?«

Ja, der Schlag in seinem Kopf war definitiv ein Klaps von ihr.

Er grinste.

»Vielleicht solltest du eine andere Tür ausprobieren. Eine breitere.«

Diesmal hörte er deutlich, wie sie *einen Teufel sollte ich* murmelte.

Sieh zu und lerne, Muffin.

In einem Moment steckte sie fest, im nächsten wurde sie zu flüssigem Silber. Ihre Gestalt wurde leicht amorph und floss dann wie ein Fluss aus Quecksilber durch die Türöffnung.

Verdammt cool. So etwas hatte er noch nie gesehen. Es bedeutete allerdings auch, dass sie aus seinem Blickfeld verschwand.

Er joggte, um sie einzuholen, betrat den Flur und sah Deka um eine Ecke schlüpfen.

Er lief und hatte es fast geschafft, bevor das knisternde Geräusch begann.

Warum kommt mir das so bekannt vor?

Erinnerte er sich nicht an den Geruch von Kuhmist und frischer Erde in einer Nacht mit Blitz und Donner?

Als er um die Kurve kam, wurde er langsamer, aber nur so weit, dass er sich umdrehen und dann weiterlaufen konnte, da er riesige Portale vor sich sah, die sich in die albtraumhafte Landschaft öffneten.

Ein Ausweg.

Malvenfarbene Blitze mit einem Hauch von Blau prasselten vom Himmel herab. Zackige Stromstöße, die auf den Boden trafen und abprallten. Einer nach dem anderen schlug ein.

Hinauszugehen würde bedeuten, ihnen auszuweichen. Er hätte seine Ärmel hochgekrempelt, wenn er welche gehabt hätte, denn er war kurz davor, das ultimative Spiel zu spielen. Eine Runde *Weiche dem Stromtod aus*.

Als er zur Tür eilte, bemerkte Samael den Körper erst, als er sich ihm in die Seite warf.

Der Schwung schleuderte ihn gegen die Wand, wo sein Atem ihn in einem Stoß verließ.

Eine Sekunde lang kämpfte er hart, um ihn wiederzubekommen. Er schob den schweren Körper von sich, angewidert von dem Gestank, völlig abgestoßen von diesem Ding. Es war einer der Jabbas, sicherlich ein Eingeborener dieses Ortes.

Aber das erklärte nicht die Augen.

Warum habe ich das Gefühl, dass ich diese Augen kenne?

»Runter von mir, Fettsack. Oder ich werde dir deinen dicken Hals umdrehen.«

Er hätte es tun können, er war nicht machtlos, nicht mehr, und doch tat er es nicht. Und bevor ihn jemand sentimental nannte – *ich sollte meinen Kerkermeister verschonen, weil er mir eigentlich nie etwas getan hat, sondern sich auf seine raue und ruppige Art um mich gekümmert hat* –, ja, dieser Gedanke kam ihm nie in den Sinn.

Er ließ Jabba am Leben, weil es praktisch war. Vielleicht bräuchte er jemanden, der etwas über diesen Ort wusste. Er drehte seinen Kerkermeister auf den Rücken und fixierte ihn mit einer Hand an der Kehle. Die klamme Haut fühlte sich rau an. Sie gab ein matschiges Geräusch von sich, als er drückte, und Jabba hörte auf, sich zu wehren.

»Tu es. Töte mich.« Eine seltsame Bitte.

Stattdessen nahm er den Druck etwas zurück. »Warum bestehst du darauf, für sie zu arbeiten?«

»Weil wir keine andere Wahl haben.«

»Es gibt immer eine Wahl.« Er musste es wissen. Er entschied sich meistens für die falsche.

»Lange Zeit war sie die einzige Wahl. Und jetzt ist sie zu mächtig, um ihr zu widersprechen.«

»Es sei denn, du verbündest dich mit jemandem, der sie zu Fall bringt.«

»Jemandem wie dir.« Jabba gluckste, ein rostiges, fauliges Geräusch. »Ich bin nicht so dumm, mich mit dir zu verbünden. Mit all der Essenz, die die Oberherrin in sich aufgesogen hat, wird sie zu stark sein, um sie zu besiegen.«

»Wovon redest du?«

»Ihrer Macht. Sie wird immer stärker, je mehr sie sich zuführt. Sie heilt sie. Macht sie stark. Unsterblich.«

»Niemand ist unsterblich.«

»Weil der Preis, die Seele eines anderen zu trinken, für die meisten zu hoch ist.«

»Sie ist ein Vampir?«

»Sie ist viel mehr als das. Sie ist der schlimmste Albtraum der Drachenwelt.«

»Dasselbe könnte man von dir behaupten.« Er drückte nach unten und Jabbas Gesicht färbte sich lila. Die stummeligen Arme fuchtelten und der Körper unter ihm begann zu erschlaffen, bevor er wieder nachließ. »Wie kommen wir hier raus?«

»Durch die steinernen Portale im Innenhof. Aber du kommst zu spät.«

»Zu spät für was?«

»Um deine Freundin zu retten. Warum glaubst du, hat sie mich beauftragt, dich zu überfallen?«

Die Wahrheit traf ihn hart. Jabba war ein Ablenkungsmanöver. Die Oberherrin hatte sie absichtlich getrennt, um Deka zu verfolgen.

Ein Trompetensignal erregte seine Aufmerksamkeit. Dekas Schlachtruf.

»Deka wird klarkommen.« Die Gewalt in ihr entsprach der seinen. Doch würde sie ausreichen, um zu gewinnen? »Sie ist stark genug, um es zu schaffen. Ich habe es geschafft zu überleben.«

»Wenn du glaubst, dass die Oberherrin sich damit zufriedengibt, von ihr zu trinken, dann irrst du dich. Sie hat von dir getrunken, um dich zu erhalten und sich weiter von dir zu nähren. Ein Nähren bis zum Tod ist der Weg zum Wahnsinn. Aber im Fall deiner Freundin glaube ich nicht, dass es die Oberherrin kümmert. Sie ist bereits verrückt geworden.«

Allein der Gedanke, dass jemand Deka tötete, indem er ihr die Seele nahm, ließ ihn nicht nachdenken. Nein, das würde er nicht zulassen. Aber er musste eine Sache wissen, bevor er loslief, um sie zu retten und sich dann in ihrem Dank zu sonnen.

»Was ist die Oberherrin? Und was bist du eigentlich?«, fragte er.

Warum die Vertrautheit?

Natürlich, als Jabba es ihm schließlich sagte, machte es so viel Sinn. Aber Deka wusste es nicht. Er musste es ihr mitteilen.

Er schlug den Jabba bewusstlos und sprang auf die Füße. Er lief nach draußen, nur um auf dem Steinpodium abrupt stehen zu bleiben. Die Blitze zuckten schwach in der Ferne.

Es war kein Gemetzel zu sehen. Keine Leichen, sondern eine sehr lebendige Deka, die winkend vor einem schrumpfenden Portal stand.

Allein.

Außerdem sehr nackt, was bedeutete, dass sein Schwanz zu winken begann.

Er ließ die Hände sinken, als er sich näherte und fragte: »Was ist mit der Oberherrin passiert?«

»Die Oberin ist entkommen«, rief Deka, während sie herumwirbelte und die Hände in die Hüften stemmte. »Wird auch Zeit, dass du auftauchst. Du hast alle meine tollen Aktionen verpasst.«

»Nicht so toll, wenn man bedenkt, dass du sie hast entkommen lassen.«

»Ich habe sie gelassen?« Ihr Kinn war geneigt. »Ich habe hart gekämpft, und zwar tapfer.«

»Das sagst du. Als ich auftauchte, hast du gewunken.«

»Du meinst, ich habe unhöflich gestikuliert, weil ich ihr gerade gesagt hatte, was ich tun würde, wenn ich sie einhole.« Deka klimperte mit den Wimpern – *ja, genau, Muffin, ich habe ihr gesagt, was was ist* – und er runzelte die Stirn.

»Wie ist sie entkommen? Was ist das für ein Ding?«

Er schritt auf den Steinkreis zu, der sich auf einem riesigen Felspodium befand. Die Oberfläche war glatt, und doch waren die Linien tief eingemeißelt, intarsiert mit burgunderroter Farbe. Als er zählte, bemerkte er dreizehn umlaufende Ringe. Der Stein fühlte sich unter seiner Berührung warm an.

»Ich weiß nicht genau, was es ist«, erklärte Deka, »aber es funktioniert wie eine Art Portal.«

»Von hier weg?«, fragte er scharf.

»So sah es aus. Aber leider hat es sich geschlossen. Das

heißt, wir sitzen hier fest. Ganz allein. Nur wir beide. Was sollen wir nur tun?«

Beenden, was wir angefangen haben. Was sonst?

Er hätte nicht sagen können, ob es sein oder ihr Gedanke war. War das wichtig?

KAPITEL VIERZEHN

»Warum zum Teufel grinst Deka wie eine Idiotin?«, fragte Yolanda, die Stirn dezent in Falten gelegt.

»Als ob du das nicht wüsstest«, schnaubte Babette. »Sicherlich bist du doch nicht so schwer von Begriff, Mutter?« Nur für den Fall schwang sie mit den Hüften und sang ein paar Takte von Bow-chica-wow-wow.

Der übertriebene Seufzer war es so was von wert.

»Wer war der nackte Mann hinter ihr?«, fragte Tante Xylia.

»Was denkst du, wer es war?« Andererseits war es wegen des struppigen Bartes schwer zu sagen. Die Tatsache, dass sie überhaupt etwas gesehen hatten, war eine Überraschung. Da das leere Feld ein Reinfall gewesen war, hatten sie sich im Hotel neu formiert. Tante Xylia war auf Drängen von Tante Valda zurückgekehrt, um eine Überwachung einzurichten, falls es einen Eingang zu einem versteckten unterirdischen Stützpunkt gab. Die existierten öfter, als die Leute dachten.

Das Stativ und die Kamera, die sie zurückgelassen hatten, hatten nichts außer summenden Bienen und

Schmetterlingen aufgezeichnet, bis sich der interdimensionale Riss öffnete!

Das sorgte für ziemliches Aufsehen.

»Wir hätten unser Lager auf dem Feld aufschlagen sollen«, murrte Xylia, leicht angesäuert darüber, dass sie nicht zurückgeblieben waren. Aber zu ihrer Verteidigung sei gesagt, dass sie nicht unbedingt mit einem Portal zwischen den Welten gerechnet hatten.

Als sich das dunkle Tor unerwartet öffnete und ein Blitz am wolkenlosen Himmel zucken ließ, löste das den Alarm ihres Videoüberwachungssystems aus. Sie hatten sich um den Laptop herum gedrängt, einander zur Seite geschoben und nicht schlecht gestaunt, als die Luft selbst sich in ein dunkles Portal verwandelte, das einen Blick in eine andere Welt ermöglichte.

Eine höllisch aussehende Welt mit einem stürmischen Himmel, der von gezackten Blitzen durchzogen war, uralten monolithischen Steinringen und der Andeutung eines Schlosses dahinter.

So verdammt cool.

Eine Gestalt mit leuchtend roten Augen und einem wehenden Umhang, wie es sich für einen Superschurken gehörte, fegte durch den Riss.

»Das ist die Schlampe, die uns Anastasias Kopf geliefert hat«, bemerkte Babette.

Als würde irgendjemand von ihnen jemals diese glühenden roten Augen vergessen.

Die Frau in dem Umhang, der wie flüchtige Rauchfäden um sie herumtanzte, hielt nur einen Moment inne, um durch das Portal auf die Welt zu schauen, aus der sie geflohen war. Ein Portal, das zeigte –

»Da ist Deka!« Babette zeigte auf den silbernen Drachen, der in Sichtweite kam.

»Pssst.«

Sie schauten weiter zu und sahen durch den beschissenen Video-Feed, dass Deka innehielt, anstatt durchzukommen. Sie nahm ihre menschliche Gestalt an und blickte über die Schulter, als suchte sie jemanden. Dann, anstatt durch die Tür zu gehen, winkte sie und murmelte etwas.

Das Portal schloss sich. Aber Babette hätte gewettet, dass Deka damit einverstanden war, denn sie hatte ihren Goldenen Prinzen gefunden. Tatsächlich waren Dekas genaue Worte – wie Tante V später durch die Nutzung der Video-Wiederholung und Lippenlesen feststellte: »Ich amüsiere mich köstlich. Sagt Mom, sie soll sich keine Sorgen machen.«

Aber das war später. Im Hier und Jetzt saßen sie herum und starrten auf den Bildschirm, der wieder einmal eine Kuhweide mit dürrem Gras und flatternden Schmetterlingen zeigte.

Von der rotäugigen Frau war nichts zu sehen. Von Deka ebenfalls keine Spur. Und von dem Portal konnte auch die beste Ausrüstung nichts entdecken.

Später am Tag, die Hände in die Hüften gestemmt, begutachtete Babettes Mutter das Feld. »Ich sage es dir nur ungern, Xy, aber ich glaube nicht, dass wir es aufbrechen können.«

Tante Xylia schnitt eine Grimasse. »Verdammte Magie. Ein guter alter Zaubertrank mit echten Zutaten ist mir allemal lieber als metaphysischer Scheiß.«

»Tantchen!« Babette schnappte nach Luft. Nur weil es Spaß machte, ihr dabei zuzusehen, wie sie den Flachmann herausnahm und einen Schluck daraus trank.

»Gut, dass du deiner Tochter gesagt hast, sie soll sich von diesem Goldenen fernhalten.«

»So vorhersehbar, was?«, erwiderte Xylia. »Es gibt

nichts Besseres, als einem Kind etwas zu verbieten, damit es das Gegenteil tut.«

Yolanda prustete. »Das sagst du mir?«

Die Bedeutung der Worte erschütterte sie. Babette musterte ihre Tante. »Du hast das mit Absicht gemacht? Du wolltest, dass sie Samael findet?«

»Natürlich wollten *wir* das.« Ihre Mutter lächelte verschmitzt. »Nur weil Zahra nicht will, dass Samael gefunden wird, weil ihre Tochter mit einem Halbblut-Goldenen verheiratet ist und weil sie sich mit dem König verbündet hat, heißt das nicht, dass wir nicht das gleiche Ansehen für unsere Töchter wollen.«

»Ähm, ich will keinen Kerl heiraten.« Das war vor ein paar Jahren ein unangenehmes Gespräch gewesen. Babette dachte, ihre Mutter würde ihre Vorliebe verstehen.

»Nicht du, Dummerchen. Deka. Mein Mädchen könnte Königin werden.« Tante Xylia rieb sich die Hände, und die Freude tropfte förmlich von ihnen herab.

»Ich kann verstehen, warum Tante Xylia das möchte, aber warum hilfst du ihr?«, fragte sie ihre Mutter.

»Du bist Dekas beste Freundin.« Mutter zuckte mit den Schultern. »Habe ich dir nichts darüber beigebracht, wie man Macht ergreift? Wenn du eine Chance siehst, sorge immer für deine Hierarchie im Sept.« Denn so sehr es auch um die Familie ging, auch innerhalb der Familie gab es eine Rangordnung, und um an der Spitze zu bleiben, musste man manövrieren.

»Angesichts ihrer mangelnden Kleidung und der Tatsache, dass er die seine eindeutig verlegt hat«, er hatte ihnen allen einen Blick auf seine Kronjuwelen beschert, genug um in Babette Freude darüber auszulösen, einen anderen Weg eingeschlagen zu haben, »würde ich sagen, dass es gut läuft.«

»Glaubt ihr, er schafft es, sie zu schwängern, bevor sie einen Ausweg finden?«, fragte Yolanda, die sich mit einem Finger ans Kinn tippte.

»Wie ich Deka kenne, vögelt sie ihn bereits und sorgt dafür, dass er gar nicht erst daran denkt, die Tür zu öffnen«, erklärte Babette. »Aber macht ihr euch denn gar keine Sorgen, dass die verrückte rotäugige Braut zurück ist?«

»Pah. Was kann eine Frau schon tun?«

Worte, an denen sie sich noch verschlucken würden, da diese eine Braut mit ihren flammenden Augen ihre Armee aus mit Pistolen ausgestatteten Menschen sowie ihre Wyvern, die mit Zähnen und Klauen – und Molotow-Cocktails – bewaffnet waren, losschickte, um ein Armageddon zu veranstalten.

Die Septs waren seit Jahren nicht mehr so aufgeregt gewesen. Jahrzehnten. Jahrhunderten. Und die alten Lederrüstungen und Leichtmetallplatten wurden ausgegraben und für den Kampf poliert.

KAPITEL FÜNFZEHN

Währenddessen in der Höllendimension ...

Trotz seines gewaltigen Ständers und ihrer zuvor unterbrochenen Knutscherei stürzte Samael sich nicht sofort auf sie.

Er spielte den Unnahbaren. Es machte sie nur noch geiler. Er bestand darauf, das Schloss zu sichern – auch die Jabbas einzusperren, die die Oberin freigelassen hatte – und alle Räume nach weiteren Soldaten zu durchsuchen – es wurden keine gefunden, aber die Überreste von Kleidung in staubigen Schubladen deutete darauf hin, dass das Schloss einst mehr Bewohner gehabt hatte.

Er bestand darauf, das Gebäude Raum für Raum von oben bis unten zu durchsuchen, und dann noch einmal, obwohl sie ihn beim zweiten Mal allein gehen ließ. Vor allem weil sie die Küche gefunden hatte.

Als er schließlich zu ihr zurückkam, fand er sie im Essenskoma auf dem Thron vor, die Hände über dem runden Bauch, ein dämliches Lächeln im Gesicht.

Die Oberin hatte die Speisekammer gut gefüllt gelassen.

»Hier ist sonst niemand«, erklärte er, als er mit einer bedauernswerten Menge an Kleidung, alias Hosen, hereinmarschiert kam. Er hatte seinen Oberkörper nackt gelassen, was die Scheide für das riesige Schwert, das auf seinem Rücken lag, nur noch besser zur Geltung brachte.

»Wenn das nicht mein attraktiver Conan ist, der vom Beschützen des Reiches zurückkehrt.« Sie wackelte mit den Brauen. Sie gab dem Wein die Schuld, den sie gefunden hatte.

»Bist du denn gar nicht neugierig, was ich entdeckt habe?«

»Großes Interesse zu zeigen ist etwas für diejenigen, die nicht alles wissen. Als Mittelpunkt der Welt weiß ich alles.«

»Wusstest du, dass es gleich hinter dem Schloss ein verlassenes Dorf gibt?«

»Jetzt weiß ich es.« Sie lächelte und rutschte auf dem Thron zur Seite. »Warum kommst du nicht her und erzählst mir mehr?«

»Wir sollten nach einem Weg suchen, um zu entkommen.«

»Du hast recht. Das sollten wir. Und das werden wir auch, nachdem du dich ausgeruht hast. Du musst müde sein nach all dem Beschützen.«

Er musterte sie, und seine verdammte Hose verbarg, was er dachte, aber seine Augen glühten grün mit einem Hauch von Rot. »Warum hast du dich nicht angezogen?«

»Ich musste mich um wichtigere Dinge kümmern.«

»Zum Beispiel?«

Zum Beispiel ihre Haare zu waschen, ihre Beine mit einem scharfen Messer zu rasieren – denn, hallo, sie war nicht mehr in Paris –, etwas zu essen in den Bauch zu bekommen und ... Sie beugte sich hinter den Thron und zog die Versuchung heraus.

Einen Teller mit einem dicken Sandwich. Sie fuchtelte damit vor ihm herum und er machte einen Schritt nach vorn, dann einen weiteren, bis er es ihr entreißen konnte. Als er sich auf die Stufen des Podiums plumpsen ließ, um es zu essen, stieg sie vom Thron, kniete sich hinter ihn und spürte das leichte Zittern, das ihn durchfuhr, als sie begann, mit den Fingern die Muskeln seiner Schultern zu kneten.

»Spielst du Dienerin?«, fragte er zwischen zwei Bissen.

»Wohl kaum. Ich versuche, meine Hände täglich zu trainieren, um sie geschmeidig zu halten. Da meine übliche Ausrüstung nicht zur Verfügung steht, wird dein Körper ausreichen.«

»Ausreichen?« Er lachte, als er nach hinten griff und sie auf seinen Schoß zog. »Glaube nicht, dass ich mir deiner Taktik nicht bewusst bin.«

»Du müsstest schon ziemlich blind sein, um nicht zu sehen, was ich tue.« Sie umfasste seine bärtigen Wangen. »Also, willst du weiter den Unnahbaren spielen oder willst du es mit mir treiben?«

»Das nennst du sexy sein?«

»Wenn du sexy wolltest, hättest du mich nicht so lange reizen sollen.«

»Wir kennen uns doch kaum.«

»Entdeckungen gehören zum Spaß dazu. Und musst du deine Partner immer erst kennen, bevor du sie vögelst?«

»Aber du hast doch selbst gesagt, dass du mehr als nur Sex willst.«

»Ich will dich.«

»Was ist, wenn wir nicht zusammenpassen?«

Sie ohrfeigte ihn.

Es tat nicht wirklich weh, aber ihm fiel die Kinnlade herunter. »Was zum Teufel?«

»Hör auf mit dieser pessimistischen Scheiße. Böse Herrscher zweifeln nicht an sich selbst oder ihrer Anziehungskraft. Niemals.«

»Sie lassen sich auch nicht von herrischen Frauen herumkommandieren.«

»Das würden sie, wenn ich diejenige wäre, die die Befehle gibt.« Sie lächelte und streichelte die Wange, die sie geschlagen hatte. »Also, sprich mir nach. Deka hat recht.«

»Deka muss aufhören zu reden.«

»Du sollst hier der harte Kerl sein.« Sie legte den Kopf schief. »Zwing mich.«

Sie hatte mehr Widerworte erwartet. Sie konnte sehen, wie sehr ihn das verbale Sparring reizte und erregte. Aber auch er war schließlich mit seiner Geduld am Ende.

Er presste seine Lippen auf die ihren, eine kraftvolle Berührung, die ihr jeden Atemzug raubte, mit dem sie noch hätte sprechen können.

Da sie bereits auf seinem Schoß saß, war es für ihn ein Leichtes, den Kuss zu kontrollieren. Mehr zu verlangen.

Stattdessen rollte er sich auf die erhöhte Plattform für den Thron, seinen Arm um ihre Mitte gelegt, während er sie auf die Knie drückte.

Sie streckte die Hände aus, um den Rand des Throns zu greifen. Sie spähte über ihre Schulter.

»Willst du mich hier bestrafen?«, fragte sie heiser.

Er kam von hinten an sie heran, sein steifer Schwanz zwischen ihrem Hintern und seinem Körper eingeklemmt.

Er hielt sie noch immer mit einer Hand fest, während er die andere durch ihr Haar gleiten ließ und sie packte, wobei seine Kraft und sein Griff sie zu einer Gefangenen seiner Begierde machten.

Die Tatsache, dass er dachte, er könne sie kontrollieren, erregte sie.

Die Tatsache, dass er mächtig genug sein könnte, ließ sie beinahe kommen.

Vor lauter Erregung drückte sie sich gegen ihn, wobei ihre Pobacken an seiner Erektion rieben.

Er stieß ein leises Knurren aus.

So sexy. Er zog ihren Hintern weiter zu sich und sie streckte die Arme, als er sie in Position brachte. Sie trug nichts, was die Finger behinderte, die von ihrem Bauch zu ihrer Hüfte glitten und dann über ihre runden Backen strichen. Es brauchte nur ein leichtes Kitzeln seiner Finger, damit sie ihre Schenkel spreizte.

Sich entblößte.

Und wie es sich gehörte, starrte er. Die Hitze seines Blicks ließ sie keuchen.

»Sag mir, warum du gekommen bist«, fragte er mit leiser Stimme.

»Ich bin deinetwegen gekommen. Weil wir zusammengehören.«

»Hast du das schon einmal für einen Mann getan?«

»Nein, natürlich nicht.« Sie wollte den Kopf drehen, doch der Griff in ihrem Haar blieb fest. Sie sog den Atem ein. »Ich bin deinetwegen gekommen und nur deinetwegen.«

»Ich glaube nicht, dass ich dir geben kann, was du brauchst.«

»Ich brauche dich.«

Diesmal atmete er scharf ein. »Du weckst mein Verlangen nach ...«

Der Gedanke wurde nie zu Ende gebracht, da er mit der Spitze seines Fingers über ihren feuchten Schlitz fuhr, eine leichte Berührung, die ein köstliches Beben verursachte.

»Ich will das. Berühre mich.« Bei ihm würde sie betteln.

Er hörte auf sie und wurde dreister. Seine Finger drangen in ihre Muschi ein, tauchten in ihre Hitze und sie konnte nicht anders, als bei seiner Berührung zu stöhnen.

Er glitt hinein und hinaus, während ihr der Atem stockte und sie sich gegen ihn stemmte. Er stieß seine Finger tief in sie hinein, seine Hand umschloss ihren Schamhügel, während er grob in sie eindrang. So wie es ihr gefiel. Im Takt seiner Stöße gab er ein leises Geräusch der Lust von sich und sie neigte den Kopf, als sie spürte, wie sich die Glückseligkeit in ihr aufbaute.

Dann hörte er auf.

Sie hätte knurren können.

Dann schrie sie vor Vergnügen, als er seine Finger durch seine Zunge ersetzte.

»Ja. Ja.« Sie konnte nicht anders, als zu singen, während er geschickt ihre Muschi nachfuhr. Seine Zunge glitt in sie hinein, neckte und erforschte sie. Er umspielte ihre Klitoris, bis sie ihre Hüften kreisen ließ und den Hintern herausstreckte, begierig nach diesem Rhythmus.

Immer wieder saugte er an ihrer Klitoris und reizte sie zur geschwollenen Wonne. Die sexuelle Spannung in ihr wuchs.

»Fick mich«, flehte sie. »Gib mir diesen schönen Schwanz.«

»Komm an meiner Zunge.« Der Befehl zerriss den letzten Rest an Kontrolle, den sie noch hatte. Sie kam laut schreiend, ihr Körper verkrampfte sich im Orgasmus, während er sie weiter mit der Zunge verwöhnte und ihre Lust so sehr in die Länge zog, dass sie keuchte und schrie.

»Genug. Ich kann nicht. Nicht mehr.«

Er hielt in seinem Lecken inne, um zu murmeln: »Doch,

mehr.« Er blies auf sie, und sie erschauderte angesichts des Versprechens in seinen Worten.

Er bewegte sich, und seine Spitze drückte gegen sie.

»Ja!«

Seine Spitze glitt über ihre geschwollene, feuchte Muschi. Er packte ihre Hüften und vergrub sich in ihr, tief und füllend, oh so füllend.

Der Umfang seines Schwanzes dehnte die Wände ihres Kanals. Er gab ihr etwas, das sie umschließen konnte. Ihre Muschi saugte ihn fest, während er in sie hineinstieß und wieder hinaus, zu Beginn langsam, dann immer schneller.

Er drang in sie ein und glitt wieder hinaus, seine Finger tief in ihr Fleisch vergraben, seine Atmung stockend, genauso angestrengt wie die ihre, und das Pulsieren in ihrem Körper nahm zu.

Der gleichmäßige Rhythmus schürte ihr Verlangen, bis ihr Körper sich ein zweites Mal zusammenzog. Sie schrie laut auf, als ihr zweiter Höhepunkt kam. Ihr ganzer Körper krampfte sich zusammen und er stieß einen Laut aus, als sein eigener Orgasmus einsetzte.

Hitze durchflutete ihre Gebärmutter.

Tiefe Befriedigung umspielte ihre Lippen.

Vor lauter sexueller Glückseligkeit brach sie praktisch zusammen. Ihr Kopf hing tief und ihre Atmung stockte, aber das hielt sie nicht davon ab zu kreischen, als seine Hand auf ihren Hintern klatschte und er befahl: »Hol mir ein Sandwich, Prinzessin. Und dieses Mal nicht so viel Mayo.«

KAPITEL SECHZEHN

Nach diesem ersten Mal im Thronsaal aß er viele Sandwiches, zwischen denen er Deka zur Besinnungslosigkeit fickte.

Letzteres machte ihm mehr Spaß als Ersteres, was viel zu sagen hatte, denn sie machte wirklich verdammt gute Sandwiches.

Zwischen dem Sex und dem Essen erkundete er die Gegend. Das Geheimnis wurde immer größer, je mehr er suchte.

Das Schloss erwies sich als uralt. Der Stein bröckelte vor Alter, einige Räume waren mit einer dicken Patina aus Staub bedeckt und es gab alte Hieroglyphen.

Da er sich die Zeit nahm, die Kommoden und Schränke zu durchsuchen, stieß er auf seltsame Kleidungsstücke, von denen sich einige bei seiner Berührung auflösten. Die meisten von ihnen wirkten mittelalterlich, die Röcke der Frauen waren lang, während die Hosen der Männer eng anlagen und meist geschnürt waren. Nur in den Gemächern der Oberin fand er Anzeichen für moderne Kleidung, sowohl für Männer als auch für Frauen. Aber kein Mobiltelefon. Keine Möglichkeit, die Außenwelt zu kontaktieren.

Keine Antworten auf irgendetwas.

Im Schloss gab es eine Bibliothek, deren Bände mit einem seltsamen Leder überzogen waren, das fast wie Drachenhaut aussah, es aber nicht war, und in das seltsame Runen eingraviert waren. Da er vor einer gefühlten Ewigkeit Archäologie studiert hatte, hatte er viel Erfahrung mit archaischen Sprachen, dennoch konnte er nichts entziffern.

Auch hatte er noch nicht herausgefunden, was in dieser Welt lebte oder einst gelebt hatte. Denn die Oberin war nicht das einzige empfindungsfähige Wesen hier. Das verlassene Dorf zeigte Anzeichen dafür, dass es einmal bewohnt gewesen war, aber nicht von Menschen.

Die Stühle hatten keine Lehnen; alles war ein Hocker. Die Türen waren hoch – höher als er es zu sehen gewohnt war. Und es gab keine Betten, sondern seltsame Stangen, die über dem Kopf hingen, fast wie Sitzstangen für Fledermäuse.

Aber keine Fledermäuse. Nichts lebte in dieser kargen Welt. Nichts außer ihm, Deka und den Jabbas.

In den ersten Tagen schenkte er seinen ehemaligen Kerkermeistern keine große Beachtung. Er behandelte sie so, wie sie ihn einst behandelt hatten. Er warf ihnen Schüsseln mit Haferschleim zu und stellte ab und zu die Sprinkleranlage an – ihre Rufe angesichts der kalten Dusche zauberten ein grimmiges Grinsen der Zufriedenheit auf seine Lippen.

Die Tage wurden zur Routine, innerhalb derer er aufwachte und Deka bis zur Besinnungslosigkeit vögelte. Dann machte sie ihm Frühstück – aus den schwindenden Vorräten – und er ging auf Erkundungstour, wobei er behauptete, einen Ausweg zu suchen.

Er fand ihn, und das recht schnell.

Es stellte sich heraus, dass die Portale gar nicht so schwer zu aktivieren waren. Aber ... das behielt er vorerst für sich, denn er hatte zu viel Spaß.

Zum ersten Mal in seinem Leben konnte Samael tun, was er wollte. Er arbeitete, fickte oder tat nichts, wie es ihm beliebte.

Außer Deka war niemand da, der ihm Befehle erteilte, und die waren meist erotischer Natur.

Niemand, der ihn dafür bestrafte, dass er sein eigener Mann sein wollte.

Niemand, auf den er neidisch sein konnte.

Niemand außer Deka, der Forderungen an ihn stellte.

Seine Silberprinzessin.

Sie hingegen versuchte immer wieder, einen Ausweg zu finden, und behauptete, sie müssten fliehen. Obwohl er hinzufügen sollte, dass sie sich nicht sehr anstrengte und sich leicht ablenken ließ.

Sieh mal, ein Liebesroman, den ich noch nie gelesen habe – die Schlafzimmer der Jabbas waren voll davon –, und schon war sie weg, um ein paar Stunden lang zu lesen. Es störte ihn nicht, denn sobald sie zu den schmutzigen Stellen kam, kam sie immer zu ihm, mit Augen, die vor Verlangen und Hunger leuchteten.

Schmutzigem, heißem, verschwitztem und erotischem Hunger.

Verdammt, es fühlte sich gut an.

Kein Wunder, dass es ihm egal war, ob sie jemals entkamen. Aber die Nahrungsvorräte schwanden dahin. Und ihm gingen die Orte aus, die er erkunden konnte. Er fing sogar an, mit den Jabbas Dame zu spielen – das Brett wurde auf dem Steinboden geschaffen, die Spielsteine waren die zerbrochenen Knochen des gekochten Vogels, den er den

Brüdern mitgebracht hatte –, wenn Deka dachte, er würde tapfer nach einem Ausgang suchen.

Falls sich jemand wundern sollte: Er ließ nicht locker, was die Inhaftierung der Jabbas betraf. Er traute ihnen immer noch nicht. Aber er hatte kein Problem damit, ihnen Honig ums Maul zu schmieren, um Informationen zu bekommen.

Jabba Eins – dessen richtiger Name sich ziemlich banal als Maedoc herausstellte – fragte etwa zwei Wochen nach dem Beginn ihres Urlaubs in der Hölle, ob Samael die Nachrichten verfolgte, wenn er nicht gerade seine Freundin bumste.

Ja, meine Freundin. So viel hatte er angesichts ihrer Hartnäckigkeit zumindest zugestimmt.

Samael unterbrach das Spiel und funkelte den Mann an, der mit einem sauberen Gewand und regelmäßigem Baden nicht mehr allzu verdorben aussah. »Was meinst du mit Nachrichten aus der Außenwelt? Ich dachte, wir wären abgeschnitten.« Er schob ein Stück eines dicken Knochens an eine Stelle und betrachtete die Rippe mit einem kleinen Stückchen Knorpel daneben.

»Hast du dich nicht gewundert, dass die Oberin«, die Jabbas hatten den Namen übernommen, »so gut informiert war?«

»Nicht wirklich.« Denn er war die meiste Zeit mit Schreien beschäftigt gewesen.

»Ich weiß, dass du auf Erkundungstour warst. Hast du dich nicht über die vielen Spiegel in dem kleinen Salon gewundert?«

»Ähm, nein.« Denn er hatte angenommen, dass sie für perversen Sex gedacht waren. So benutzte er sie jedenfalls. Wenn er Deka auf dem einen Sofa dort nahm, konnte er sie aus jedem beliebigen Winkel betrachten.

Seine Silberprinzessin war so schön, wenn sie kam.

»Die größten und kunstvollsten Spiegel sind auf verschiedene Welten eingestellt, und einige der kleineren, die sie umgeben, auf verschiedene Orte in derselben Welt.«

»Warum?« Er sah zu, wie Maedoc ein Stück Bein über das Brett bewegte.

Ausgezeichnet. Samael machte seinen nächsten epischen Zug.

»Wissen ist Macht. Auch wenn sie hier gefangen gehalten wurde, war die Oberherrin immer gut informiert für den Tag, an dem sie fliehen konnte.«

»Warum warten? Die Portale draußen sind doch nicht so schwer zu aktivieren.« Zumindest ein paar von ihnen. Einige blieben dunkel, egal was er tat. Er wünschte nur, dass die Blitze nicht knistern würden, wenn er mit ihnen spielte. Er erwartete immer, dass Deka es bemerken würde, aber jedes Mal, wenn er experimentierte, fand er sie in einem tiefen Schlaf vor. Und dann, weil sie so verlockend weich aussah, fickte er sie für gewöhnlich.

»Diese Portale funktionieren in Phasen. Dasjenige, durch das sie ursprünglich kam, geriet kurz darauf aus dem Gleichgewicht. Es dauerte Jahrhunderte, bis der Kosmos sich wieder so weit genähert hatte, dass sie ein Portal zurück zur Erde öffnen konnte.«

»Jahrhunderte?« Samael runzelte die Stirn. »Unmöglich. Du hast mir erzählt, dass sie einmal ein Drache war.« Die Enthüllung schockierte ihn immer noch. »Wir altern besser als Menschen, aber wir sind nicht unsterblich.«

»Hast du ihr Geheimnis des Lebens noch nicht erraten?« Maedoc spottete über ihn. »Für einen Wissenschaftler, der sich auf die Vergangenheit spezialisiert hat, bist du nicht sehr scharfsinnig.«

»Ich weiß immer noch nicht, ob ich glaube, dass sie ein Drache ist. Ihre Augen sind ganz falsch.«

»Du meinst die roten Iriden?« Maedoc zuckte mit den Schultern, als er ein weiteres Stück bewegte. »Die Einsamkeit dieses Ortes und ihre Ernährung haben sie verändert.«

»Und das hat sie länger leben lassen?«

»Die dunkle Magie, die sie entdeckt hat, hat ihr Leben verlängert.«

Samael stellte Fragen, und ausnahmsweise antwortete Maedoc. Er verstand allerdings nicht warum. »Wie kommt es, dass du mir das verrätst? Woher weiß ich überhaupt, dass du die Wahrheit sagst?«

»Das tust du nicht. Allerdings habe ich den Eindruck, dass mein Bruder und ich wahrscheinlich an diesem Ort sterben werden, und ich möchte nicht, dass unsere Geschichte auch hier stirbt.«

»Ihr werdet nicht sterben.« Er hatte sogar daran gedacht, sie gehen zu lassen, sobald er und Deka weg waren.

»Unser Schicksal ist besiegelt. Und deines auch, wenn du nicht gehst, bevor sich das Portal zwischen dieser Welt und der Erde verschiebt. Die anderen Planeten, zu denen ihr Zugang habt, können unsere Art von Leben nicht erhalten. Und wir haben alles, was wir konnten, von diesem Planeten entfernt. Wenn sich die Ebenen verschieben, werden wir keinen Zugang zu Nahrung haben und verhungern.«

Samael bewegte geistesabwesend eine Figur auf dem Spielbrett, während er die Informationen in sich aufnahm. »Mit anderen Worten: Es ist Zeit weiterzuziehen. Was, wenn ich euch mitnehme?« Erneut war es alles andere als uneigennützig von ihm. Die Jabbas hatten Wissen zu vermitteln, und Wissen war Macht.

»Wir können diesen Ort nicht verlassen. Er ist Teil unserer Verbannung.«

»Wer hat euch verbannt?«

Maedoc sah ihm mit einem so vertrauten Blick in die Augen, dass er nicht überrascht war, als er sagte: »Das waren die Septs. Die Oberherrin war nicht der einzige Drache, der hier ausgesetzt wurde.«

Er musterte den rundlichen Mann von oben bis unten und lachte dann. »Drache, von wegen. Wenn du ein Drache bist, verwandle dich.«

»Ich kann nicht. Nicht mehr.«

»Weil du lügst. Erstens werden Drachen nicht Jahrhunderte alt. Zweitens haben sie keine roten Augen und drittens bin ich mir ziemlich sicher, dass wir davon wüssten, wenn ein Haufen Drachen wegen Verbrechen verbannt worden wäre.« Dass sie fast ausgerottet wurden, bedeutete nicht, dass ihr Erbe gestorben war. Von klein auf wurde ihnen die Geschichte ihrer Art beigebracht. Sie wurden mit den Fehlern ihrer Vorfahren konfrontiert, damit sie die gleichen Fehler nicht noch einmal begingen, wenn sie an die Macht kamen.

»Unsere Existenz wurde aus den Annalen getilgt. Keiner wollte sich an die Wahrheit erinnern.«

»Und was ist die Wahrheit?«

»Die Oberherrin, die ihr Leben als Orangefarbener Drache des Ocker-Septs begann, war eine Zauberin.«

Ein lautes Prusten. »Drachen sind keine Hexen.« Sie hatten je nach ihrer genetischen Farbmischung einzigartige und besondere Kräfte, aber das lag in ihrer Natur, nicht in ihrer mystischen Macht.

»Wirst du mir zuhören oder einfach jedes Wort, das ich sage, abtun?« Maedocs Zurechtweisung kam knapp daher.

»Du bittest mich, dass ich mir ein Märchen anhöre.«

»Nein, ich bitte dich, einer Wahrheit zuzuhören, die seit langer Zeit verborgen und vergraben ist. Es gab einmal eine Zeit, in der gewisse Drachen, eine seltene Zahl von uns, Magie ausübten. Aber wir wurden nach der Säuberung durch die Menschen verbannt. Alle Drachen, die auch nur den kleinsten Hauch von Magie besaßen, bis hin zum kleinsten Kind, wurden in dieses Land verbannt.«

Samael wollte es leugnen, doch Maedocs Aussage hatte etwas Düsteres an sich. Eine Wahrhaftigkeit, die er nicht leugnen konnte. »Warum wurdet ihr verbannt?«, fragte er.

»Weil unser eigenes Volk uns fürchtete.« Er schnaubte und schüttelte den Kopf. »Sie fürchteten uns wegen einer einzelnen Zauberin, die unser Volk im Alleingang vernichtet hat.«

»Die Menschen haben uns zerstört.«

»Diese mickrigen Kreaturen?« Maedoc prustete. »Die Menschen hatten Hilfe. Eine Drachenzauberin war es, die das Metall zurückbrachte, mit dem die Menschen uns getötet haben. Und zwar aus genau diesem Reich. Dann leistete sie ihrem Verbrechen noch Vorschub, indem sie den Menschen half und ihnen den Standort der Verstecke verriet.«

»Warum zum Teufel sollte sie das tun?« Ein Verrat dieses Ausmaßes schockierte selbst Samael. Er hatte nur seinen Bruder eingesperrt, aber nie seinen Tod eingefädelt. Oder den Tod von Hunderten.

»Eifersucht. Die Tatsache, dass ein Verehrer ihre Annäherungsversuche verschmäht hat. Sie wollte, dass der Goldene König sie heiratet, aber er wählte ihre Schwester. Und so wollte sie sich rächen. Sie lebte nicht lange, um sich daran zu weiden. Ihre eigene Schwester war diejenige, die sie aufspürte und ihr die Gliedmaßen ausriss. Es war nicht genug, um uns zu retten. Die Taten eines Einzelnen haben alle Zauberer der damaligen Zeit ins Verderben gestürzt.«

Es dauerte nur einen kurzen Moment, bis er den Grund dafür erkannte. »Die Septs mussten alle Magieanwender beseitigen, weil sie wussten, wie sie mehr von dem Metall bekommen konnten. Diese Art von Macht ...« Die Verlockung, eine Ebene zu kennen, auf der man die eine Waffe bekommen konnte, die einen zum Herrscher über alle Septs machte ...

»Jetzt verstehst du. Sie mussten alle gehen. Selbst die Königin und ihre kleine magiekundige Tochter, die nichts mit dem Verbrechen zu tun hatte. Um weitere Kämpfe und die wirkliche Dezimierung der wenigen übrig gebliebenen Drachen zu verhindern, führte die Königin uns durch das Portal in diese Ebene, zusammen mit so vielen Vorräten, wie sie beschaffen konnten.«

»Wenn sie wussten, wie man es öffnet, hätten sie dann nicht einfach zurückkehren können?« Es fiel ihm schwer, sich Leute vorzustellen, die sich selbst opfern würden.

»Die Ehre der Königin bedeutete ihr alles, sie hatte eine Art zu sprechen, die dich an sie glauben ließ. Als wir merkten, welche Hölle für uns bestimmt war, hatten sich die Ebenen bereits verschoben. Der Weg nach Hause war versperrt.«

»Und ihr hättet alle an Altersschwäche sterben müssen, seid es aber nicht. Wie?« Das war der Knackpunkt der Geschichte.

»Wir hatten zwar Nahrung, um unsere Körper zu erhalten, aber die Sterblichkeit verfolgte unsere Art. Als wir älter wurden, versuchten wir verzweifelt, am Leben zu bleiben. Wir wollten unser Leben auf jede erdenkliche Weise verlängern. Die Königin verbot es. Aber als sie starb ...« Maedoc zuckte mit den Schultern. »Wir hatten nicht alle ihre Stärke. Wir haben uns für das Überleben entschieden.«

»Aber wie? Du sprichst davon, Jahrhunderte über eine normale Lebensspanne hinaus zu leben. Wie ist das möglich?«

Ein Schnauben erschütterte das Männchen. »Magie natürlich. Magie, die wir hier in unserem Gefängnis gefunden haben. Als wir sie entdeckten, haben wir nicht gezögert. Zuerst haben wir anderen das Leben gestohlen. Wir nutzten die Portale, um in die anderen Ebenen einzudringen, wenn sie sich in Position brachten. Wir jagten die Lebenden und brachten sie zurück, damit wir uns von ihnen nähren konnten.«

»Ihr habt sie gegessen?«

Maedoc schnaubte. »Sei nicht dumm. Du hast gesehen, wie es gemacht wird. Du hast gesehen, wie die Oberherrin ihre Magie einsetzt, um deine Essenz aufzusaugen. Es ist dunkle Magie, die dunkelste Art, und doch war sie alles, was wir hatten. Das und den Willen zu leben. Einige von uns waren noch so jung, als sie in dieses Gefängnis gesteckt wurden, nur aufgrund des Verbrechens, geboren worden zu sein. Wir wollten nicht für die Sünden der anderen sterben.« Der Groll brannte noch immer in Maedocs Worten.

»Die Welt hat vergessen, was passiert ist. Keiner weiß es. Warum nicht neu anfangen? Wenn du diese Welt nicht magst, warum bleibst du dann? Du sagtest, du hättest Zugang zu anderen Orten –«

»Unzivilisierte Ebenen, von denen keine die Möglichkeit versprach, eines Tages nach Hause zu kommen. Jetzt sind es tote Welten. Sie wurden von allem Leben befreit, um das unsere zu verlängern. In unserer Arroganz haben wir nie daran gedacht, Paare zu züchten, um uns selbst zu erhalten. Das war recht kurzsichtig, wenn du mich fragst.

Aber wir hatten damals nicht erwartet, dass unser Exil so lange dauern würde. Und als unser Seelenvorrat schwand und das Alter wiederkam, richteten wir uns gegeneinander.«

»Ihr habt einander ausgeschlachtet?«

»Am Anfang nicht. Wir borgten uns Essenz hin und her, nur um dann am Mangel an frischen Seelen kläglich zu scheitern. Wir haben uns verändert. Wir waren nicht mehr wiederzuerkennen.« Maedoc sah sich seinen Körper an. »Dann setzte der Wahnsinn ein und die Morde begannen, bis nur noch drei übrig waren.«

»Drei?« Er blickte zu Maedoc und dann hinter ihnen zu dem anderen Käfig mit Eogan, seinem Bruder. »Drei verdammte Drachen. Ich kann es nicht glauben.« Er konnte es nicht glauben, denn sie anzuschauen bedeutete, eine Perversion des Lebens selbst zu betrachten.

»Das ist das Problem mit den jungen Leuten heutzutage, sie haben keinen Respekt vor dem Wort der Älteren.« Die verächtliche Bemerkung schwebte zu ihnen herüber und Samaels Miene wurde finster.

»Du musst zugeben, dass eure Geschichte weit hergeholt ist, angefangen bei der Tatsache, dass ihr überhaupt nicht wie die Drachen aussieht, die ich kenne. Und ihr riecht auch nicht wie sie.« Vielmehr ging von ihnen ein fauliger Geruch aus, den keine Seife und kein Wasser abwaschen konnte, ein Geruch wie überreifes Fleisch.

»Als wir anfingen, uns gegenseitig zu nähren, waren wir im Grunde genommen am Verhungern. Die Perversion, uns selbst zu essen, führte dazu, dass wir uns veränderten. Wir verloren den Kontakt zu unserem Drachen und wurden grotesk.«

»Die Oberin ist nicht ekelhaft.«

»Weil sie die ultimative Travestie begangen hat. Vor

einem Jahrhundert fing sie an, sich die mit ihr Verbannten auszusuchen. Sie behandelte uns wie ein Buffet, und mit jeder vollständigen Seele veränderte sie sich. Wir haben vielleicht die Fähigkeit verloren, uns in unsere Bestien zu verwandeln«, ein Hauch von Traurigkeit, »aber sie hat die Fähigkeit erlangt, sich in alles oder jeden zu verwandeln, der ihr gefiel. Eine echte Doppelgängerin. Aber eine, die immer wahnsinniger wurde. Der Fluch des Tötens während des Nährens.«

»Wenn sie all eure Kumpel gefressen hat, warum lebt ihr dann noch?«

»Weil sie Diener brauchte. In der Vergangenheit hatten wir andere, die Arbeit übernahmen, Kreaturen, die aus anderen Welten kamen, um ihr zu dienen.«

»Sie waren köstlich«, fügte Eogan mit einem dunklen Kichern hinzu.

»Aber etwas verstehe ich immer noch nicht. Du hast gesagt, dass sich die Ebenen verschoben haben und dass sie Zugang zur Erde hatte. Warum also mich entführen? Oder Deka, was das betrifft?«

Zuerst dachte er, Maedoc würde nicht antworten, und das bedeutete, dass er ihn an der Kehle packen und ein paarmal gegen die Wand würde werfen müssen, um ihn zum Sprechen zu bringen. Aber er würde es nicht genießen. Er mochte den Kerl irgendwie – sehr wenig, wohlgemerkt. Drache. Ding. Was auch immer.

Eogan antwortete: »Die Oberin, wie du sie nennst, bereitet sich auf das Ende der Zeiten vor. Wenn diese Welt aus dem Gleichgewicht gerät, nimmt ein dunkleres Reich ihren Platz ein. Die Reiter werden bald kommen und das pure Chaos säen. Sie will ein Teil davon sein.«

»Sie bereitet sich also auf was, das Armageddon vor? Hat sie deshalb diese Menschen und Wyvern, die ihr zu

Willen sind? Und wie hat sie sie überhaupt gefunden?« Es war nicht gerade einfach, eine Armee aufzubauen. Samael hatte das auf die harte Tour gelernt.

»Sie hat die Gabe des Zwangs, und diejenigen mit schwachem Geist fallen ihrem Willen zum Opfer.« Eogan trat an die Gitterstäbe heran und hielt sie fest. Samael fand es interessant, dass sie trotz ihres sogenannten Drachenerbes nicht zusammenzuckten oder auf das Metall reagierten.

Andererseits reagiere ich auch nicht immer.

»Die Oberin ist stark. Stärker, als ihr manchmal bewusst ist, denke ich. Als jüngste der Verbannten hat sie lange Zeit Seelen gesammelt. Ein paar im Kampf. Die meisten durch Täuschung. Aber sie hat schon früh gelernt, dass das Nehmen von Schwachen zu schwachen Ergebnissen führt, und an Schwäche ist sie nicht interessiert. Sie will die Welt beherrschen. Du hast gefragt, warum sie hinter dir und dem Silbermädchen her ist. Weil ihr die Stärksten der Farben seid.«

Aber sie hatte nie die Chance gehabt, von Deka zu naschen.

Nur von mir. »Die ganze Zeit über hat sie meine Seele gefressen.« Das erklärte seine Depression. »Wie kann ich sie zurückbekommen?«

»Sie lässt sich nicht zurückbekommen, es sei denn, du willst dieselbe dunkle Magie anwenden, wovon ich persönlich abrate. Aber eine gute Nachricht. Eine Seele regeneriert sich mit der Zeit, aber immer langsamer, wenn sie ständig beschädigt wird.«

Er warf einen Blick zwischen den Brüdern hin und her. »Warum erzählt ihr mir das? Warum gerade jetzt?« Seit zwei Wochen besuchte er sie täglich mit ihren Mahlzeiten. In den letzten Tagen hatte er Spiele mit ihnen gespielt. Sie tauschten Beleidigungen und Sticheleien aus. Diese Information kam wie aus dem Nichts.

Ich hatte nicht einmal die Gelegenheit, sie dafür zu quälen.

»Vielleicht gibt es einen Funken Ehre in uns, der angesichts der Tatsache erschaudert, dass ihr einen verrückten Drachen zurück in die Welt gelassen habt. Wir wurden verbannt, damit die Magie nie wieder den Untergang der Drachenwelt herbeiführen kann, aber weil wir uns entschieden haben, nicht zu sterben, weil wir gekämpft, getötet und gestohlen haben, um am Leben zu bleiben, haben wir genau zu dem Grund beigetragen, warum wir verbannt wurden.«

Eogan begann zu kichern, in dem Geräusch lag ein Hauch von Wahnsinn. »Voadicia, die sich selbst als Oberherrin bezeichnet, wird die Erde in Brand setzen. Und das ist alles deine Schuld.«

Die Schuld auf sich nehmen? Auf keinen Fall. Samael zuckte mit den Schultern. »Wieso ist es meine Schuld? Sie ist in ihrem Gefängnis ein und aus gegangen, bevor ich aufgetaucht bin.«

»Du hättest sie aufhalten müssen«, zischte Eogan. »Es ist die Pflicht des Goldenen, die Drachen-Septs zu beschützen.«

»Ich bin ein Halbblut, schon vergessen? Mein Bruder ist da, um sich darum zu kümmern.«

»Ein wahrer Goldener führt, er lehnt sich nicht zurück.«

»Von hier aus kannst du nicht wirklich führen.« Er wies auf die Zelle.

»Du weißt, wie du diese Welt verlassen kannst. Du tust es nur nicht, weil du zu sehr damit beschäftigt bist, deinen Docht einzutauchen«, schimpfte Maedoc.

»Ihr wisst auch, wie ihr gehen könnt, aber ihr habt euch

entschieden, dieser Psychoschlampe zu dienen«, erwiderte Samael.

»Wohin gehen? Hast du uns gesehen?«, bemerkte Eogan und deutete auf seine korpulente Gestalt. »Wir sind nicht länger die Männer oder Drachen, die wir einst waren. Wir sind groteske Ungeheuer. Was glaubst du, wie lange wir in dieser neuen Welt, in der die Menschen in Aufruhr sind und die Massen aufbegehren wollen, überleben werden?«

»Gibt es kein Heilmittel?«

»Hast du nicht aufgepasst? Was denkst du, wie Voadicia ihre wahre Gestalt wiedererlangt hat?«

»Ihr habt gesagt, sie hat die anderen gefressen.«

»Das hat sie, und trotzdem waren sie genauso grotesk wie wir. Erst als sich die Portale ausrichteten und sie zum ersten Mal ein frisches Subjekt kosten konnte, entdeckte sie das Geheimnis und begann ihr kannibalisches Festmahl.«

Man musste kein Genie sein, um es zu verstehen. »Der Verzehr frischer Drachen hat sie zurückgebracht. Sie hat uns herausgepflückt. Wie zum Teufel konnte das niemand wissen?«

»Leute verschwinden ständig. Ein paar hier. Ein paar dort. Es ist ja nicht so, dass sie eine Spur hinterlassen haben, sobald sie sie hierhergebracht hat.«

»Ihr habt euch ihrem Festmahl angeschlossen?«

»Ich würde gern lügen und behaupten, dass wir zu ehrenhaft waren, um unsere eigenen Leute zu essen, aber die Wahrheit ist«, Maedoc zuckte mit den Schultern, »sie hat uns nicht gelassen.«

»Hättest du es getan, wenn du die Chance dazu gehabt hättest?« Das hatte etwas Vampirhaftes an sich.

»Was denkst du denn?« Maedoc funkelte ihn verächtlich an. »Im Moment können wir nur hoffen, dass wir zu unserem früheren Ruhm zurückkehren, wenn wir die Seelen von Drachen in uns aufsaugen. Vielen Drachen. Wer würde dulden, dass wir die Seelen anderer aussaugen, um uns zu retten?« Die Lippen verzogen sich zu einem aufgequollenen Lächeln.

Samael zuckte mit den Schultern. »Ich kann niemandem den Willen zum Überleben absprechen.« Denn in der gleichen Situation hätte er wahrscheinlich alles getan, um am Leben zu bleiben. Und noch mehr.

Eogan kicherte. »Für uns ist es zu spät. Sie hatten recht, uns zu verdammen. Und wir hätten unsere Strafe annehmen und wie erwartet sterben sollen.«

»Das sind wir aber nicht«, brummte Maedoc. »Auch wenn es für uns zu spät ist, kannst du immer noch etwas ändern.«

»Und wenn ich das lieber nicht will?« Wieder da rauszugehen bedeutete den gleichen Scheißhaufen wie zuvor.

Leute, die mich hassen.

Leute, die mich töten wollen.

Leute, die mich hassen und töten oder mich für die Wissenschaft aufschneiden wollen.

Und dann war da noch der Bruder, bei dem er sich wahrscheinlich entschuldigen sollte. Nicht dass Samael irgendetwas falsch gemacht hätte, aber der große Idiot benahm sich aufgrund der ganzen Sache, dass er ihn eingesperrt und seine Frau angebaggert hatte, wie ein Baby, und er erwartete es irgendwie.

Dann war da die Tatsache, dass er allen erzählt hatte, er würde König werden, nur war er es jetzt nicht. Im Moment war er – würg – ein Niemand.

Stimmt nicht, du bist der Bruder eines Königs. Ein Goldener in seinem eigenen Recht.

Die Welt ist groß genug für zwei.

Wenn sie nicht vorher brannte.

Er runzelte die Stirn, und Maedoc nutzte die Gelegenheit, um sein Stück Rippenknochen auf dem Brett herumzuschieben und ihn elegant zu schlagen.

Schon wieder.

Arschloch.

Er kam auf die Beine. »Ich muss etwas nachsehen.«

»Du wirst keine Annalen finden, die unsere Geschichte untermauern.«

»Das brauche ich auch nicht.« Denn je länger die Jabbas sprachen, desto glaubhafter klang ihre Geschichte. Samael wusste nicht, ob es an der Goldenen Macht lag oder daran, dass er ihre Absichten lesen konnte, aber sie logen nicht.

Was bedeutete, dass ein großes Übel auf die Welt losgelassen worden war und sie es vielleicht nicht einmal wussten.

Der von Maedoc erwähnte Spiegelsaal ließ sich leicht aktivieren, sobald Samael wusste, wonach er suchte. Ein Reiben an dem sandfarbenen Juwel, das die Spitze des Spiegels krönte, genügte, um die Magie zu entzünden.

Das große Glas leuchtete auf, ebenso wie die spiegelnden Flächen in seiner Nähe. Ihre Gesichter füllten sich mit einer Wüste aus schwarzem Sand, der wogte, in Windböen wirbelte und sich manchmal sogar in dunkle Löcher verwandelte, die sich spurlos schlossen.

Nicht die Erde.

Er ging hinüber und aktivierte einen weiteren Edelstein, einen kristallklaren. Gefrorene Tundra, blassvioletter Schnee, der sich in Verwehungen auftürmte, die Äste von Bäumen, schwer mit Eiszapfen, die klirrten, wenn ein Windhauch durch sie hindurchschoss. Runde Buckel erweckten den Eindruck von Gebäuden, doch keine einzige Spur trübte den Schnee.

Dann eine Wasserwelt, nur endlose Wellen.

Ein orangefarbener Dschungel aus Bäumen, ohne Leben.

Dann die Welt, die er suchte und zugleich fürchtete.

Die Erde.

Der größte Spiegel zeigte einen verlassenen Tempel, dessen Decke teilweise eingestürzt war, ein längst vergessener Ort.

Die Spiegel, die um den großen Spiegel verstreut waren, schienen über die ganze Welt verteilt zu sein.

Die Perspektive der meisten war von oben, als wäre das Bild vom Himmel aus verankert.

Sie zeigten Städte mit ihren hoch aufragenden Wolkenkratzern, Straßen mit Autos, die sich wie kleine Ameisen fortbewegten.

In vielen stieg Rauch in Spiralen auf.

War das die Anarchie, von der Maedoc und sein Bruder sprachen?

Das geht mich nichts an.

Er wiederholte es immer wieder und war so sehr darauf konzentriert, dass er ihre Ankunft verpasste, bis sie sagte: »Ich schätze, wir können es nicht mehr vermeiden, nach Hause zu gehen.«

»Dir ist schon klar, dass sich unser Zuhause in ein Kriegsgebiet verwandeln wird? Wir werden vermutlich sterben.«

»Oder wir könnten die Welt retten.«

»Scheiß auf sie. Überlassen wir sie ihrem Schicksal.« Sie hatten sich nie um seins geschert.

»Und das Töten verpassen?« Wenn sie den Kopf neigte, wippten Dekas Zöpfe auf besonders verlockende Weise. Er wusste, als was er sich dieses Jahr an Halloween verkleiden wollte und was sie passend zu ihm tragen sollte. Vielleicht würde er die Szene nachstellen, in der er das Mädchen von der Plattform schubste und ihr dann hintersprang.

Er musterte sie.

Deka erwiderte das Lächeln und murmelte: »Bis dahin lasse ich mir die Haare zu längeren Zöpfen wachsen.«

Die verdammte Frau las wieder einmal seine Gedanken und wollte seine Fantasien erfüllen.

»Vielleicht gibt es im Oktober keine Welt mehr.«

»Du Kleingläubiger. Ich bin mir ziemlich sicher, dass du und ich mit der Oberin fertig werden.«

»Die Oberin hat zum Frühstück, Mittag- und Abendessen Seelen verschlungen, um stärker zu werden.«

»Ja, aber hier ist das Problem, Muffin. Sie hat sich mit uns angelegt.« Deka lächelte. »Und ich glaube, wir sind ihr etwas Rache schuldig.«

Der Gedanke an Rache hörte sich wirklich gut an.

»Woher weißt du das alles?«, fragte er.

»Du bist nicht der Einzige, der weiß, wie man Gefangene verhört.«

Er funkelte sie an. »Du wusstest es und hast es mir nicht gesagt.«

»Du bist derjenige, der mir ständig erzählt, dass du so toll bist.«

»Wenn ich mich recht erinnere, warst du diejenige, die angefangen hat, mich im Bett Gott zu nennen.« Und an der Wand. Und auf dem Thron.

»Ein Gott sollte seine Frau nicht brauchen, um ihm etwas zu sagen.« Sie fuhr mit einem Finger über seine Brust. »Oder gibst du etwa zu, dass ich besser bin als du?«

»Ich weiß, was du tust«, knurrte er, als er mit den Händen ihren Hintern umfasste.

»Ich weiß, dass du weißt, dass ich weiß, was ich tue.«

»Du benutzt Sex, um mich abzulenken.«

»Nein, ich benutze Sex, weil ich geil bin.«

»So sehr es mich schmerzt, das zuzugeben, aber wir müssen zurückgehen.«

»Ich weiß. Ich weiß alles«, sagte sie lachend und schob ihre Hände in den Bund seiner Hose, um seinen Hintern zu packen.

»Wenn wir gehen, was machen wir dann mit Maedoc und Eogan?« Denn obwohl er ihnen gern vertrauen würde, hatten sie schließlich Drachen und alles andere, was sie in die Finger bekamen, gegessen, um am Leben zu bleiben.

»Wer?«

Er wollte es nicht sagen, aber ... »Die Jabba-Brüder.«

Sie kicherte. »Treiben die sich immer noch hier herum? Ich denke, wir können diese Blutsauger gehen lassen. Aber erst, wenn wir die Welt gerettet haben und ich diesen Kälbern gezeigt habe, dass mein Goldener besser ist als ihrer. Sollen wir das Portal öffnen?«

Er blinzelte sie an. »Du weißt auch, wie man die öffnet?«

Ein Grinsen umspielte ihre Lippen. »Du bist nicht der Einzige, der uralte Anweisungen entziffern kann, Hengst. Warte, bis du mein Repertoire an schmutzigen Sprachen im Bett hörst.«

Apropos Bett, bald würde er eine richtige Matratze unter sich haben und nicht mehr diese komische gefüllte Scheiße, die hier als Matratze galt. Denn sie kehrten in ihr Zuhause zurück.

Um es zu retten.

Was Arbeit und nicht viel freie Zeit bedeutete.

Bevor sie den Spiegelsaal verließen, vögelte er Deka zweimal.

Und als er von hinten seine Erlösung in ihr fand, hätte er sie fast gebissen. Beinahe hätte er ihr eine Markierung verpasst, die sie sicherlich noch mehr gebunden hätte als alles andere.

Aber er hielt sich zurück.

Wie enttäuschend.

Er hätte nicht sagen können, von wem der Gedanke kam. Es war ihm egal.

Sie gehört mir.

Ganz mir.

Ja, dir.

Dun-dun-dun.

KAPITEL SIEBZEHN

Wie schade. Nicht nur, dass Samael sie noch nicht markiert hatte, auch ihr Auftauchen in der realen Welt verlief ohne jegliche Fanfare.

Deka stemmte die Hände in die Hüften und funkelte das leere Feld an. »Wo ist mein Empfangskomitee?«

»Meinst du nicht, wo meins ist? Der verlorene Goldprinz kehrt zurück. Das verdient zumindest einen Abgesandten.« Samael sah in seinem alten Gewand aus einer engen blauen Samthose, einem elfenbeinfarbenen Hemd mit zerrissener Spitze und weichen schwarzen Stiefeln ziemlich königlich aus.

Sie dagegen trug ein modifiziertes Prinzessinnenkleid, dessen Rock gekürzt und dessen Dekolleté ausgeschnitten war. »Diese gemeinen Kälber. Sie sind eifersüchtig, Hengst. Eifersüchtig, sage ich dir.«

Er neigte sein Kinn so arrogant, dass sie am liebsten daran knabbern wollte. »Natürlich sind sie das, denn du darfst mit mir zusammen sein. Gern geschehen.«

»Wie bitte? Ich habe es mir ausgesucht, mit dir zusammen zu sein«, sagte sie, wobei sie ihren Kopf auf noch gebieterischere Weise hielt. »Du solltest mir dankbar sein, dass ich dich gefunden habe. Schließlich war es mein genialer Plan, der mich in den Kerker führte, um deinen süßen Arsch zu retten.«

»Ich hätte mich selbst retten können«, brummte er.

»Klar hättest du das.« Grins. »Also, in welche Richtung gehen wir jetzt, Muffin?« Sie drehte sich um, um ihn über die Schulter zu betrachten, und übersah dabei die im hohen Gras getarnte Kiste, über die sie stolperte.

Dank seiner blitzschnellen Reflexe fing er sie auf, bevor sie auf dem Gesicht landete.

»Aha, ich habe dich gerade gerettet. Gern geschehen. Jetzt sind wir quitt.«

Sie funkelte ihn durch die Haare in ihrem Gesicht hindurch an. »Ich würde das nicht quitt nennen.«

»Du hast recht. Ich habe wahrscheinlich einen kleinen Vorsprung. Du kannst mir später mit einem Blowjob danken.«

»Du kannst froh sein, wenn ich dich nicht beiße.«

Das lüsterne Grinsen und sein heiseres »Und wenn ich will, dass du mich beißt?« ließen sie fast wieder mit dem Gesicht voran fallen.

Er ließ sie langsam los – zu ihrer großen Enttäuschung, denn hallo, sie hätten auf dem Feld ficken können – und sank auf die Knie, um die wetterfeste Kiste zu untersuchen.

»Was glaubst du, ist da drin?«, fragte er.

»Das ist die Vorstellung eines Kalbs von einem Notfallpaket«, murmelte sie. Aber wo war ihre Familie? Als sie das letzte Mal einen Blick auf das Feld geworfen hatte, war dort ein Stativ mit einer Kamera aufgebaut gewesen. Jetzt ... nichts als ein Streifen verkohltes Gras östlich von ihnen, der Geruch von altem Rauch, der ihre Nase kitzelte, und der noch fauligere Gestank von verfaulendem Fleisch.

Hier hatte eine Schlacht stattgefunden. Wer hatte sie gewonnen?

Anstatt die Kiste zu öffnen, stand sie auf und schaute sich um. Es war unheimlich still an diesem Ort.

Auf dem flachen Feld konnte man sich nirgends verstecken. Keine Felsen, um einen Hinterhalt zu verbergen. Keine Bäume, hinter denen Leute hervorspringen konnten. Das Gras schien größtenteils ungestört und nicht niedergetrampelt zu sein, und nichts deutete auf etwas unter der Erde hin.

Und doch ... konnte sie das Ödland sehen, eine dunkle Narbe inmitten des üppigen Grüns. Eine verbrannte Schneise.

Von der Kamera, der sie zuvor zugewunken hatte, gab es keine Spur. Nichts außer der Kiste.

»Weit und breit ist niemand«, sagte er.

»Woher weißt du das?«

»Weil ich es spüren kann.«

»Aber sagen wir, die Person schirmt sich ab? Zum Beispiel in einer Bleibox? Oder hinter einer Fassade?«

»Wir sind allein.«

»Aber –«

»Wie wäre es, wenn du keine Fragen stellst? Ich weiß es, weil Anastasia mich diese seltsame Fähigkeit kultivieren ließ.«

»Zusammen mit der Unsichtbarkeitssache.«

»Neben anderen Dingen.«

»Diese *anderen* Dinge musst du mir zeigen.« Und ja, in diesen Worten steckte eine Anspielung.

Sie ließ sich zurück ins Gras fallen und schlug ihm auf die Hände, als er den Verschluss der Kiste öffnen wollte.

»Lass das. Sie könnte manipuliert sein.« Es kam selten vor, dass ein Drache einen Schatz offen zur Schau stellte, ohne zumindest etwas zu tun, um Unwürdige abzuschrecken.

Sie fuhr leicht mit den Händen über die Kiste, um zu spüren, ob sie vibrierte – sie erinnerte sich immer noch an den Vorfall mit der Biene in der Keksdose. Verflucht sei Tante Yolandas Art, den Keksdieb zu fangen.

Sie wartete ab, ob ihre Hände vor Elektrizität kribbelten – batteriebetriebene Fallen hatten immer einen Hauch davon. Sie lehnte sich näher heran, um zu riechen, obwohl man nicht alle Drogen auf diese Weise riechen konnte.

»Oh, um Himmels willen. Es ist eine verdammte Kiste.« Er riss am Riegel und zog den Deckel auf. Eine kluge Drachin – mit einem hübschen Gesicht – warf sich hinter ihn.

»Hast du mich gerade ernsthaft als Schutzschild benutzt?«

»Wenn die Breite passt ...«

»Was ist damit passiert, dass ich ein Goldener Erbe bin? Solltest du nicht vor mich springen?«

»Das gilt nur für Frauen, die nicht mit dir schlafen.«

»Seit wann schlafen wir?«

»Gutes Argument.«

Gemeinsam blickten sie in die enttäuschende Kiste. In einem *Ziploc*-Beutel obenauf lag ein Zettel in eleganter Schrift.

Es wird Zeit, dass dein kleiner Urlaub ein Ende findet. Die Septs befinden sich im Krieg. Vor allem mit dem Wesen, das sich Voadicia nennt. Kein Nachname, was äußerst überheblich ist. Wahrscheinlich eine Proletin. Wir waren sporadisch auf dem Feld, um Begrüßungskomitees auszuräumen. Gern geschehen. Ich erwarte, dass ihr euch gleich nach eurer Ankunft meldet. Unten gibt es ein Telefon. Deine liebende Mutter X.

»Mir ist gerade ganz warm ums Herz geworden«,

sagte er.

Sie warf ihm einen Seitenblick zu.

»Nicht.« Er grinste. »Ruf lieber deine Mommy an.«

»Sei kein Schwanz.«

»Das ist irgendwie schwer, wenn man bedenkt, wie groß er ist.«

Wieder ein gutes Argument. Unter der Tasche fand sie zwei weitere, eine mit einem Handy, die andere mit einem Autoschlüssel.

»Nett von ihnen, dass sie uns einen fahrbaren Untersatz dagelassen haben«, bemerkte er.

»Sie hätten mir auch etwas Lipgloss dalassen können.« Das viele Küssen machte ihre Lippen rissig.

Als sie sich auf den Weg zur Straße machten und den am Seitenstreifen parkenden Schatten entdeckten, konnte sie nicht anders, als in den Himmel zu starren. Einen wolkenlosen, blauen Himmel.

Sie misstraute ihm. Es schien zu einfach zu sein.

Viel zu einfach.

Samael schaute nicht einmal hin. Er ging einfach so weiter, ohne eine Sorge auf der Welt.

»Warum ist die Oberin nicht hier?«, fragte sie. Die verrückte Kuh musste doch wissen, dass Deka kommen würde, um sie auszulöschen.

»Wahrscheinlich weil sie gerade ihr Armageddon genießt.«

»Sie hätte aber etwas zurücklassen sollen. Es kann nicht so einfach sein. Ich bin irgendwie beleidigt.« Sie warf einen Blick über die Schulter und sah, dass sich das Gras nicht bewegte, keine Spur vom Portal. Es warf die Frage auf, wie es sich von dieser Seite aus öffnen ließ.

»Es gibt ein besonderes Wort.«

Da sie sich daran gewöhnt hatte, dass er ihre Gedanken

las, war sie nicht allzu überrascht. »Welches Wort?«

»Das liegt in meinem Wissen und an dir, mich in schielende Glückseligkeit zu vögeln, um es herauszufinden.«

»Herausforderung angenommen.«

Auf halbem Weg über das Feld konnte sie das Fahrzeug besser sehen, das für sie am Straßenrand geparkt war. Ein Range Rover. Hübsches Ding. Wahrscheinlich kugelsicher.

Aber die eigentliche Frage? War er feuersicher? Denn dieser nagende Verdacht verwandelte sich in einen Aha-Moment, als der verkohlte Boden aufbrach und die aschige Erde mehrere ausgewachsene Drachen und ein paar Wyvern-Hybride freigab.

»Ich sagte doch, es ist zu einfach.«

Samael entledigte sich seiner schicken Jacke und grinste, seine Augen leuchteten wild mit grünem Feuer und rotem Glühen. »Ist es immer noch. Mal sehen, ob du mithalten kannst, Prinzessin. Oder willst du dich wieder hinter mir verstecken?« Mit diesen Worten löste er sich aus seinen Kleidern, der Stoff zerriss an seiner Gestalt und sein Körper dehnte sich aus, wurde riesig und die glatte Haut, die sie bis ins kleinste Detail kannte, wurde schuppig. Die goldenen Schuppen waren stumpfer als die von Remiel, mit einem Hauch einer anderen Farbe, die sie nicht beschreiben konnte.

Noch interessanter waren die knospenden Hörner auf seiner Stirn. Sie schienen jedes Mal, wenn er sich verwandelte, ein bisschen mehr zu wachsen.

Er war eine beeindruckende Bestie. Von gewaltiger Größe. Seine Reißzähne waren die längsten, die sie je gesehen hatte. Und er war furchtlos.

Der geduckte Mann, dem sie im Kerker begegnet war, ein Mann, der körperlich und vor allem seelisch geschlagen war, hatte seine unwiderstehliche Strahlkraft wiedergefunden. Er stürzte sich mit einer trompetenden Herausforderung auf ihre Feinde – sie deutete auf Dunkelheit hin.

»Zeig ihnen keine Gnade, Muffin!«, schrie sie.

Willst du nicht helfen?, war seine Frage.

»Du schaffst das, Hengst. Ich habe Vertrauen in dich.« Und falls er noch einen Ansporn brauchte ... »Ich bin mir ziemlich sicher, dass der große rote Drache Jeremy ist. Er hat mal versucht, mich zu küssen.«

Die Wahrheit spielte in diesem Fall keine Rolle, nur das Ergebnis, denn Samael stieß einen gewaltigen Schrei aus. Er warf sich in die Luft und drehte sich, um dem flüssigen Feuer auszuweichen, das auf ihn gerichtet war.

Die meisten Roten neigten dazu, mit ihren Kräften eher fade zu sein. Meistens nur Feuer. Langweilig!

Aber wenn man mehrere von ihnen zusammenbrachte, konnte es ganz schön heiß werden.

Samael wich angesichts ihres Angriffs nicht zurück, und Deka setzte sich auf seine Jacke, die er freundlicherweise zurückgelassen hatte, um zuzusehen.

»Ooh, gut gemacht.«

Danke.

Sie rief ihm auch Ermutigung zu. »Reiß ihm den Unterleib auf.« Unschön, aber effektiv.

Sonst noch was, Prinzessin?

»Du kommst gut allein zurecht.«

Oh, danke. Diese trockene Erwiderung war nicht zu überhören.

Sie lächelte. Wer hätte gedacht, dass es so viel Spaß machen würde, einen echten Drachen als festen Freund zu haben?

Wer sagt, dass ich dein fester Freund bin?

Du, erinnerst du dich?

Er duckte sich unter einem Feuerstrahl und erhob sich,

um dem anderen Drachen einen Schlag ins Gesicht zu verpassen und dann den Flügel des Feindes zu packen, um ihn zu zerreißen.

Der Boden bebte nicht, trotz der riesigen Bestie, die ihn traf. Groß bedeutete nicht immer schwer.

Fester Freund klingt so kindisch, sagte er schließlich und warf ihr einen kurzen Blick zu.

»Entschuldige, ist der richtige Ausdruck Verlobter?« Er hatte sie noch nicht gefragt, aber wer brauchte schon Worte, wenn es unausgesprochen war?

Du nimmst eine Menge an, Prinzessin. Was, wenn ich schon versprochen bin? In der Luft kämpfte er mit zwei Wyvern, die gekommen waren, um seine Arme zu greifen. Ein Drache erhob sich von unten.

Es war wahrscheinlich nicht der richtige Zeitpunkt, ihn abzulenken.

»Wem versprochen?«, schnaubte sie. »Wir sind seit mehr als zwei Wochen exklusiv. Du bist schon seit Monaten verschwunden.«

Tja, da waren diese anderen Mädchen.

Ihre Augen wurden schmal – und das nicht nur, weil der gemeinsame Angriff der Wyvern und des verbliebenen Drachen ihn zu Boden riss. »Welche Mädchen?«

Aber er antwortete nicht. Er tat so, als würde er um sein Leben kämpfen, riss und zerfleischte mit seinen Klauen. Wich Schlägen aus. Grunzte andere an.

Er schimmerte für einen Moment und verschwand dann aus dem Blickfeld.

»Du kannst dich nicht ewig verstecken«, rief sie. »Du wirst es mir sagen.« Damit sie diese Frauen jagen und dafür sorgen konnte, dass sie verstanden, dass er zu ihr gehörte.

Irgendwie beschäftigt. Beschäftigt damit, zwischen denen zu tanzen, die es wagten, sich gegen sie zu stellen, eine unsichtbare Gestalt, die aufschlitzte und tötete, bis nur noch Leichen übrig waren, Wyvern und Drachen, die nach dem Tod wieder ihre menschliche Gestalt annahmen. Bis nur noch ein Roter übrig war. Samael tauchte plötzlich auf, seine goldenen Klauen mit schwarzen Krallen packten ihn an der Kehle.

Der Ruf seiner Frage: *Wo ist deine Herrin?* Er wurde mit einem Zischen beantwortet.

Er drückte zu, woraufhin der andere Drache strampelte und versuchte, die Krallen zu packen, die ihn festhielten, aber Samael hatte längere Arme als ein normaler Drache, und auch seltsamere Flügel. Und seine Hörner ... Irgendwann würde sie ihm davon erzählen müssen.

Der Blutrote Verräter starb, sein Maul öffnete sich zu einem letzten Ausatmen. Ein letzter Feuerstrahl, der natürlich den verdammten Range Rover in Brand setzte.

»Ernsthaft?«, rief Deka und sprang auf die Füße. Sie hatte sich auf den klimatisierten Komfort gefreut und darauf, zu sehen, wer in ihrer Abwesenheit die Top Einhundert erreicht hatte.

Einen Moment später herrschte Stille, bis ein riesiger Goldener Drache vor ihr landete.

Sie verpasste ihm einen Stoß in die gepanzerte Brust. »Also, was diese Frauen angeht ...«

Er verwandelte sich zurück und presste all seine schöne, luftige Kraft in einen engen, sexy Körper.

»Was ist mit ihnen? Du warst nicht die erste Frau in diesem Käfig. Die Oberin hat viele hergebracht. Es waren auch nicht alle Drachen. Die Oberherrin mochte frisches Fleisch. Anscheinend hat sie sie auf der Erde verführt und dann durch das Portal gebracht. Sie hielten nie lange durch.«

»Hast du sie gefickt?« Es war möglich, dass Deka ihn an

der Kehle packte und zudrückte. Genauso gut hätte sie versuchen können, Wasser aus einem Stein zu holen. Er sprach weiter, obwohl sie an seinem Hals baumelte.

»Ich bin keine Hure. Ich habe gewisse Ansprüche. Wehleidige Frauen kommen da nicht infrage.«

»Ich bin nicht wehleidig.«

»Nein, das bist du nicht. Du bist in Aktion recht prachtvoll.«

»Danke.«

»Aber ich bin besser, wenn es um Aktion geht«, prahlte er.

»Bist du nicht.«

»Ich würde ja widersprechen, aber das ist sinnlos, wenn du offensichtlich die Wahrheit kennst. Warum sonst würdest du darauf zurückgreifen, bescheiden mit Worten um dich zu werfen?«

»Ich werde dir bescheiden zeigen«, knurrte sie und wollte ihm zeigen, wie hart sie wirklich war, aber dann nahm er sie in seine Arme, wie eine Prinzessin.

Ja, da schmolz sie irgendwie dahin.

»Es ist nicht schlimm, zart zu sein. Du hast jetzt einen großen Mann, der dich beschützt.«

Geistig sammelte sie es, denn es freute sie sehr. Dennoch musste sie ihm antworten. »Was für eine lächerlich sexistische Bemerkung.«

»Ich weiß.«

»Ich schätze, wir müssen zu Fuß gehen, denn jemand«, sie versuchte nicht, den anklagenden Blick zu verbergen, »hat unser Fahrzeug nicht beschützt.«

»Vielleicht wäre es besser gewesen, wenn jemand seinen faulen Prinzessinnenhintern hochgekriegt hätte, anstatt sich zu ducken ...«

»Ich habe mich nicht geduckt. Ich habe deinen tapferen

Fähigkeiten applaudiert.«

»Es sah trotzdem aus, als würdest du dich ducken.«

»Sagt der Mann, der mich allein hinter der Oberin herjagen ließ.«

»Männer wissen es besser, als sich in einen Mädchenkampf einzumischen.«

»Und wenn sie sich in einen Jungen verwandelt hätte?«

Seine Augen leuchteten vor Triumph. »Willst du damit sagen, dass Jungs besser sind als Mädchen?«

»Oh, das war verschlagen, Muffin. Gut gemacht. Aber du hast immer noch nicht die Frage beantwortet, wie wir zum nächstgelegenen sicheren Unterschlupf des Silbernen Septs kommen.«

»Wir werden fliegen.«

»Am helllichten Tag?«, kreischte sie.

»Die Welt weiß jetzt, dass wir existieren.«

»Das heißt aber nicht, dass du dich vor aller Welt offenbaren sollst, damit jeder dich sehen kann. Und ich möchte anmerken, dass der Sinn eines sicheren Unterschlupfes darin besteht, dass du dich verstecken kannst, ohne dass es jemand merkt. Das ist kein Versteck, wenn wir beide dorthin fliegen und vor den Augen der ganzen Welt landen.«

»Erstens fliegst du nicht. Ich werde dich tragen. Nur so kannst du dich unsichtbar machen.«

»Unsichtbar?« Ihre Augen weiteten sich. »Ooh.« Sie klatschte in die Hände. »Können wir ein Foto machen?« Sie zückte das Handy, mit dem sie Snapchats vom Kampf gemacht hatte.

»Dir ist schon klar, dass unsichtbar bedeutet, dass uns niemand sehen wird?«

Ihre Wangen wurden möglicherweise heiß. »Halt die Klappe.«

Er gluckste, der tiefe, männliche Klang ging in ein zittriges Trällern über, als er sich in seine Drachengestalt verwandelte. Er drückte sie an seine imposante Brust und benutzte seine Hinterbeine, um sie in die Luft zu befördern, und mit ein paar Flügelschlägen waren sie weit über dem Boden. Und unsichtbar, was irgendwie cool war, denn sie spürte ihre Hände an ihren Brüsten, konnte sie aber nicht sehen.

»Das ist der Hammer!«, erklärte sie.

Freut mich, dass es dir gefällt.

»Weißt du, was cool wäre? Wir sollten ein Rollenspiel machen. Ich bin die unschuldige Frau, die in einem Spukhaus schläft, und du bist der unanständige Geist, der mich verführt.«

Hört dein Verstand jemals auf?

»Nein.« Und sie fuhr damit fort, ihn mit anderen Dingen zu unterhalten, die ein unsichtbarer Mann tun konnte, wie zum Beispiel mit Kondomen gefüllte Luftballons auf Menschen auf offener Fläche werfen, ihnen das Essen vom Teller klauen und natürlich mitten in einem überfüllten Raum Sex haben.

Nach einer Weile bemerkte sie etwas. »Wohin fliegst du?« Denn er folgte nicht ihrer Wegbeschreibung zu dem sicheren Unterschlupf, den sie erwähnt hatte. Der lange Aufenthalt über dem Meer machte das sehr deutlich.

Ich kenne einen Ort.

»Wenn du ihn kennst, dann ist er wahrscheinlich gefährdet, weil die Oberin sich für Anastasia ausgegeben hat.«

Dieser Ort ist ein Geheimnis. Er wird dir gefallen.

Er wollte ihr einen geheimen Ort zeigen? Ein weiterer Moment, der ihren Slip feucht werden ließ – wenn sie einen Slip getragen hätte. Was sie nicht tat. Ha.

Natürlich unterschieden sich seine und ihre Vorstellungen von Geheimnissen offensichtlich.

Ihre Ankunft war nicht gerade aufregend.

Er landete nach stundenlangem Flug, von dem sie einen Teil damit verbracht hatte, in seinen Armen zu schlafen, auf einem Feld mit goldenem Weizen.

»Du weißt schon, dass du mich umgebracht hättest, wenn ich eine Glutenallergie hätte«, erklärte sie, während sie seinem nackten Hintern durch die wogenden Halme folgte.

»Ich habe gesehen, wie du Nudeln verschlingst.«

»Ich bin ein Mädchen im Wachstum. Ich brauche meine Kohlenhydrate.«

Er schnaubte. Sie verließen das Feld und gingen zu einem verwilderten Vorgarten, wo das Gras den Kampf gegen das Unkraut verlor. Ein traurig aussehender Baum, dessen Äste zur Hälfte kahl und tot waren, ermutigte sie nicht dazu, die Reifenschaukel auszuprobieren, die an ihm hing.

»Warum halten wir hier?«, fragte sie, als sie vor dem schindelgedeckten Bauernhaus stand, dessen Farbe – inzwischen eher grau als weiß – abblätterte und dessen Holzfenster zersplittert und, wie sie vermutete, zugig waren.

»Das ist der Ort.«

»Das ist dein Geheimnis?« Sie konnte verstehen, warum er es niemandem erzählt hatte. Er war nicht gerade überwältigend.

»Das, Prinzessin, ist mehr als ein Geheimnis.« Er drehte sich mit Stolz im Gesicht zu ihr um. »Das ist mein Zuhause.«

Sie lachte so sehr, dass sie sich beinahe etwas zerrte.

KAPITEL ACHTZEHN

»Schmoll nicht.«

»Ich schmolle nicht«, verkündete er. Die Worte klangen bockig, da seine Unterlippe im Moment stark von der Schwerkraft beeinflusst war.

»Ich hätte nicht so viel lachen sollen.«

»Du hättest dich fast eingenässt.«

»Habe ich aber nicht.«

Er funkelte sie an.

»Dein Zuhause ist, ähm ... reizend, auf eine heruntergekommene, Baracke-mitten-im-Nirgendwo Art und Weise.«

»Mach dich nur lustig. Es ist meins.«

»Meins ist größer. Und neuer.«

»Ich wette, es steht nicht auf einem mehrere Tausend Hektar großen Grundstück.« Er hatte es geschafft, sich Privatsphäre zu verschaffen, in einer Welt, in der es oft zu wenig davon gab.

Sie schaute sich um, die Hände auf die Hüften gestemmt, die er festgehalten hatte, als er seinen Schwanz in ihren Körper stieß.

Schwing. Seinem Schwanz war es egal, ob sie sich über

sein Bauernhaus lustig machte. Er fand, er sollte den Scheiß überspringen und direkt zum Ficken kommen.

Sie warf die Hände hoch. »Es tut mir leid, Muffin. Es ist mir egal, ob es auf einer Milliarde Hektar liegt. Es ist flaches Ackerland.« Sie gestikulierte mit einer Hand. »Da gibt es nicht einmal eine Herde Stiere, mit der ich spielen kann.«

»Wir können Pferde besorgen.« Er deutete auf die baufällige Scheune.

»Ich bin mir ziemlich sicher, dass es als Tierquälerei gelten würde, sie dort unterzubringen.«

»Auf den Feldern gibt es Kaninchen.«

»Das«, sie deutete auf ihren Körper, »braucht mehr als ein Kaninchen. Gib mir rotes Fleisch.«

»Ich habe rotes Fleisch für dich.« Der Hüftstoß hätte eine andere Frau zum Erröten gebracht. Sie hingegen leckte sich die Lippen.

»Ich bin ein wenig ungezogen.« Sie machte einen Schritt auf ihn zu.

Er hielt eine Hand hoch, um sie aufzuhalten. »Nicht hier draußen. Jemand könnte uns sehen.«

»Wer?« Wieder gestikulierte sie. »Hier gibt es meilenweit nichts.«

»Und wenn ich sage, dass es drinnen ein Bett gibt?« Er packte sie an der Hand und zog sie zum Haus. Sie ging widerstrebend mit und er grinste.

So eine verwöhnte Prinzessin. Sie sah nur die abgenutzten Seiten dieses Hauses. Sie sah all die anderen Dinge nicht, die es wunderbar machten.

Die Tür gab auf seine Berührung hin nach. Warum abschließen? Was könnte man schon stehlen?

Im Inneren begrüßte sie abgenutztes Linoleum, ein verblasstes Ziegelsteinmuster, das selbst im Neuzustand nie wie echte Fliesen aussah. Ein Blick nach links ins Wohnzimmer zeigte einen Raum mit klapprigen Möbeln, deren Polsterung aus Löchern quoll. Die Hartholzböden in diesem Raum hatten schon vor Jahren ihre Politur verloren und waren schmutzig gräulich verfärbt.

Die Tapete, die sich wie ein roter Faden durch das ganze Haus zog, hatte ein Wildblumenmuster, das mit der Zeit verblasst und an den Rändern abgeblättert war.

»Bist du sicher, dass das Haus sicher ist?«, fragte sie, während sie sich zweifelnd umsah.

»Ich verspreche, es ist baulich einwandfrei.« Er legte einen Arm um ihre Taille und zog sie dicht an sich heran, sodass sie beide in der Mitte eines geflochtenen Teppichs standen, an dem jemand hätte ersticken können, wenn er sich die Zeit genommen hätte, den Staub aus ihm herauszuklopfen.

»Was denkst du?«

»Ich denke, du brauchst einen Innenarchitekten.«

»Machst du dich über meinen Hort lustig?«

»Du betrachtest das als deinen Hort?« Ihre hochgezogenen Augenbrauen passten gut zu ihrer schrillen Antwort. »Du solltest darüber nachdenken, Unterricht zu nehmen, was einen Hort ausmacht.«

»Vielleicht kannst du mich in meinem Schlafzimmer unterrichten.«

»Ist es im ersten Stock? Ich muss nämlich sagen, dass ich Angst hätte, dass das Haus bei all den Stößen um uns herum zusammenbricht.«

»Eigentlich ist mein Schlafzimmer unten.« Er stieß einen kurzen Ton aus, einen winzigen Pfiff, der das Haus um sie herum erzittern und dann verschwinden ließ, als der Teppich, auf dem sie standen, ein Loch hinunterfiel, das sofort wieder mit einem neuen, nahtlosen Teil des Bodens und Teppichs geschlossen wurde.

Der Eingang zum wahren Teil seines Hauses.

Deka quietschte, nicht aus Angst, nicht seine Silberprinzessin.

Sie quietschte: »Ich hätte wissen müssen, dass du mich verarschen willst. Das ist unglaublich!« Ihre Aufregung war ansteckend.

Sie stürzten hinunter, die Luft schlug ihnen ins Gesicht und ihr Haar flatterte nach oben.

Ein Stockwerk. Zwei. Drei. Sein wahres Zuhause lag weit unter der Erde, und nein, er hatte es nicht selbst gegraben. Er war zufällig auf diese Höhle gestoßen, als er auf der Suche nach einem Haus war, das mehr Privatsphäre bot. Er hatte das wenig beeindruckende Haus besichtigt und überlegt, ob er es kaufen sollte, als er den Brunnen im Keller entdeckte. Er hatte einen Stein hineingeworfen, nur um ihn nicht aufschlagen zu hören. Da er jung und abenteuerlustig war, war er nur mit einer Taschenlampe hinuntergesprungen.

Er hatte etwas Erstaunliches gefunden.

Der Teppich endete auf einem steinernen Podest, das kunstvoll gemeißelt und mit Gold eingelegt war. Sein wahrer Vorraum sozusagen.

»Willkommen im Maison D'Ore.«

Einen Moment lang sagte sie kein Wort, sondern schaute sich nur um und nahm alles in sich auf. »Wie hast du das Paradies in deine Hände bekommen?« Die Ehrfurcht in ihrer Stimme ließ ihn vor Stolz anschwellen.

»Ich war Archäologe. Weißt du noch?«

»Für antike Orte wie Ägypten und so. Das hier ist mitten im Kartoffelland.«

»Die besten Dinge sind manchmal im Verborgenen zu finden.« Er musste nicht zugeben, dass er es durch Zufall gefunden hatte. Er glaubte nicht an Zufälle. Das Schicksal hingegen, so hatte er recherchiert, mochte launisch sein, aber es hatte ein Ziel, wenn es lenkte.

»Wie hast du hier unten ein Schloss bekommen?« Sie starrte auf das Bauwerk, das sich aus dem Boden der Höhle erhob, während sich die Lichter im Teich links davon auf dem Stein spiegelten.

»Ich würde gern die Lorbeeren ernten, aber das meiste hier habe ich so gefunden, wie du es siehst.«

»Wer hat es gebaut?«

Er zuckte mit den Schultern. »Keine Ahnung. Vielleicht war es der Vorfahre eines Drachen.« Doch die Sprache, die er gefunden hatte, und sogar einige der Wandmalereien wiesen auf eine andere Rasse hin. Etwas, das es in dieser Welt nicht mehr gab.

»Sind die Lichter magisch oder natürlich?«

»Eher selbst gemacht. Alles, was modern oder elektrisch ist, habe ich hinzugefügt.«

»Alle Annehmlichkeiten eines Zuhauses«, murmelte sie. »Was ist mit Kabel?«

»Natürlich. Wir haben auch High-Speed-Internet, dank eines Satellitenanschlusses. Alle Annehmlichkeiten, die man erwarten kann.«

»Aber wie? Hat Parker dir dabei geholfen?«

Er schnaubte. »Parker war ein missbräuchliches Arschloch, das dachte, er hätte das Sagen. Ich ließ ihn in diesem Glauben, denn solange er mich für einen braven kleinen Soldaten hielt, interessierte er sich nicht dafür, wenn ich auf Ausgrabungen verschwand. Manchmal für Wochen ohne Kontakt.«

»Und während du ihn getäuscht hast, hast du das hier erschaffen.« Sie wirbelte herum, um mehr Details in sich aufzunehmen, bevor sie sich umdrehte und ihm einen Schlag in den Bauch versetzte.

Ihm stockte der Atem und er hatte das Gefühl, er sollte hinzufügen, dass sie nicht wie ein Mädchen schlug.

Es war so verdammt heiß. Er warf sie sich über die Schulter, während er auf sein Reich zuging.

»Willst du mich nicht fragen, warum ich sauer bin?«, schimpfte sie an seinem Rücken.

»Das würde bedeuten, dass ich an deinen Gründen interessiert bin, die wahrscheinlich etwas Unsinniges sind, wie zum Beispiel, dass du deine Tage bekommst.«

»Ich bekomme nicht meine Tage.«

»Dann bist du sicher sauer, weil du so leichtgläubig warst zu glauben, dass ich tatsächlich in dieser heruntergekommenen Bruchbude da oben wohnen würde.«

»Es ist nicht nett, Leute zu täuschen.«

»Aber es macht Spaß«, sagte er lächelnd.

Sie schnaubte, dann lachte sie. Das Kichern wurde unterbrochen, als er das Schloss betrat und die dezente Beleuchtung, die er installiert hatte, auf seine Anwesenheit reagierte.

»Wie funktioniert das? Hast du hier unten ein Kraftwerk oder so was?«

»Oder so was«, sagte er grinsend. »Die Felder, die du draußen siehst? Nicht der ganze Weizen ist echt. Ein Teil davon ist eine Art Glasfaserstrang, der die Sonnenenergie aufnimmt und sie dann zu einer ziemlich großen Speichereinheit leitet.«

»Ich hätte nicht gedacht, dass es Batterien gibt, die groß genug sind, um viel zu speichern.«

»Oh, die gibt es, aber die Energieversorger wollen nicht, dass du aufhörst, dich auf sie zu verlassen. Es geht nur ums Geld, Prinzessin.«

»Dein Acker ist also eigentlich ein riesiges Stromfeld?«

»Das ist er. Und das ist meine Festung. Mein Hort. Sie

kann jedem Atomangriff standhalten. Sogar einem Asteroiden. Wenn die Welt untergeht, können wir zusehen und Popcorn essen.«

»Mit Butter, hoffe ich, denn nur Wilde essen es ohne.« Die Worte stammten nicht von Deka, weshalb er zusammenzuckte.

Wie peinlich, so erschreckt zu werden. Andererseits hatte er auch nicht erwartet, dass Babette mit einer Dose Limonade in der Hand aus der Tür springen würde.

»Was zum Teufel machst du hier?«, brüllte er.

»Ich warte auf dich.« Babette schüttelte den Kopf. »Das hat ja auch lange genug gedauert. Hast du die malerische Route über den Ozean genommen?«

»Woher wusstest du, wo *hier* ist? Sag es mir.« Er sträubte sich, als er auf Babette zuging, während Deka sich an seiner Schulter abmühte.

»Wage es nicht, meine Lieblingscousine zu töten«, quiekte sie.

»Vielleicht sollte deine Lieblingscousine nicht uneingeladen im Schloss eines Mannes auftauchen«, knurrte er. Aber er setzte Deka ab und begnügte sich damit, funkelnd über seine Frau hinwegzublicken.

»Beruhige dich, mein heißer Muffin.« Sie drückte ihre kleinen Hände gegen seine Brust. »Ich schätze, ich hätte dich warnen sollen, dass du mit ihr rechnen musst. Babette und ich machen fast alles zusammen.«

»Außer Jungs.« Babette erschauderte. »Ich selbst bevorzuge etwas Weiblicheres.«

»Wie hast du meine Festung gefunden?« Denn wenn diese Drachin sie gefunden hatte, wie lange dauerte es dann, bis andere sie fanden?

»Durch die versteckte Tür.«

»Welche versteckte Tür?«

Babette verdrehte die Augen. »Wenn ich es dir sage, ist sie nicht mehr versteckt.«

»Woher wusstest du überhaupt, dass wir kommen?«

»Soll ich dir die Möglichkeiten aufzählen? Erstens: Der Peilsender in ihrem Arsch wurde reaktiviert.« Babette zählte es an den Fingern ab. »Zweitens: Handysignal.« Deka wedelte mit besagtem Handy herum. »Da fällt mir ein, schreib deiner Mutter eine SMS. Sie war in den letzten Wochen eine tobende Zicke. Und drittens: Was glaubst du, wer dir die Solartechnik verkauft hat für ein Vermögen, das unsere eigenen Kassen bereichert hat, wie ich hinzufügen möchte?« Babette stieß zur Betonung ein lautes *Ka-ching* aus.

Er funkelte sie an. »Der Silberne Sept spioniert mir nach.«

»Ja, klar. Es ist unsere Aufgabe, alles zu wissen, was man wissen muss, um dem König zu helfen.«

Bei Babettes Worten versteifte er sich. »Heißt das, Remiel weiß, dass ich hier bin?« Denn er war noch nicht bereit, sich mit seinem Bruder auseinanderzusetzen. Man gebe ihm ein oder zwei Jahrzehnte, vielleicht sogar drei.

»Noch nicht. Aber ich würde nicht erwarten, dass das lange anhält. Die Tanten V sind Zahras Marionetten. Da ich dich so leicht gefunden habe, wissen sie wahrscheinlich auch Bescheid und werden es bald ausplaudern.«

»Heißt das, dass Mutter auch auftauchen wird?«, fragte Deka.

Ihre Mutter? Oh, verdammt, er war nicht bereit, sich mit einem wütenden Elternteil auseinanderzusetzen. *Oh, hallo, ich habe Ihre Tochter gevögelt. Ich hoffe, es macht Ihnen nichts aus.*

Seine Eingeweide würden wahrscheinlich eine Sauerei auf dem Boden machen.

Babette winkte mit einer Hand. »Mach dir keine Sorgen um deine Mutter. Sie wird noch eine Weile brauchen. Vielleicht habe ich ihr gesagt, dass dein Peilsender in Australien aufgespürt wurde.«

»Ähm, wir sind in Australien«, murmelte er.

»Ja, aber sie dachte, ich würde lügen, also durchkämmt sie Europa.«

»Vielleicht müsste sie nicht suchen, wenn sie hiergeblieben wäre und auf mich gewartet hätte«, sagte Deka düster. Die Frechheit, kein Komitee zur Begrüßung zu haben, ärgerte seine Prinzessin immer noch.

»Wir mussten uns um andere Dinge kümmern. Du weißt schon, die Apokalypse und so.«

»Was hat die Oberherrin getan?«

»Wer?« Babette blinzelte ihn an.

»Eine verrückte, rotäugige Braut, manchmal auch ein Kerl, will die Welt beherrschen?«, erklärte Deka.

»Ach, die. Sie hört auf den Namen Voa, Boa oder so ähnlich. Und sie taucht überall mit ihren lästigen Lakaien auf.«

»Hat sie gesagt, was sie will?«

»Die Weltherrschaft.« Der Tonfall sagte alles.

»Wie groß ist ihre Armee?«

Babette zuckte mit den Schultern. »Schwer zu sagen, weil sie oft in kleinen Gruppen an mehreren Orten gleichzeitig angreifen. Und es sind nicht nur Drachen, die sie unterwandert hat, die für sie kämpfen. Sie hat auch Menschen und sogar einige der anderen Kryptos, die unter ihrem Banner kämpfen. Das seltsamerweise ein Drache ist, aus dem Schnörkel herauskommen.«

»Weil sie ein Drache ist«, gab Samael mehr als nur ein wenig grimmig zu.

»Blödsinn!«, rief Babette. »Aber sie sieht nicht aus wie

ein Drache. Und wie ich höre, riecht sie auch nicht wie einer.«

»Die Oberin hat alle möglichen Talente, zum Beispiel Seelen fressen, um stärker zu werden.«

»Okay, das ist einfach falsch.«

»Genau, und wir müssen sie aufhalten«, erklärte Deka.

»Wir?« Samael warf ihr einen Blick zu.

»Ja, wir. Team …« Deka hielt inne. »Wir brauchen einen coolen Namen.«

»Nein«, sagte er. »Wir brauchen keinen –«

Als würden sie ihn diesen Gedanken zu Ende denken lassen.

»Wie wäre es mit Team Wurst und Brötchen?«

»Nein, das klingt zu sehr nach Essen. Wir brauchen etwas Elegantes, aber Gefährliches.« Deka tippte auf ihr Kinn. »Das rasende Duo.«

Babette verzog das Gesicht. »Aber das bedeutet, dass ich manchmal nicht zum Spaß mitkommen kann.«

»Trio?«

Wieder schüttelte Babette den Kopf. »Dann würden die Leute denken, wir hätten eine Dreiecksbeziehung. Meiner Freundin würde das nicht gefallen.«

»Du bist mit jemandem zusammen?«, quietschte Deka. »Wer ist es?«

»Du kennst sie nicht. Ich habe sie in Paris kennengelernt«, erzählte Babette mit roten Wangen.

»Das ist fantastisch, Cousine. Ich will alle Details hören.«

»Können wir zum Ende der Welt zurückkehren?«, bellte er.

»Nein.« Es kam in Stereo und er schaute finster drein.

»Ich werde duschen gehen.« Er drehte sich um und

begann, durch sein Schloss zu marschieren, als ein Körper sich auf seinen Rücken stürzte und ihn festhielt.

»Was dagegen, wenn ich mich dir anschließe? Wem machen wir etwas vor? Wir wissen beide, dass du dich freuen würdest, wenn ich mitkomme.«

»Deine Freundin ist in mein Schloss eingedrungen.« Diese Tatsache und die Drohung, dass noch mehr kommen könnten, hatte er immer noch nicht ganz verkraftet.

»Gewöhn dich daran, dass Leute eindringen. In meiner Familie gibt es kaum Grenzen.«

»Ich mag meine Privatsphäre.«

»Niemand sagt, dass du sie nicht trotzdem mögen kannst, aber jetzt, da du mich hast, wirst du weniger davon haben. Ich glaube, ich bin vielleicht ein bisschen besitzergreifend.«

Er griff nach ihr und zog sie von seinem Rücken in seine Arme. »Das bin ich auch, deshalb ist der Gedanke, dich mit einem Haufen Leute zu teilen, nervig.«

»Aber du nimmst es für mich in Kauf.«

»Ja.« Er sagte es zähneknirschend. »Für den Moment. Aber gewöhne dich nicht daran. Ich habe vor, die Sicherheitsvorkehrungen zu verschärfen.«

»Viel Glück dabei. Meine Tanten sind die Besten im Geschäft. Sie werden denken, dass es Spaß macht, sie zu knacken.«

»Ich kann gar nicht glauben, dass wir das hier besprechen. Sollten wir uns nicht mehr Sorgen darüber machen, dass die Oberin versucht, die Welt zu erobern?«

»Oh, bitte. Als würde das jemals passieren. Die Drachen sind vielleicht langsam, wenn es um manche Dinge geht, aber sobald die Entscheidung gefallen ist, werden wir zurückschlagen. Denke ich.«

»Was meinst du mit *denkst du*? Sind wir nicht deshalb zurückgekehrt?«

»Nun ja, wir werden ihr auf jeden Fall den Arsch aufreißen, aber ich kann nicht für die Septs sprechen.«

»Nicht einmal für den Silbernen?«

Sie schüttelte den Kopf. »Sie werden der Entscheidung des Königs folgen.«

»Und wenn mein Bruder beschließt, sich nicht einzumischen?«

Sie zuckte mit den Schultern. »Dann kann die Oberin vielleicht etwas Schaden anrichten, und er wird nicht mehr viel zu regieren haben. Aber so weit wird es nicht kommen, weil wir nicht zulassen werden, dass sie unsere Welt ruiniert, stimmt's?«

Ihre Zuversicht war unangebracht. Was hatte ein halbblütiger Goldener, das so besonders war?

Er schaute auf den silbernen Kopf hinunter, der sich an seine Brust schmiegte.

Ich habe einen Grund, nicht zu verlieren.

Sein Schlafzimmer befand sich im obersten Turm oder, wie Deka mit einem Händeklatschen erklärte, in der »Penthouse Suite. Schön, Muffin.«

Noch schöner war das riesige Bett mit einer richtigen Matratze und sauberer Bettwäsche. Das Schönste von allem? Das Badezimmer mit all dem heißen Wasser und Duschdüsen, die man sich nur wünschen konnte.

»Wer zuletzt kommt, ist ein faules Wyvern-Ei.«

»Wyvern haben keine Eier«, gab er zurück. Aber er musste lächeln, als sie sich ihrer Kleidung entledigte und ihren perfekten Körper entblößte, der noch viel besser aussah, wenn er um den seinen gewickelt war.

Sie sprang unter die Dusche und quietschte, als sie den Hebel drehte und zuerst kaltes Wasser heraussspritzte. Sie lachte, der kristallklare Klang war das Kostbarste, was er je gehört hatte.

So viele Dinge an ihr waren kostbar.

Und mein.

Das durfte er nicht vergessen. Er wusste nicht, ob es daran lag, dass sie immer wieder darauf bestand, oder ob er endlich bereit war, es zuzugeben, aber sie gehörten zusammen.

Er brauchte sie.

Er brauchte sie genau jetzt.

Das Gesicht, das sie ihm zuwandte, als er sie überragte, enthielt ein Lächeln und einen Hauch von erotischem Versprechen.

»Hey, mein heißer Muffin. Ist das für mich?« Sie wollte nach seiner Erektion greifen, aber er erwischte sie zuerst, nahm ihre Hände in seine Fäuste und zog sie zu ihren Seiten hinunter. Er zog sie eng an sich, so eng, dass sie Haut an Haut lagen, nacktes Fleisch, das bei der Berührung zitterte.

Ein verträumter Blick ließ ihre Lider schwer werden, als sie ihn anstarrte. Im Gegensatz zu anderen Frauen war sie nicht im Geringsten eingeschüchtert. Er sah auch nicht die Gier, die oft die Blicke derjenigen trübte, die wussten, wer und was er war. Nichts als Verlangen leuchtete in ihren Tiefen.

Ein Verlangen, das erwidert wurde.

Je länger er sie anstarrte, desto mehr sanken ihre Augenlider herab und ihr Blick fiel auf seinen Mund.

Küss mich.

Sie forderte es, und er kam ihr nur zu gern nach. Er neigte den Kopf, um ihre Lippen zu erobern. Erregung durchströmte ihn, heftig und schnell. Ihr Geschmack brachte sein Blut zum Kochen.

Seine Hände glitten über ihren Körper, streichelten ihr

Fleisch, machten sich wieder vertraut und forderten gleichzeitig zurück, was ihm gehörte.

Denn du gehörst mir.

Sie hörte ihn und lachte gegen seine Lippen. *Ganz dir, Hengst. Ich werde dich nie verlassen.*

Früher hätte er diese Worte als Bedrohung empfunden, doch jetzt erkannte er in ihnen ein Versprechen, ein Band, das zwischen ihnen nur noch stärker wurde.

Ich sollte dich beanspruchen. Hier. Jetzt.

Nur dachte sie: *Nein.*

Er zog sich zurück. »Was meinst du mit nein?«

Obwohl ihre Lippen sich getrennt hatten, umklammerte sie seine Schultern, ihre Finger gruben sich in sein Fleisch und versuchten, ihn zurückzuziehen.

»Nein nicht in dem Sinne, dass wir es nie tun werden. Nein im Sinne von nicht jetzt. Ich will dich. Zweifle nicht daran. Aber wenn ich dir meine Markierung verpasse, dann vor Publikum, denn ich will keinen Zweifel daran lassen, dass ich dich auserwählt habe, und ich will, dass es alle wissen.«

Er blähte die Nasenflügel auf, als seine Emotionen überschwappten, so viele auf einmal, aber die vorherrschende?

Genugtuung. *Du gehörst mir.* Und sie hatte recht. Wenn er sie beanspruchte, und das war keine Frage mehr, würde er es auf eine Weise tun, die keinen Zweifel daran ließ.

Mit geschickten Fingern strich er über ihre nackte Haut, genoss die seidige Geschmeidigkeit und fand ihre kitzligen Stellen, da er sie gern kichern hörte.

Ihr leises Lachen kitzelte seinen Mund und er schluckte es, schluckte jedes süße Geräusch, das sie in seinen Armen machte. Sie streichelte ihn ebenfalls, aber ihre Berührungen waren nicht sanft, sie packte ihn, grub ihre Fingernägel hinein, die Leidenschaft gab ihr Kraft. Die Dringlichkeit ihres Bedürfnisses liebkoste ihn genauso sicher wie ihre Haut, die sich an seiner rieb, wobei das Wasser der Dusche sie glitschig machte.

Sein gieriger Schwanz war zwischen ihren Körpern eingeklemmt und pulsierte gegen ihren Unterleib. Das Bett war nur ein paar Meter entfernt, zu weit weg und zu zugig für ihre nassen Körper.

Warum sollte er die heiße, dampfende Dusche verlassen, wenn sie groß genug war für das, was er vorhatte? Er umfasste ihren Hintern, seine Hände gefüllt mit ihren vollen Backen, und hob sie hoch. Sie brauchte keine Aufforderung, um ihre Beine um seine Taille zu legen. Die Hitze ihres Inneren drückte gegen seine Haut. Pulsierte.

Er bewegte sie so, dass sein Schwanz frei sprang und unter ihrem Hintern hüpfte. Dann senkte er sie so weit, um ihn an ihrem feuchten Schlitz zu reiben. Ein herrliches Stöhnen entwich ihr, das ihren ganzen Körper durchschüttelte.

Die heißeste Sache der Welt.

Er richtete die geschwollene Spitze seines Schaftes auf ihre Muschi und presste sie leicht gegen ihre feuchten Schamlippen. Es brauchte nur den geringsten Druck, um in sie einzudringen, und ihre Wände drückten ihn zusammen.

Ja.

Die mentale Stimme, er oder sie, das spielte keine Rolle. Er zischte, als sie den Kopf neigte.

Er glitt bis zu den Eiern in sie hinein und blieb dort, wobei er sich leicht an ihr rieb, ein Kreisen und Drücken seiner Hüften, das ihn tief hineintrieb.

Sie stotterte. »Oh, verdammt. Verdammt.« Sie grub die Finger in seinen Rücken, scharf und stark. Genauso stark wie der Griff, in dem sie ihn hatte.

»Genau so, Prinzessin.« *Meine Königin.*

Verdammt richtig.

Die intime Verbindung ihrer Gedanken faszinierte ihn immer wieder. Es gab keinen Zweifel daran, wer sie in seinem Kopf war. Sie existierte als Teil von ihm und verstärkte irgendwie jede Erfahrung.

Ich kann dein Vergnügen spüren, dachte er. Er konnte spüren, wie kompliziert ihre Gefühle ihm gegenüber waren, aber auf eine gute Art.

Sie will mich wirklich.

Natürlich tue ich das, Hengst.

Denn sie gehörten zusammen. Er stieß in sie, drückte sie mit dem Rücken gegen die Duschwand und hämmerte mit den Hüften.

»Fester«, keuchte sie.

Er konnte nicht. Er würde sie verletzen.

Gib es mir. Die Worte knurrten in seinem Kopf.

Sie befahl, und er konnte nicht anders, als zu gehorchen.

Er stieß fester zu, rein und raus, die Reibung glitschig. Aber das war nicht genug für sie.

Sie brauchte etwas mehr.

Er zog sie grob nach unten und ignorierte ihr Wimmern des Protests, dass er sie mit dem Gesicht zur Wand stellen könnte. Er schlang eine Hand um ihren Oberschenkel und zog ihren Hintern zu sich heran.

Mit der anderen Hand streichelte er die runde Backe. »Spreize deine Beine.«

Sie spreizte sie und streckte ihren Hintern noch etwas weiter heraus. Es war die perfekte Höhe für ihn, um seinen Schwanz wieder hineinzuschieben.

Sie schrie auf, als er hinein und hinaus glitt, aber er

brachte sie dazu, hart zu kommen, als er eine Hand darunter schob und begann, ihre Klitoris zu fingern.

Sie zog sich um ihn herum zusammen, ihr Kanal pulsierte im Takt ihres Orgasmus. Es war unglaublich, vor allem wenn man bedachte, dass er spürte, wie sie kam – er *spürte* es wirklich.

Kein Wunder, dass sie es so sehr mochte.

Er kam, vielleicht sogar zweimal, denn sie sagte: *Ich liebe dich.*

KAPITEL NEUNZEHN

OH, MIST. ICH HABE ES ZUERST GESAGT. DEKA SCHLUG EINE TÜR in ihrem Kopf zu und versuchte, jeden Hinweis auf das, was sie gerade gesagt hatte, zu verdrängen.

Vielleicht hat er mich nicht gehört.

Wäre es schlimm gewesen, wenn er es getan hätte?

Nun ja, es ist schlimm. Ich habe es zuerst gesagt!

Es roch nach Verzweiflung. Deka war nicht verzweifelt.

Er küsste ihren Kopf, während er sich gegen sie lehnte, sein Schwanz war noch immer in ihr.

Verdammt, das war guter Sex.

So richtig guter Sex. Von der Art, die ihre hungrige Muschi um eine zweite Runde betteln ließ.

Aber erst mehr Seife, dann Essen.

Dann Sex.

Jede Menge Sex. Sie öffnete ihren Geist, damit er einen Blick auf ihren Plan werfen konnte.

Sie bekam ihren zweiten Orgasmus vor dem Essen, im Bett.

Und einen dritten beim Nachtisch.

Zu diesem Zeitpunkt war sie schon halb tot. Ihre

Muschi schnurrte praktisch schlimmer als jede Katze und sie war glücklicher als je zuvor, als sie auf ihm ausgebreitet dalag.

Mit den Fingern umkreiste sie träge seine Brustwarze. Eine schöne Brustwarze. Sie hatte sie bereits ein paarmal knabbernd beansprucht. Daran geleckt hatte sie ebenfalls.

Jetzt gehörte er ihr, zusammen mit seinem Schwanz.

Dieser schöne Schwanz ist so was von mein. Bester Schwanz aller Zeiten.

Ernsthaft, es sollte einen Preis geben, denn er würde ihn so was von gewinnen.

Was seine Brustwarze anging, so würde sie mit einem Nippelring die Perfektion erreichen. Nur einen, damit er wie ein Pirat aussah.

Wie wäre es mit einem Schwanzring ... Sie spähte auf seinen Schaft hinunter.

Die Brust unter ihrer Wange grummelte. »Ich lasse mir keine Piercings stechen.«

Er las ihre Gedanken mit einer Leichtigkeit, die ihr gefiel. Das Band zwischen ihnen wuchs, auch wenn ein Teil von ihm noch zögerte.

Oder vielleicht spürt er es nicht. Schließlich hatte er nach ihrem versehentlichen »Ich liebe dich« nichts gesagt.

»Stell dir vor, wie viel Spaß ich mit einem Piercing da unten hätte.« Sie biss in sein Kinn.

»Ich glaube, wir haben auch ohne schon genügend Spaß.«

»Stimmt. Ich mag den Spaß.« Und sie mochte Samael. Sehr sogar. Und das nicht nur, weil er ein Goldener Preis war, ein guter Liebhaber oder süß.

Sie mochte ihn, sogar seine seltsamen Macken.

»Ich bin nicht seltsam.«

»Doch, das bist du, aber ich bin es auch, also ist es cool.«

Sie blies heiß gegen seine Brust und hörte, wie sich das gleichmäßige Pochen seines Herzens beschleunigte. Und das schwache Echo eines zweiten Herzens. Wie faszinierend.

»Was ist faszinierend?«

»Die Art und Weise, wie du dich verwandelst.«

Er erstarrte. »Es ist nicht gerade einfach, das zuzugeben.«

»Lass mich dir helfen. Ja, ich habe zwei Herzschläge und ein paar Hörner, aber ich bin immer noch ein sehr heißer Hengst.« Auch wenn er der einzige Drache war, der jemals Hörner hatte. Na ja, bis auf die auf alten Gemälden, aber die waren sicher übertrieben.

»Hörner?« Er klang erschrocken. »Ich habe keine verdammten Hörner.«

»Wenn du das sagst.«

»Was willst du sagen?«

Da er etwas beunruhigt schien, verschränkte sie die Hände hinter dem Rücken und antwortete überzeugend langgezogen: »Ni-hiii-chts.«

»Deka!«

»Vergiss, dass ich es gesagt habe. Das ist die falsche Person und die falsche Aussage. Was hast du gemeint, als du zugegeben hast, dass du dich verwandelst?«

»Ich meinte die Tatsache, dass du mich in einen seltsam besitzergreifenden, erbärmlich rührseligen Wurm verwandelst, der dich anbeten und jeden töten will, der in deine Richtung schaut.«

»Das ist keine Verwandlung, Muffin, das ist Schicksal. Und ich habe kein Problem damit, wenn du einen Eifersuchtsanfall bekommst.« Irgendwie sexy, um ehrlich zu sein.

»Du bist keine Hilfe. Ich will zurück zu den Hörnern. Hast du wirklich welche gesehen?« Er fasste sich an die Stirn, die glatt zu sein schien – im Moment.

Sie zerrte seine Hände von seinem Kopf weg. »Vergiss die Hörner.«

»Das kann ich nicht. Du hast offensichtlich welche gesehen. Was hat das zu bedeuten? Bin ich ein Freak?«

»Du bist kein Freak, und da du es unbedingt wissen willst: Sie sind teuflisch attraktiv und nur sichtbar, wenn du ein Drache bist. Und ich bin sicher, dass sie nicht viel größer werden.«

Er verzog das Gesicht. »Wie groß sind sie?«

»Schwer zu sagen, seit sie angefangen haben, sich zu winden.«

»Prinzessin!« Der warnende Tonfall ließ sie mit den Augen rollen.

»Hör endlich auf zu jammern. Was soll's, wenn du nicht so bist wie die anderen Drachen? Anstatt auszuflippen, solltest du es feiern.«

»Die Tatsache feiern, dass ich ein Mutant bin?«

»Sieh es eher als Übergang in einen neuen Zustand.«

»Aber warum passiert das? Warum jetzt?«

Sie zuckte mit den Schultern. »Keine Ahnung, aber wenn ich raten müsste, würde ich sagen, dass die Zeit, die wir in der Höllenzone verbracht haben, diese andere Seite von dir zum Vorschein gebracht hat.«

»Aber welche Seite? Denkst du, das hat etwas mit meinem Vater zu tun?«

»Vermutlich. Wir haben nie herausgefunden, was er war.«

»Es könnte wichtig sein.«

»Wie? Es wird nichts ändern. Du bist, wer du bist.«

»Und wenn er noch lebt?«

»Was ist, wenn er nur Sperma gespendet und sich nie die Mühe gemacht hat herauszufinden, ob es Wurzeln geschlagen hat? Vielleicht ist er ein Arschloch, das Babys macht und sie dann im Stich lässt, und er verdient einen Tritt an den Kopf, weil er nicht da war, als du aufgewachsen bist.«

Vielleicht hatte die Psychiaterin, die sie durch das Zeigen ihres echten Gesichts in die Klapsmühle befördert hatte, recht gehabt. Deka könnte tief sitzende Vaterkomplexe haben, was ihre eigene Geburt anging.

»Bei dir klingt es so einfach.«

»Weil es das auch ist.«

»Aber du hast keine Ahnung, wie es für mich ist. Ich bin von ganz oben zu ...«

»Zu was? Einem heißen Hengst geworden, der das Glück hat, sich die unglaublichste Frau des Universums zu angeln?«

Seine Lippen verzogen sich zu einem wahnsinnig süßen Lächeln, einem Lächeln nur für sie. »Du bist unglaublich. Und wunderschön. Und eine ganze Menge anderer Dinge. Ich hingegen bin ein Freak mit gemischten Genen, der nichts zu bieten hat außer diesem Schloss unter der Erde.«

»Das Schloss ist ziemlich süß.«

Er knurrte.

»Aber selbst wenn du keine müde Mark in der Tasche hättest, würde ich dich trotzdem wollen. Du bist verdammt fantastisch, Muffin. Und da ich der Mittelpunkt von allem bin und es erklärt habe, wird es Zeit, dass du es akzeptierst. Sag es. Ich bin Dekas fantastischer heißer Muffin.«

»Einen Teufel werde ich tun.«

»Jetzt fängst du schon wieder mit diesem Pessimismus

an. Ich dachte, wir hätten darüber gesprochen, dass das verboten ist. Warte mal.« Sie setzte sich im Bett auf, die Titten prall, die Haare wirr, und sagte: »Ich erkläre hiermit, dass deine negative Einstellung verbannt ist.«

»So einfach ist das nicht.«

»Doch, wenn ich es erkläre.«

Er schüttelte den Kopf, lächelte aber. »Du bist unglaublich.«

»Ich weiß. Finde dich damit ab.«

»Also, was jetzt?«

»Werden wir wieder wild?« Sie wackelte mit den Augenbrauen und lächelte anzüglich.

»Vielleicht nach etwas Essen. Ich meine, was ist der nächste Schritt?«

»Arschtritte und die Welt retten.«

Er seufzte. »Ich meinte für dich und mich. Wie geht es jetzt weiter?«

»Ich würde sagen, das ist offensichtlich. Du musst nur die Worte sagen.« Denn sie hatte ihre Absicht bereits sehr deutlich gemacht. Aber auch sie hatte einen gewissen Stolz. Es lag an ihm, den nächsten Schritt zu tun.

»Deka, ich –« Was auch immer er für eine romantische Erklärung abgeben wollte – und sie wäre episch gewesen, denn hallo, der Mann war so offensichtlich in sie verliebt –, wurde von einem Kalb unterbrochen, das sofort von seiner Position als beste Freundin degradiert wurde. Wenn Deka eines Tages Königin wurde – denn sie dachte nicht klein –, würde sie das Schwanzblockieren verbieten.

Doch Babette, die keine Rücksicht auf wahre Freundschaft nahm, stürmte herein und schrie: »Im Anmarsch!«

KAPITEL ZWANZIG

Invasion!

Verdammt noch mal! Vom Geheimversteck zum plötzlichen Hotspot. Offenbar war sein verstecktes Zuhause nicht mehr sicher.

Samael warf sich sofort eine Hose über, als er aus dem Bett rollte. Er brauchte nur ein paar Schritte, um eine Sicherheitskonsole zu erreichen und die aktiven Kameras aufzurufen. Es dauerte nicht lange, bis er das Problem gefunden hatte.

Ein Eindringling hatte seinen geheimen Eingang entdeckt, den am Fluss, der nur für jemanden zugänglich war, der mit einem scharfen Auge für Details fliegen konnte – und dem ein bisschen Fledermausscheiße nichts ausmachte.

Wenn man daran vorbeikam, gab es noch den zweiten Unterwassertunnel, der sehr eng war, die Spinnenkammer, die die Leute garantiert zum Schreien brachte, und dann, wenn sie das noch übertrafen, den glänzenden Raum. Viele schöne, glänzende Dinge, die die gierigen Augen anlockten.

Wenn sie langsamer wurden, wurden sie mit Napalm verbrannt.

Ein brillantes Verteidigungssystem, das die kommende Person nicht aufhalten würde.

Ich habe nicht viel Zeit.

Er drehte sich um und sah, dass Deka auf dem Bett saß, nackt und wunderschön. Weich und verletzlich.

»Bleib hier«, befahl er.

Sie zog eine Augenbraue hoch. »Ich komme mit dir mit.«

»Nein, tust du nicht.« Er ging schnell zur Tür, schlug sie zu und verriegelte sie dann. Zu ihrer eigenen Sicherheit, deshalb verstand er auch nicht die Litanei von Schimpfwörtern, mit denen sie ihn bedachte, als sie gegen die Tür hämmerte.

Wahrscheinlich Erleichterung unter der kreischenden Wut, dass er so auf ihr Wohlergehen bedacht war.

Da er wusste, dass er sich diesem Eindringling stellen musste – *davor kann ich mich nicht verstecken* –, stand Samael auf der geglätteten Steinfläche, die den Innenhof seines Schlosses bildete.

Um ihn herum überdeckte das Rauschen des Wassers, das in den mit Kristallen ausgekleideten Teich plätscherte, die meisten Geräusche, und doch spürte er ihn kommen.

Mein Erzfeind. Sein größtes Bedauern.

Durch den Tunnel, der im Laufe von Jahrhunderten in den Stein gebohrt worden war, tauchte sein Bruder auf und schoss in die Höhle, ein goldener Streifen, der für den Moment blendete, als das Umgebungslicht von den glänzenden Schuppen reflektiert wurde.

Remiel war ein großer, gesunder und kraftstrotzender Drache, der sich anscheinend gut an das Königsdasein gewöhnt hatte.

Samael hingegen hatte Probleme. Und er sprach nicht von den Hörnern, die er noch nicht gesehen hatte. Er hatte es Deka gegenüber nicht erwähnt, aber auch er hatte Veränderungen bemerkt.

Er wusste von dem zweiten Herzschlag, dem seltsamen Kribbeln in seinem Inneren und den komischen Einblicken in eine andere Welt. Eine weitere Ebene mit den verrücktesten glühenden Lichtern.

Seltsame Dinge, aber das Besorgniserregendste waren die Stromstöße – *es ist Magie, sag es*. Er wollte leugnen, was passierte. Magie sollte Spaß machen. Sich beim Wischen den Hintern zu versengen, war nicht seine Vorstellung von Vergnügen.

Genauso wenig wie die zufälligen Stromstöße, die seine morgendliche Tasse Kaffee in der Hölle zerschmettert hatten.

Er hatte sogar Deka während des Vögelns ein paarmal erwischt. Das bedeutete allerdings, dass ihre Muschi ihn so fest drückte, dass er fast geplatzt wäre. Das machte ihm also nichts aus.

Aber er fragte sich: *Was ist los mit mir?* Würde Remiel die Krankheit in ihm erkennen und versuchen, sie zu zerstören, bevor sie sich ausbreitete?

Remiel hielt sich auf seinen mächtigen Flügeln in der Höhe und trompetete einen Gruß. *Da bist du ja!*

»Ich sehe, du hast eine scharfe Beobachtungsgabe«, war Samaels sarkastische Antwort.

Genauso unhöflich wie immer. Das lärmende Signalhorn war eine Warnung, sich zum Kampf bereit zu machen.

»Müssen wir?«, sagte er seufzend. Er hatte ein warmes Bett und einen noch heißeren nackten Körper für das hier verlassen?

Ohne große Anstrengung verwandelte er sich in seinen

Drachen und machte den Fehler, sein Spiegelbild im Wasser zu betrachten, als er größer aufragte als je zuvor. Selbst in der Verzerrung konnte er die Ausstülpungen auf seiner Stirn nicht übersehen.

Verdammt, da sind sie. Gewundene schwarze Hörner. Er hätte sie berührt, aber Drachen, ähnlich wie ein T-Rex, können sich nicht am Kopf reiben – keiner von ihnen. Das erklärte wahrscheinlich ihre Wutprobleme.

Was ragt da aus deinem Kopf heraus? Remiel sprach in Gedanken mit ihm.

Normalerweise konnten nur Gefährten gedanklich miteinander kommunizieren, aber vor Kurzem war entdeckt worden, dass es eine Eigenschaft des Goldenen Königs war, seine Armeen zu befehligen, wenn er nicht in menschlicher Gestalt war.

Ein modisches Statement, dachte Samael an seinen schwebenden Bruder zurück.

Seit wann hast du Hörner?

Samael zuckte mit den Schultern. Auf manche Dinge gab es einfach keine Antwort.

Was hast du denn so getrieben?

Wollte er sich wirklich auf die ganze Gefangennahme und Folter durch eine verrückte Braut einlassen? Bräutigam? Wie auch immer.

Nein.

Pläne gesponnen, deinen Thron zu übernehmen, war zwar nicht gerade förderlich für seine Gesundheit, bescherte ihm aber die größten Eier von allen.

Remiel stieß einen lauten Schrei aus und Samael wappnete sich für den Angriff. Sicherlich würde Remiel versuchen, ihn zu töten. Nach allem, was Samael getan hatte ...

Anstatt anzugreifen, ließ Remiel sich sinken, legte seine Flügel an und setzte sich. Außerdem starrte er.

Zwei konnten den Lässigen spielen. Samael verschränkte die Arme. Auch das funktionierte nicht richtig – die Sache mit den kurzen Gliedmaßen und der breiten Brust.

Als einen langen Moment nichts gesagt wurde, brach er schließlich und stieß einen trillernden Ton aus. *Warum bist du hier?*

Als Antwort erhielt er ein Trompeten. *Braucht ein Bruder einen Grund für seinen Besuch?*

Wenn er normale Augenlider gehabt hätte, hätte Samael vielleicht geblinzelt. *Du hasst mich.*

Nicht so sehr, wie ich es früher tat.

Okay. Das ergab keinen Sinn. *Ich habe geholfen, dich gefangen zu halten.*

Du hattest keine andere Wahl.

Ich hätte versuchen sollen, Parker zu bekämpfen. Aber das habe ich nicht.

Weil du ein Idiot bist.

Daraufhin schnaubte Samael und verwandelte sich wieder in einen Menschen. »Ich bin kein Idiot.«

»Wie erklärst du dir sonst«, fragte Remiel, der sich ebenfalls verwandelte, »dass du von einer Hexe erwischt wurdest?«

Er würde nicht fragen, woher Remiel von seiner Gefangennahme durch die Oberherrin wusste. Ein König sollte gut informiert sein.

»Es war eine Zauberin, vielen Dank, eine so mächtige, dass sie vor Äonen verbannt wurde.«

»Das habe ich gehört. Sie hat im nationalen Fernsehen darüber gejammert. Jemand muss darüber hinwegkommen.«

Das spiegelte irgendwie seine Gedanken wider. »Sie ist eine Spinnerin.«

»Das ist sie, und dank dir läuft sie jetzt durch die Welt und verursacht jede Menge Ärger.«

»Du gibst mir die Schuld dafür?« Samael sträubte sich. »Ich habe nichts damit zu tun, verdammt. Sie war ein Psycho, bevor sie aus ihrem Höllengefängnis entkam.«

»Warum hast du sie nicht aufgehalten?«

»Welchen Teil von *Ich war ihr Gefangener* hast du nicht verstanden?«

»Den Teil, in dem du ein Gefangener warst. Erbärmlich, Alter.«

Er blinzelte. Diesmal wirklich. »Alter? Sind wir plötzlich zu Teenagern am verdammten Strand geworden?«

»Wie soll ich dich denn sonst nennen? Bruder? Dazu bin ich noch nicht bereit. Arschloch scheint mir eine eher kontraproduktive Art zu sein, unsere Beziehung wiederaufzubauen.«

»Welche Beziehung? Ich war ein Arschloch. Du solltest mich hassen.« Er sagte das nicht, um Mitleid oder Vergebung zu erlangen. Es war eine Tatsache. Samael hatte sich mit seinen Taten abgefunden. Wenn er noch eine Chance bekäme ... würde er sie wahrscheinlich wiederholen, in der Hoffnung, König zu werden.

Remiel wirkte traurig. »Ich hätte dir den Titel überlassen. Du weißt, dass ich den Thron nie wollte.«

»Du scheinst ihn jetzt zu genießen. *König*.« Er konnte sich ein höhnisches Grinsen nicht verkneifen.

»Parker und Anastasia haben mir keine andere Wahl gelassen.« Remiel zuckte mit seinen breiten Schultern. »Es ist nicht so schlimm wie erwartet. Es bringt Vorteile mit sich, wie zum Beispiel das Herumkommandieren von Leuten. Eine schöne Abwechslung zu unserer Jugend, was?«

»Ich weiß es nicht. Ich hatte nie wirklich die Chance,

der Chef zu sein. Die Leute haben immer versucht, mir zu sagen, was ich tun soll.«

»Und doch hast du Wege gefunden, dein eigenes Ding zu machen.« Remiel deutete auf die Höhle. »Das war nicht Anastasias oder Parkers Werk.«

»Ein Schloss ist keine große Leistung.«

»Sei stolz auf die Dinge, die du getan hast, nicht auf die, die du nicht getan hast«, sagte Remiel mit einer Weisheit, die größer war als seine Jahre. »An der Vergangenheit festzuhalten und an den Hätte-hätte-Fahrradkette-Momenten, hilft dir nicht, in die Zukunft zu gehen.«

»So zu tun, als wäre es nicht passiert, macht es nicht ungeschehen. Ich habe schlimme Dinge getan. Die Leute werden es nicht vergessen.«

»Das müssen sie aber, wenn ich es ihnen befehle.« Remiels Lippen verzogen sich zu einem Lächeln, und Samael konnte nicht anders, als die Stirn zu runzeln.

»Und was ist mit der Tatsache, dass ich eine Zeit lang mit Sue-Ellen zusammen war? Bist du bereit, das zu verzeihen und zu vergessen?«

Daraufhin blitzten Remiels Augen golden auf. »Die Tatsache, dass es nie über ein paar Küsse hinausging, ist der einzige Grund, warum du noch lebst.«

Großmütig von seinem Bruder, vor allem, wenn man bedachte, dass Samael ein Gespräch mit Deka führen musste, zusammen mit Stift und Papier, damit er eine Liste der Männer erstellen konnte, die verschwinden mussten. Er befürchtete, dass die Liste ziemlich lang sein könnte.

Seine Frau hatte einen gewaltigen Appetit.

Aber von nun an würde sie nur noch ihn essen.

»Wenn du nicht hier bist, um mich zu töten, warum bist du dann hier?«

»Ich hoffe, du hast ein kaltes Bier in deiner versteckten Festung.«

»Du und ich machen solchen Mist nicht.« Normale Familien taten das. Sie waren alles andere als normal. »Was willst du von mir?« Wollte Remiel seinen Kopf? Eine Entschuldigung auf seinen Knien? War dies nur ein Moment des Einschmeichelns, bevor Remiel knallharter Goldener wurde und ihn enthauptete?

»Was sollte ich deiner Meinung nach von dem einzigen Blutsverwandten verlangen, den ich habe? Demjenigen, der mich verraten hat? Demjenigen, der genauso schwer missbraucht wurde? Willst du durch meine Hand sterben?«

»Wage es nicht, ihn zu töten.«

Es war keine Überraschung, dass ein verschlossener Raum sie nicht halten konnte. Deka kam aus seinem Schloss geflogen, wobei sie ein Hemd von ihm und nicht viel mehr trug. Sie sah verrucht sexy aus, völlig verstört und kurz davor, einen Mord zu begehen – was wahrscheinlich nicht gut ankommen würde.

Samael schnappte sie, bevor sie ihre Fingernägel in Remiel vergraben und etwas beginnen konnte, das er nicht beenden wollte.

»Hör auf«, sagte Samael.

Ich werde nicht zulassen, dass er dich anrührt.

Er ist dein König. Du solltest gehorchen.

Als ob. Du könntest König sein. Sie zischte es in seinem Kopf.

Nicht auf Kosten seines Bruders.

Komisch, dass er so lange gebraucht hatte, um zu erkennen, dass manche Dinge zu viel kosteten.

Sie strampelte und schrie in seinem Griff, wie eine tollwütige Drachin, die ihren Mann beschützte. »Lass mich an ihn ran, Muffin. Es ist mir egal, wer er ist. Wir werden die Leiche irgendwo vergraben, wo sie niemand finden wird. Ich werde nicht zulassen, dass er dir wehtut.«

Der Gedanke bereitete ihm warmes und wohliges Sodbrennen.

Remiel zog eine Augenbraue hoch. »So geistesgestört wie immer, wie ich sehe.«

»Das ist eine ihrer liebenswertesten Eigenschaften«, sagte Samael mit zusammengebissenen Zähnen, während er seine Arme um sie festigte.

Deka knurrte. »Ich werde nicht zulassen, dass du ihn mir wegnimmst. Ob König oder nicht. Er gehört mir.«

»Beruhige dich. Du kannst ihn haben. Aber zuerst muss er etwas für mich tun. Für die Welt, um genau zu sein.« Remiel drehte sich zu ihm um, sein Blick war sehr ernst. »Du wolltest wissen, warum ich gekommen bin. Ich gebe zu, es ist ein egoistischer Grund. Ich brauche dich, um mir zu helfen.«

Er runzelte die Stirn. »Dir helfen? Wie das?«

»Du bist der Einzige, der etwas gegen Voadicia ausrichten kann.«

Der Name ließ ihn die Augenbrauen hochziehen. »Hast du den verdammten Verstand verloren? Ich kann nicht helfen. Ich habe sie nicht besiegt. Sie hat mich gefangen gehalten.«

»Du bist entkommen.«

»Nur weil die Prinzessin hier einen Weg gefunden hat.« Die Scham brannte, aber nicht so sehr wie die Tatsache, dass sein Bruder dachte, Samael hätte etwas zu bieten. Wie falsch er doch lag.

Plötzlich spielte die kleinste Geige der Welt ein trauriges, trauriges Lied in seinem Kopf, gefolgt von einem deutlichen Kichern, als Deka sagte: *Sei nicht so eine Primadonna.*

Oder willst du, dass jemand dein Ego streichelt? Steh deinen Mann.

Er wollte es, aber ... Er schüttelte den Kopf.

Klatsch. Deka war aus seinem Griff gerutscht und stand vor ihm. »Was habe ich über dieses Wehe-mir-Zeug gesagt?«

Hatte sie ihn wirklich geohrfeigt?

Er funkelte sie an. »Schlagen ist nicht nett.«

»Ich habe versucht, meine Worte zu benutzen, und dann hast du mich verärgert. Und du beschwerst dich ernsthaft darüber, dass dich ein Mädchen geschlagen hat?«

»Du bist mehr als ein Mädchen, und du schlägst hart zu.«

»Aber es hat funktioniert. Du benimmst dich nicht wie ein mickriges Weichei, das sich hinlegt und so dramatisch tut. Oh nein, ich kann das nicht tun. Ich bin nicht gut genug, bla, bla, bla. Du willst behaupten, dass du ein Verlierer bist? Mach das, nachdem du es wenigstens versucht hast.«

Er funkelte sie an. »Und wenn ich recht habe und versage?«

»Dann werden wir dir ein Heldenbegräbnis geben.«

»Für eine aufmunternde Rede war das ziemlich mies.«

»Brauchst du noch eine Ohrfeige?«

»Du weißt schon, dass mein Bruder das Unmögliche von mir verlangt«, bemerkte Samael.

»Woher willst du wissen, dass es unmöglich ist? Hast du wirklich darüber nachgedacht? Außerdem dachte ich, du wolltest kämpfen.«

»Will ich auch. Aber zu meinen Bedingungen.« Er funkelte seinen Bruder an. Er ließ seine Stimme sinken und lehnte sich zu Deka. *Ich will nicht, dass er alles auf mich setzt. Und wenn ich versage?*

Das wirst du nicht, war ihre sanfte Antwort.

Laut sagte Remiel: »Glaube an dich selbst. Du musst daran glauben, denn ich fürchte, ohne dich sind wir dem Untergang geweiht. Du und nur du allein hast die Magie, um ihr entgegenzuwirken.«

Daraufhin lachte Samael. »Magie? Was zum Teufel hast du geschnüffelt? Ich habe keine Magie.«

Das könnte erklären, was mit dir passiert.

Remiel fixierte ihn mit starrendem Blick. »Hör auf, es zu leugnen. Du weißt, dass das, was ich sage, wahr ist. Ich war mir nicht sicher, bis ich dich sah.«

»Und was siehst du?« Samael drehte sich im Kreis. »Kein Bart. Kein langes Gewand. Nicht einmal einen richtigen Stab. Wie kommst du darauf, dass ich ein Zauberer bin?«

»Weil laut den verborgenen Geschichtsbüchern, die ich gelesen habe, nur Drachen, die Magie ausüben können, Hörner wachsen.«

KAPITEL EINUNDZWANZIG

Armer Sammy. Er wäre fast in Ohnmacht gefallen. Vor allem weil er so sehr zu lachen begann, dass ihm die Luft ausging.

Aber die Fröhlichkeit war nur eine Fassade. Sobald Remiel gegangen war, marschierte er ins Schlafzimmer, zog sie mit sich und murmelte: »Ich bin kein verdammter Zauberer.«

Jemand wollte es nicht wahrhaben.

Jemand hatte außerdem zu viel Kleidung an.

Zieh sie aus. Du weißt, dass du es willst. Egal wie subtil oder nicht so subtil sie ihm vorschlug, sich auszuziehen, er blieb teilweise bekleidet.

Wenigstens hatte sie frustrierten Sex bekommen – der, für die Neugierigen, schnell und heftig war –, bevor er anfing, auf und ab zu gehen, wobei sein sexy Körper in einen Frotteebademantel gehüllt war, der seine Attraktivität eher verstärkte als verbarg. Weniger attraktiv war der Zweifel, den er immer wieder an den Tag legte. Er verdrängte seine Begeisterung über Remiels Enthüllung.

»Ein Zauberer?«, murmelte er zum x-ten Mal.

»Ich finde das ziemlich cool.« Andere Kälber hatten ganz normale Drachen oder Wyvern als festen Freund. Sie hatte einen verdammten Zauberer. Babumm!

»Das gefällt mir nicht.«

»Warum nicht?« Denn sie persönlich konnte nur die Möglichkeiten sehen.

»Weil Remiel jetzt etwas von mir erwartet. Das tun alle. Sie haben den Verstand verloren.«

»Ich verstehe nicht, warum du durchdrehst. Du hast Magie.«

»Ich habe sie, aber ich weiß nicht, wie man sie einsetzt.« Er wirbelte herum und starrte sie mit großen Augen an, seine Arroganz wurde von Panik unterdrückt. »Wie soll ich denn Magie lernen? Es gibt keine Bücher. Keine Lehrer. Niemanden, der mir zeigt, was ich tun soll, verdammt noch mal.«

»Wie hart kann das schon sein?« Als sie das sagte, starrte sie vielleicht auf eine Stelle unterhalb seiner Gürtellinie.

Er funkelte sie an. Das konnte er ziemlich gut. Sogar königlich, denn seine markanten Gesichtszüge waren wie geschaffen für königliches Funkeln. »Kannst du deine Aufmerksamkeit für fünf Minuten von meinem Schwanz abwenden?«

»Nein.«

»Hör auf, mich geil zu machen. Das ist ernst«, schrie er.

»Genau wie mein Bedürfnis nach deinem Schwanz.«

»Du kannst meinen Schwanz haben, wenn du mir hilfst herauszufinden, wie ich gegen eine jahrhundertealte Hexe zaubern und gewinnen kann.«

»Übe, ein paar Machtkugeln auf Attrappen zu werfen, und dann, im letzten Kampf, schlage sie k. o. Problem gelöst. Und jetzt bring mir meinen Preis.«

Er rührte sich nicht. »Ich weiß vielleicht nicht viel über Magie, aber ich bin mir ziemlich sicher, dass man dafür mehr als nur fünf Minuten üben muss.«

»Sagt der Typ, der es nicht einmal versucht hat.« Sie seufzte. Offensichtlich würde es keinen Sex geben, bevor sie ihm geholfen hatte. »Hast du auf YouTube nachgesehen, ob jemand ein Video eingestellt hat?« Da er schwieg, vermutete sie nein. »Wenn wir keine finden, können wir auch auf Netflix nachsehen, was es dort gibt.«

»Wie soll ich dabei etwas lernen?«, brüllte er.

»Das tust du nicht, aber es wäre weniger langweilig als dieses Gespräch. Du bist ein Zauberer. Mach zauberhafte Dinge. Wie der Kerl in dem Film mit dem wandelnden Baum.«

Er knurrte. »Sehe ich aus wie Gandalf?«

»Lass dir einen Bart wachsen, dann sag ich es dir.«

»Das ist nicht lustig, Prinzessin.«

»Das habe ich auch nie behauptet. Du bist derjenige, der ein Drama daraus macht. Ich habe es sehr ernst gemeint. Ich verwette meine neuwertige Wonder-Woman-Figur darauf, dass dir ein Bart gut stehen würde. Stell dir vor, ich könnte beim Sex daran ziehen und du könntest meine Klitoris damit kitzeln.« Als er weiterhin finster dreinschaute, seufzte sie. »Warum bist du so überzeugt, dass du nicht zaubern lernen kannst?«

»Weil ich nicht die geringste Ahnung habe, wo ich anfangen soll.«

»Aber du kennst zwei Kerle, die es können.«

Er blinzelte. »Wovon redest du? Ich kenne keine Zauberer.«

»Doch, das tust du. Denk mal drüber nach.« Nur für den Fall, dass er einen Hinweis brauchte, begann sie, die Titelmelodie von *Star Wars* zu summen.

Es dauerte eine Sekunde, bis ihm ein Licht aufgegangen war. »Die Jabbas.«

»Ding, ding, ding. Gebt dem Mann einen Preis.« Sie warf sich mit ausgestreckten Armen und Beinen auf das Bett und wartete darauf, dass er sie beanspruchte, aber stattdessen schritt er weiter auf und ab und rieb sich mit der Hand das Kinn.

»Sie gehören zu der ursprünglichen Gruppe von Zauberern, die vor Jahrhunderten verbannt wurde, aber werden sie mir helfen? Ich habe sie eingesperrt. Und bin dann gegangen.«

»Also lässt du sie frei.«

»Aber ist das klug?«

»Du bist der Zauberer, sag du es mir.«

Er schnaubte. »Ich fühle mich nicht sehr zauberhaft.«

»Sagt der Mann, der mich jedes Mal Magie spüren lässt, wenn er mich berührt.«

Einen Moment lang wurden seine Augen rauchig. »Was ist, wenn sie mich in die Irre führen? Oder mich nicht lehren wollen?«

»Nicht wollen?« Sie zog eine Augenbraue hoch. »Muss ich dich wieder daran erinnern, wer du bist?«

»Du hast recht.« Er stand aufrecht, breit und tödlich. »Ich bin Samael D'Ore, ein direkter Nachkomme der Goldenen Linie, kein Hybridexperiment. Sie werden mich unterrichten oder meinen Zorn zu spüren bekommen.« Er schlug mit der Faust auf seine Handfläche.

So heiß.

»Das ist mein Muffin. Jetzt komm her und danke mir, dass ich dein Problem gelöst habe.«

»Warum kommst du nicht her und bedankst dich bei mir?«

Aus Neugierde legte sie den Kopf schief und fragte: »Wofür?«

»Weil ich dich gleich so hart kommen lasse, dass du schielst.«

Und das tat er. Er brachte sie dazu, seinen Namen zu schreien und ihm den Rücken zu zerkratzen.

Dann ging er, und zwar ohne sie, um die Jabbas zu besuchen, ohne jemanden mitzunehmen.

Er ließ seine Prinzessin für seinen Bruder sitzen, aber sie war damit einverstanden. Er war ein Mann auf einer Mission, während sie eine Frau mit einer immer größer werdenden Schar neugieriger Drachinnen war, die ständig auftauchten, ohne wieder zu verschwinden.

Wer hätte gedacht, dass das Bild, das sie auf Instagram gepostet hatte, unter den Septs viral gehen würde? Wer hätte gedacht, dass so viele in die Unterirdische Höhle der Verschlagenheit – wie sie sie nannte – strömen würden?

Wer hätte gedacht, wie sehr sie Samael vermissen würde, sobald er erst einmal ein paar Tage weg war?

Ich hätte mit ihm gehen sollen.

Aber Samael hatte recht, als er behauptete, sie wäre eine Ablenkung – *ich kann nicht klar denken, wenn du in der Nähe bist, weil mir dann das ganze Blut in den Schwanz schießt. Wenn du diese Beanspruchungszeremonie haben willst, dann wirst du mir gehorchen und hierbleiben.*

Sie tat es nicht, um zu gehorchen. Nein, verdammt. Sie brachte das ultimative Opfer und ließ ihn allein losziehen, um ein Superzauberer zu werden, denn hallo, mehr Macht!

In der Zwischenzeit, während er weg war – aber sicher jede Sekunde an sie dachte –, nahm Deka sich die Freiheit, ein paar Zimmer neu zu dekorieren.

Ich bin mir sicher, dass er es lieben wird. Besonders die rosa Flamingos, die sie für seinen Teich hatte bringen lassen. Sie sorgten für ein festliches Flair, ebenso wie die Laternen auf der Terrasse.

Doch zwischen dem Einkaufen und dem gelegentlichen Gefecht – denn, hallo, Krieg auf der Erde bedeutete gute Zeiten zum Kämpfen – blies sie Trübsal.

Sie stellte eine komische Sache fest. Während sich die Welt um sie drehte, trotz allem, was diese anderen Kälber dachten, stellte sich heraus, dass sich ihr Glück um ihn drehte.

Ungefähr zehn Tage nach seiner Abreise – während derer eine Menstruation kam und ging, was leider bedeutete, dass sie keinen Braten in der Röhre hatte – ging sie in den Kriegsraum. Früher bekannt als sein Arbeitszimmer, das sie nun übernommen und umdekoriert hatte, weil es durch das *Star Trek* Thema einfach noch viel cooler war.

Als sie eintrat, wieder ganz in Schwarz, hörte sie, wie Sheila verkündete: »Seht mal, da ist Prinzessin Trübsal.« Diese Schlampe. Sie war letzte Woche mit ihrem Mann und ihren Kindern angekommen und hatte ihr Lager oberirdisch im Bauernhaus aufgeschlagen – das, wie sich herausstellte, stabiler war, als es aussah. Sie fungierte jetzt als Pförtnerin am Eingang des Bauernhauses und ihre Kinder erschreckten die Neuankömmlinge, indem sie schweigend die Felder verließen und starrten.

»Ich blase kein Trübsal«, sagte Deka, bevor sie ihre Unterlippe wieder einzog.

»Bist du hier, um dich über die Pläne für die letzte Schlacht zu informieren?«, fragte ihre Mutter. Die liebste Mommy war Stunden nach Samaels Abreise angekommen. Sie warf einen Blick auf ihre tränenden Augen – denn dieses Schloss war verdammt staubig – und machte sich daran, Deka Kekse zu backen. Dutzende von ihnen. Mutter wusste immer, wie sie sie aufheitern konnte.

Aber jetzt wollte sie nicht mehr gehen. Offenbar war Australien einer der Orte, von dem sie dachten, dass dort die letzte Schlacht stattfinden würde. Großbritannien war ein anderer, ebenso wie Maysville, Kentucky. Man sollte die Präzision nicht infrage stellen; jeder der Seher hatte es gesagt.

Wenn es nach Deka ginge, würde die letzte Schlacht am Strand stattfinden, damit sie danach alle schwimmen gehen könnten. Das Beste daran war, dass das Blut die Haie anlocken würde und sie danach genug zu essen für das Barbecue hätten.

Aber niemand wollte auf sie hören. Nein, sie verließen sich auf alte Prophezeiungen, verfolgten die Truppenbewegungen der Oberin und anderes langweiliges, rationales Zeug.

Da sie den genauen Ort der Schlacht nicht vorhersagen konnten, hatten sich die Septs aufgeteilt, um sicherzustellen, dass sie an allen wahrscheinlichen Orten vertreten waren. Das bedeutete, dass Mommy und ein paar andere Silberne sich bei Deka einmischten. Aber es waren nicht nur die Silbernen, die sich in ihrem Versteck versammelten.

Auch die andersfarbigen Septs trugen dazu bei. Vor allem die australischen Septs, die nicht wollten, dass die Amerikaner ihr Revier stürmten. Sie mochte ihre Cousinen in Down Under jedoch sehr. Sie wussten, wie man große Mengen an Schokoladenkeksen bekam.

Snacks waren in dieser Phase des Konflikts sehr wichtig. Die Spannungen waren groß, und da sich so viele Frauen auf einem Fleck befanden, gab es in Samaels Arbeitszimmer eine ganze Reihe von Schüsseln und anderen Vorräten mit Süßigkeiten und Schokolade – denn niemand wollte sich mit einer Drachin mit PMS herumschlagen, die Zucker brauchte.

»Wo ist Voa jetzt?« Da nur Samael verstand, warum sie den Spitznamen *die Oberin* benutzte, musste Deka den gängigeren Namen für die Oberherrin verwenden.

»Sie hat gerade die Chinesische Mauer durchbrochen und eine alte Steinarmee entfesselt.«

»Haben wir irgendwelche Hilfe geschickt?«, fragte Deka, die sich auf einen hohen Sessel mit seinem weichen, pinkfarbenen Samtbezug fallen ließ.

»Bist du verrückt? Du weißt doch, dass die chinesischen Drachen es nicht mögen, wenn jemand in ihr Revier eindringt.«

Leider hatten ihre asiatischen Kollegen noch nicht begriffen, dass sie zusammenhalten mussten, wenn sie sich durchsetzen wollten. Sie mussten einen starken Auftritt hinlegen, wenn sie Voa zurückdrängen wollten.

Sie brauchten außerdem Magie, um Magie zu bekämpfen, denn je länger Voa auf der Erde war, desto stärker wurde sie.

Jemand hat sich mit Seelen vollgestopft. Man musste sich fragen, warum sie nicht fett wurde.

Und wie lange dauerte es, bis sie so viele aß, dass sie unbesiegbar wurde?

Wo bist du, Samael? Wir brauchen dich.

Seit er weg war, hatten sie nichts mehr gehört.

Keine Liebesbotschaft für Deka. Kein sexy Bild, mit dem sie masturbieren konnte. Nichts außer dem schwachen Gefühl, dass er weit weg war, aber noch lebte. Hoffentlich lernte er Magie. Aber würden diese Lektionen ausreichen? Würde Samael rechtzeitig für die kommende Schlacht zurückkehren?

Zweifel hatten in ihrem Leben keinen Platz, also beschloss Deka, sie zu ignorieren. Sie würden gewinnen.

Weil sie es sagte. Und weil sie ihren sturen Muffin noch nicht beansprucht hatte.

Elspeth hüpfte herein, ihre blonden Locken wippten und ihr fröhliches Lächeln verursachte mehr als nur ein Stöhnen. »Hallo, alle zusammen. Was für ein wunderbarer Tag.« Für die immer fröhliche Elspeth war jeder Tag wunderbar. Ihre quirlige Art und ihr fröhliches Gemüt brachten nicht wenige dazu, sich mit einem Finger über die Kehle zu fahren.

Die verdammte kanariengelbe Drachin war die personifizierte Freude. Nichts konnte sie je traurig stimmen. Alles war Sonnenschein und Regenbogen. Das Glas war halb voll. Und all dieser Mist.

Sie hatte keinen einzigen arroganten, gierigen Knochen in ihrem Körper. Ihre Mutter musste sich so sehr für die Schwäche ihres Kindes geschämt haben.

»Ist da nicht ein Stein im Garten, der eine Aufmunterung braucht?«, fragte jemand.

»Ich habe ihnen schon gesagt, dass sie eines Tages zu Diamanten werden, sie müssen nur geduldig sein.« Das war doch sicherlich Wahnsinn und keine echte Freude in ihren leuchtenden Augen?

»Du weißt schon, dass das Ende der Welt naht?«, schnauzte Babette, die noch mürrischer als sonst wirkte.

Elspeth klatschte in die Hände und wippte auf den Fersen, wobei sie so breit lächelte, dass ihr vermutlich der Kopf zerspringen würde. »Ist es das Ende oder nur ein neuer Anfang? Was ist, wenn die kommende Schlacht eine bessere Welt für alle bedeutet?«

Stöhnen ertönte.

Babettes war am lautesten von allen. »Das bezweifle ich. Alles ist beschissen.«

»Oh, arme Babsy. Sei doch nicht so mürrisch.« Elspeth

stürzte sich auf Babette und hob sie in einer enthusiastischen Umarmung von den Füßen – mit über einem Meter achtzig war das Mädchen nicht gerade zierlich. »Es wird schon alles gut gehen. Nur weil deine Freundin dich ignoriert, heißt das nicht, dass du nicht geliebt wirst.«

»Was meinst du damit, dass diese Schlampe dich ignoriert?«, mischte Deka sich ein. Das war das erste Mal, dass sie davon hörte, dass Babette Probleme mit ihrer neuen Freundin hatte. »Willst du, dass ich sie verprügle?« Denn sie wollte etwas schlagen, und sie konnte Elspeth keine verpassen. Man tat den arrogant Eingeschränkten nicht weh.

»Es ist nichts«, murmelte Babette. »Ich meine, die Apokalypse steht vor der Tür. Sie ist wahrscheinlich zu beschäftigt.«

»Zu beschäftigt für dich? Das glaube ich nicht.« Deka klammerte sich an die Travestie, ihre allerbeste Freundin zu ignorieren. »Lass uns diese nichtsnutzige Nutte sofort anrufen.«

»Sie ist keine Nutte. Ich bin sicher, sie hat einen guten Grund.«

»Wann habt ihr das letzte Mal miteinander gesprochen?«

Babette zuckte mit den Schultern, die Mundwinkel nach unten gezogen. »Gestern. Sie hat einfach aufgelegt, mitten im Satz. Was seltsam war, denn wir haben uns nicht gestritten oder so. Wir haben nur über den Krieg gesprochen und darüber, was wir tun, um zu helfen.«

»Sie ist ein Drache?«, fragte jemand von der anderen Seite des Raumes.

Babette zog die Stirn in Falten. »Ich weiß es nicht.«

»Was meinst du damit, du weißt es nicht?«, fragte Dekas Mutter, die ihren Kopf von einem Stapel Berichte hob. »Ist sie ein Mensch? Denn wenn sie es ist, dann solltest du den Konflikt gar nicht besprechen.«

»Aber die Menschen wissen über den Krieg Bescheid.« Er konnte ihnen nicht entgangen sein, da immerhin ihre Städte brannten.

»Die Menschen sollten nicht in die Nachrichten der Drachen eingeweiht werden. Also«, Xylia wandte sich an Babette, »was ist sie?«

»Sie ist – ich –« Babette verzog das Gesicht und sie schien nicht sprechen zu können. Wahrscheinlich war sie von der Nutte, die sie kaltblütig abserviert hatte, überreizt.

Deka hasste es, sie so zu sehen. Und sie brauchte etwas zu tun. »Lass uns sie anrufen.«

Trotz Babettes Protest wurde ihr Handy geschnappt, an den an der Wand hängenden Bildschirm angeschlossen und ein Skype-Anruf getätigt.

Das Telefon klingelte. *Klingeling. Klingeling.* Sie landeten auf einer typischen Mailbox-Antwort, die mit monotoner Computerstimme *Hinterlassen Sie eine Nachricht* aufsagte.

»Sie geht nicht ran«, sagte Babette achselzuckend.

»Es ist eher so, dass sie es nicht wollte. Das ist die Nachricht, die man bekommt, wenn jemand absichtlich einen Anruf ignoriert«, bemerkte Sheila, während sie auf ein paar Tasten tippte.

Als wäre das erlaubt. Deka erhob sich von ihrem Hausschuhthron. »Jemand muss das Handy hacken und es dazu bringen, den Anruf anzunehmen.«

Kurz darauf klingelte das Telefon erneut und durch die Magie der modernen Technik erschien auf dem großen Bildschirm ein Raum.

Ein Kriegsraum, der dem, in dem sie sich befanden, sehr ähnlich war, bis auf eine Sache.

»Heilige Scheiße, Babette. Voa hat deine Freundin

entführt und ihr Handy gestohlen.« Auf Dekas Ruf hin drehte sich Voa um und starrte mit ihren knallroten Augen auf den Bildschirm des Handys.

»Was willst du?«, schnauzte die Zauberin. »Ich bin gerade damit beschäftigt, die Welt zu erobern.«

»Nicht mehr lange, Schlampe. Ich werde dich holen. Wenn du aber einen schnellen Tod willst, dann übergib Babettes Freundin.«

Die Augen flackerten kurz hell auf und Voas Gesicht kam dem Bildschirm unangenehm nahe. Angesichts der Größe ihrer Nasenlöcher war das nicht ihre beste Wirkung. »Du machst dir Sorgen um Obéline.« Das Lächeln erwies sich als viel zu breit.

Für ein Wesen, das seine Gestalt verändern konnte, sollte man meinen, dass sie attraktiver wäre.

»Wo ist sie?« Babette stand mit geballten Fäusten vor dem Bildschirm. »Ich hoffe, du hast ihr nichts getan.«

»Deiner Freundin geht es gut. Um genau zu sein ...« Voas Gesicht verfinsterte sich und im ersten Moment dachte Deka, sie würden die Verbindung verlieren, aber das Gesicht verwandelte sich, die Haare verschoben sich und ...

»Obéline?« Babettes zittrige Frage bestätigte es.

»Heiliger Strohsack, Cousinchen, du hast mit dem Feind geschlafen.« Und wahrscheinlich Geheimnisse ausgeplaudert. Das und hoffentlich keine überraschende lesbische Schwangerschaft war der Grund, warum Babette zu einem Mülleimer lief und sich übergab.

Deka funkelte den Bildschirm an. »Wie kannst du es wagen, Babette das Herz zu brechen!«

»Im Krieg ist alles erlaubt. Sie hat mir gegeben, was ich brauchte. Genauso wie ihr mir alle geben werdet, was ich brauche, wenn ich euch hole.«

»Niemals.« Das Wort kam von hinten, und zwar nicht

von irgendeinem Mann, sondern von *ihrem* Mann, der von Kopf bis Fuß in Schwarz gekleidet war und so knallhart aussah, dass Dekas Slip feucht wurde und sie der Frau neben ihr eine Ohrfeige verpasste, weil ihr dasselbe widerfuhr.

»Mein heißer Muffin, du bist zu Hause!«, rief Deka aus, aber er warf ihr nur einen kurzen, schwelenden Blick zu, bevor er sich dem Bildschirm zuwandte.

»Deine Schreckensherrschaft wird ein Ende haben«, verkündete er.

Voa lachte. »Sie hat gerade erst begonnen.«

»Mein Freund wird dir in den Arsch treten«, erklärte Deka. »Weil er fantastisch ist.«

»Ich denke, das werden wir bald sehen. Die Schlacht findet in drei Tagen statt.«

»Mach achtundvierzig Stunden draus«, korrigierte Samael. »Ich muss zu einer Hochzeit.«

»Wer heiratet denn?«, fragte sie.

»Wir.«

Gut, dass er fest auf den Beinen war, denn ihr Sprung hatte vielleicht etwas mehr Schwung als erwartet.

KAPITEL ZWEIUNDZWANZIG

STUNDEN SPÄTER, IM BETT, NACKT UND ... *ICH KÖNNTE JETZT EINE rauchen*, seufzte Deka – denn ja, der Sex war so gut – und murmelte: »Zeig's mir.«

»Ich dachte, das hätte ich gerade getan.« Er konnte sich ein Lächeln nicht verkneifen.

Sie erwiderte es und setzte noch einen drauf: »Dein Grinsen sollte mit einer Warnung verbunden sein. Mini-Orgasmus voraus. Jetzt hör auf, es hinauszuzögern, und zeig es mir.«

»Dir was zeigen?«

»Deine Magie, Hengst. Blende mich«, forderte Deka, während sie sich auf seinem Bett räkelte und nichts außer seinem Duft trug. Er passte zu ihr. Er passte sehr gut zu ihr.

Der Drang, sie jetzt, vor dem Kampf, zu markieren, war stark. So stark. Nie war sein Bedürfnis nach ihr deutlicher als in der Zeit, die er getrennt von ihr verbracht hatte.

Er machte sich jede Sekunde Sorgen um sie. Vermisste sie unheimlich.

Und doch nutzte er diese Gefühle, um sich auf seinen Unterricht mit den Jabba-Brüdern zu konzentrieren. Je schneller er seine neuen Fähigkeiten beherrschte, desto eher konnte er an ihre Seite zurückkehren.

Jetzt musste er sich auf das größte Ereignis seines Lebens vorbereiten.

Seine Hochzeit.

Denn er machte sich keine Sorgen um den Kampf. Er hatte einen Plan. Einen epischen Plan. Eine Strategie, die er in zwei Tagen in die Tat umsetzen würde.

Zwei Tage, in denen sich die Drachen und ihre Verbündeten gründlich vorbereiteten. Nachrichten sowie Leute flogen, denn alle wollten an der Schlacht teilnehmen.

Die letzte Etappe sollte in der Great Victoria Desert stattfinden, der größten Wüste Australiens, der perfekten Bühne für die bevorstehenden Feierlichkeiten.

Die Uhr tickte. Alle wichtigen Leute wussten, dass ein episches Ereignis bevorstand. Jeder wollte dabei sein und hatte sein Bestes gegeben, um gut auszusehen.

Als er auf dem rötlich-orangenen Sand stand, während die Morgendämmerung die Welt in Flammen setzte, versuchte er, nicht zu zappeln oder in seinem Gewand zu schwitzen – es war kein Kleid.

Wenn du es sagst, Muffin.

Samael stand an Remiels rechter Seite, eine Ehrenposition, die ihm der Bruder, dem er Unrecht getan hatte, zugestanden hatte.

Eine Chance auf Wiedergutmachung.

Und Macht, Muffin. Vergiss die Macht nicht.

Das hatte er nicht. Er würde vielleicht nicht den Mantel des Königs tragen, sollte sein Bruder diese schwere Last übernehmen, aber er könnte selbst eine ernst zu nehmende Größe sein.

Da ist nichts mit könnte, Hengst. Du bist eine Größe. Meine Größe.

Nur deinetwegen. Deka hatte ihm geholfen, diesen Kern der Stärke in sich zu finden, ihn daran erinnert, wer er sein konnte. Er half ihm auch, das bisschen Ehre wiederzufinden, das ihm noch geblieben war.

Jetzt stand er an der Spitze einer Armee. Einer Drachenarmee, einer Reihe von Kryptozoiden und sogar Menschen, wie die Welt sie noch nie gesehen hatte.

Und sie waren beeindruckend. Vor allem er.

Samael trug ein schwarzes Gewand mit silbernem Rand, das perfekt genäht war, mit uralten, aber cool aussehenden Runen. Bei dem Stab und dem Bart, auf den Deka bestanden hatte, zog er die Grenze.

Spielverderber.

An seiner Seite trug der Goldene König eine prächtige Militäruniform, die von den besten Näherinnen und Nähern handgefertigt worden und so prunkvoll war, wie es sich für einen König gehörte.

Die Berater und Generäle des Königs – die Oberhäupter der Septs, allen voran die Silbernen – trugen alle die Farben ihres Hauses zusammen mit stoischer Miene, ihre Gesichter waren wie Masken aus Stein. Aber ihre Augen ... sie leuchteten grün vor Aufregung.

Es war schon eine Weile her, dass Drachen offen kämpfen konnten.

Hinter den Regierenden reihte sich die Armee auf. Die meisten von ihnen hatten ihre Uniformen abgelegt, um sich als ihr anderes Ich zu zeigen.

Drachen mit schimmernden Schuppen in der aufgehenden Sonne. Sie hielten ihre Köpfe hoch und Waffen in den Klauen – Stangenwaffen, Speere und moderne Werkzeuge, die fein auf jeden Krieger abgestimmt waren. Früher mieden sie Waffen, da sie dachten, Krallen und Zähne seien genug. Arroganz hatte dazu beigetragen, sie zu töten.

Sie hatten sich angepasst. Sie hatten ihre eigenen drachenfreundlichen Waffen entwickelt. Und jetzt würden sie sie endlich mit dem Blut ihrer Feinde taufen können.

Die Waffen waren nicht die einzige Veränderung in dieser Schlacht. Sie trugen Rüstungen, um ihre verletzlichen Bäuche zu schützen. Viele trugen Helme, um ihre Köpfe zu schützen.

Eine wild aussehende Truppe.

Die Gestaltwandler liefen rastlos umher, ihr pelziger Verstand begierig auf die Jagd, während die Menschen unter ihnen zappelten und ihre Finger an den Griffen ihrer Gewehre schwitzten. Die menschlichen Regierungen hatten ihre Soldaten in den Kampf geschickt, ohne jemals zu fragen, was sie davon hielten. Sie schickten ihre zerbrechlichen Männer und Frauen, damit sie ehrfürchtig und geehrt zwischen den Monstern der Legende standen.

Es war eine glorreiche Armee. Eine wunderschöne Miliz.

Und die ganze Welt bekam es zu sehen, weil ein paar Idioten von den Nachrichtensendern tatsächlich in der Nähe standen und sendeten.

»Wie hat die menschliche Rasse nur so lange überlebt?«, murmelte Samael.

»Sie vermehren sich wie die Karnickel«, war Zahras Antwort.

Könnt ihr beide den Mund halten? Ich versuche hier, bedrohlich zu wirken. Remiel sprach eher in ihren Gedanken als laut, wahrscheinlich weil sich eine dunkle Wolke am Horizont näherte, die gegnerische Armee der Finsternis.

Deka sprach plötzlich zu ihm. *Moment, dann wären wir ja die Armee des Lichts. Ich habe das völlig falsche Outfit dafür gewählt.*

Ihre Prioritäten waren so verzerrt wie immer. Kein

Wunder, dass sie sich entschlossen hatte, sich ihm in dieser letzten Schlacht anzuschließen.

Als würde sie zurückbleiben, wo *dieses Mädchen doch nur Spaß haben will*, laut ihren eigenen Worten. Das hatte sie ihm sogar immer und immer wieder vorgesungen, bis er zustimmte – der Blowjob half ihr dabei.

Dass sie hier war, war eigentlich eine gute Sache. Es bedeutete, dass Samael nicht versagen konnte. Denn ein Versagen würde bedeuten, dass sie verletzt würde, und er hatte versprochen, das niemals zuzulassen.

Außerdem warteten die Caterer gleich hinter den Dünen, um die Party vorzubereiten und in Gang zu bringen.

Bevor dieser Tag zu Ende ging, würde Deka seine Frau sein.

Großspuriger Muffin. Das gefällt mir.

Ihre Ermutigung brauchte er nicht, um sich Mut zu machen, nicht mehr. Er hatte seine Eier gefunden und befreit. Aber das Lob machte ihn noch heißer. *Sobald diese Schlacht vorbei ist, beanspruche ich meine Prinzessin.*

Los! Ja, das war seine ungeduldige Verlobte, die ihm das in den Kopf brüllte. Er benutzte Magie, um sie zu fangen, bevor sie seinen Plan vereiteln konnte.

Lass mich gehen, Hengst. Ich kann es mit ihr aufnehmen.

Nein, das konnte sie nicht. Keiner von ihnen war stark genug, um gegen die Hexe zu kämpfen. Nicht einmal Samael.

Deshalb musste es genau richtig gemacht werden.

Die gegnerische Armee blieb in einiger Entfernung stehen, und Voa trat vor, ihr eng anliegendes rotes Kleid ein Schlag für die Blutroten, die sie getäuscht und manipuliert hatte.

Sie ging auf sie zu, langsam und wogend. Vergeudet. Es gab nichts Attraktives an ihr.

Remiel kam ihr entgegen, Samael zwei Schritte hinter ihm. In der Luft lag bereits ein Hauch von staubiger Hitze, ein beißender Geruch ohne einen Hauch von Feuchtigkeit.

Das würde sich ändern, wenn Blut vergossen wurde.

Glaubst du, ich kann einen Schuss abgeben?, fragte Remiel, ohne seine Lippen zu bewegen.

»Einen tödlichen? Nö.« Nach Ansicht der Jabbas gab es nur einen Weg, die Sache zu beenden. Die Frage war nur, ob er ihnen vertraute.

Sie blieben stehen, als sie noch einige Meter von Voa entfernt waren. Außerhalb ihrer Reichweite, aber nahe genug, um sich gegenseitig zu hören.

»Wie schön, dass ihr euch alle an einem Ort versammelt habt, um euch zu fangen.« Ihr habgieriges Lächeln enthielt einen Hauch von Dunkelheit.

»Das Gleiche gilt für deine Armee. Das wird es mir leichter machen, sie zu vernichten.«

»Du glaubst, dass es einen Unterschied macht, sie auszulöschen?« Voa legte den Kopf schief. »Glaubst du wirklich, dass ich diese mickrigen Kreaturen brauche, um meinen Sieg zu erringen?«

»Offensichtlich brauchst du Hilfe, sonst wärst du allein gekommen. Ich schätze, du bist doch nicht so stark.«

Sie presste die Lippen aufeinander. »Ich sehe, was du vorhast. Du denkst, ich verliere die Beherrschung und schicke sie weg.«

»Bitte nicht«, warf Samael ein. »Deka hat sich auf diesen Kampf gefreut. Sie wird stinksauer sein, wenn sie kein Blut vergießen darf.«

Seine Worte erregten Voas Aufmerksamkeit. »Und dann ist da noch der, der glaubt, er könne mich besiegen.« Ihre Lippen verzogen sich zu einem Grinsen. »Deine Magie ist nur ein kleiner Funke in meinem Inferno.«

»Manchmal braucht man nur einen Funken, um ein Feuer zu entfachen.«

Das Lachen klang unharmonisch und falsch. »Du wirst bald sehen, was wahre Macht ist. Es wird mir Spaß machen, euch beide zu meinen Füßen knien zu sehen. Ihr schwört mir die Treue und nährt mich dann als Teil eurer Kapitulation.«

»Bla, bla, bla. Können wir endlich mit dem Kämpfen anfangen?«, rief jemand aus der wartenden Armee.

»Du hast meine Leute gehört.« Remiel zuckte mit den Schultern. »Sie sind bereit, dir in den Hintern zu treten.«

»Heute endet die Herrschaft der Drachen und eine neue Weltordnung wird –«

Derjenige, der das Ei warf, hatte gut gezielt. Es traf Voa in die Brust und zerbrach spritzend.

Und warum gab es ein Ei?

Alles Teil des Plans.

Voa kreischte und ihr Gesicht pulsierte, ihre Haut kräuselte und wölbte sich, als ob etwas darunter krabbelte.

Das tat es auch. Dunkelheit.

Auch bekannt als ein schiefgegangener Zauber. Wieder und wieder. Es schien, als hätte Voa einen Körper zu viel ausgesaugt. Sie trug die Zeichen eines Körpers, der Völlerei betrieben hatte. Ja, die Seelen machten sie stark, aber sie veränderten sie auch. Sie veränderten sie auf eine Weise, die nicht gesund war.

Für sie.

Obwohl sie verrückt und irgendwie besessen war, war sie fast unbesiegbar.

Fast.

Voa hob vom Boden ab und ihre Robe flatterte, als sie sich aufrichtete, die Arme weit ausbreitete und mit tiefer Stimme sagte: »Greift an.«

Irgendwie enttäuschend.

Remiel jedenfalls murmelte allein für seinen Geist: *Bereit, Bruder?*

So bereit, wie er nur sein konnte, wenn er seine Kräfte mit denen einer psychotischen, uralten Zauberin messen musste.

Du schaffst das, Muffin.

Ihr Glaube wurde zwar geschätzt, war aber nicht nötig. Nicht mehr. *Ich werde es schaffen.*

Während Remiel sich in die Luft warf und seine fein genähte Kleidung zerfetzte, behielt Samael die Sonne im Auge.

Das Timing musste genau richtig sein.

Das Gebrüll der Schlacht hallte über den Wüstensand, als die Armeen aufeinander zustürmten, entschlossen, Blut zu vergießen. Diejenigen, die Waffen besaßen, waren früh dran, und das scharfe Knacken und Knallen der abgefeuerten Kugeln erfüllte die Luft mit Lärm und dem beißenden Gestank von Waffenrauch.

Remiel spielte mit Voa, die sich in eine perverse Hybridgestalt verwandelte, unfassbar aufgebläht, und, verdammt noch mal, aus den Spitzen ihrer Beine kamen Tentakel.

Remiel bewegte sich schnell, ein zischender, wirbelnder Schimmer aus Gold, und hielt sich außer Reichweite von Voa, während er ab und zu einen Schuss abfeuerte, wobei die Kugeln aus goldener Energie nichts weiter taten, als die mutierte Zauberin noch wütender zu machen.

Ein silbernes Glitzern über ihm erregte seine Aufmerksamkeit, als Deka auf einen kleineren grünen Drachen traf – einen, der auf die andere Seite gegangen war –, und zwar frontal. Sie kämpften in der Luft und seine Prinzessin würgte an den Dämpfen, die der Dampfdrache ausstieß. Aber ihre Mutter hatte Deka gut geschützt. Die Tränke, die Xylia der Armee verabreicht hatte, würden nicht lange reichen, aber hoffentlich lange genug, um die Gifte abzuwehren und die sie Versprühenden zu besiegen.

Der Himmel verdunkelte sich, und das nicht nur wegen der vielen Gestalten, die dort um ihr Leben kämpften. Der Mond hatte begonnen, sich über die Sonne zu schieben. Die verheißungsvolle Sonnenfinsternis, die ihre Ärsche retten würde, begann, was bedeutete, dass auch Samael seine Ärmel hochkrempeln und anfangen musste.

Er schloss die Augen, blendete die Geräusche des Kampfes aus und ließ sich in die meditative Zone fallen, die die Jabba-Brüder ihm beigebracht hatten. *Mach deinen Geist frei.* Klatsch. *Frei sein heißt, nicht an eine Frau zu denken.* Klatsch.

Es brauchte einige Schläge auf den Kopf, bis Samael lernte, alle Ablenkungen aus seinen Gedanken zu verbannen.

Die Welt da draußen verschwand und er öffnete sein inneres Auge, um die zischenden Linien der Macht zu sehen, die alles durchschnitten.

Helle Lichtpunkte für das Leben, glänzende Fäden für die Macht, die die Ebene durchzog, und ein pulsierender dunkler Punkt für die Abscheulichkeit, die Voa war.

Und dann war da noch –

Etwas riss ihn aus seiner Trance und er schlug hart auf dem Boden auf, die geifernden Kiefer eines wahnsinnigen Werwolfs nur wenige Zentimeter von seinem Gesicht entfernt.

Bevor er ihn mit Magie pulverisieren konnte, wurde der Wolf von ihm gerissen und gedreht. *Knack.*

Der schlaffe Körper wurde weggeschleudert und Deka

griff nach unten, um ihn auf die Füße zu ziehen. Ihr silberner Drache überragte seine menschliche Gestalt.

Seine andere Seite sehnte sich danach, sich ihr anzuschließen, doch er konnte es nicht. Für diesen Zauber brauchte er Finger.

Er brauchte außerdem keine weiteren Unterbrechungen. Der Mond stand fast über der Sonne. Er musste den Spruch wirken.

Tu, was du tun musst, Muffin. Ich werde Wache halten.

Und er wusste, dass sie ihn mit ihrem Leben beschützen würde. *Weil sie meine Gefährtin ist.*

Da hast du verdammt recht, Muffin, also fang mit dem Magiezeug an, damit wir mit dem Hochzeitszeug weitermachen können.

Diesmal kniete er auf dem Boden, die Fingerspitzen in den Dreck gepresst, und schloss seinen Geist, fand schnell seinen Platz wieder und sah die Fäden, unbedeutende Stränge.

Es war fast so weit.

Mach dich bereit, Bruder. Er rief es in Gedanken und hoffte, dass Remiel es hörte. Als der Mond die Sonne vollständig verdeckte, blinzelte er mit seinen zweiten Augenlidern und nutzte sein anderes Augenlicht. Es ließ die Dinge in einem anderen Licht erscheinen. Es beleuchtete die Magie.

Ein dicker roter Strang ragte bis zur Erde hinunter, ein Zyklonauge von der Sonnenfinsternis. Er stieß seine Faust in das Licht und zerrte daran. Er zwirbelte den Strang der Magie im Dreck, wirbelte und wirbelte, breiter und breiter.

Der Boden darunter bebte.

Beeindruckend. Die einzige Magie, die er gelernt hatte, denn, wie die Jabbas ihm sagten: *Du hast keine Zeit, um ihre Fähigkeiten zu erreichen. Also musst du sie austricksen.*

Das Loch, sobald es entstanden war, wurde immer breiter. Dinge fielen hinein. Körper. Tot und lebend. Die Schreie waren gespenstisch.

Klauen rissen ihn zurück, bevor die Erde unter seinen Füßen wegbröckelte.

Als er die Augen öffnete, spürte er das Loch, das er aufgerissen hatte, mehr, als dass er es sah. Pure Dunkelheit lag über dem Land, denn die Sonnenfinsternis hatte der Welt das Licht gestohlen.

Ein unheilvolles Ohm-Geräusch kam aus dem interdimensionalen Riss, und er stolperte mit Deka zurück.

Die Zeit war gekommen. Er schrie: »Jetzt! Tu es jetzt!«

Trotz der Finsternis blitzten Remiels goldene Schuppen am Himmel auf, und alle sahen das goldene Feuer, das aus seinem Mund aufstieg und eine stark entstellte Voa traf.

Sie schrie, als ihr Fleisch schmolz, sich neu formte und wieder schmolz, um sich neu zu formen, während die Seelen, die sie aufgesogen hatte, sie am Leben hielten. Irgendwie cool, dass sie immer wieder leiden musste. Besser noch, es lenkte sie so ab, dass sie nicht merkte, dass sie geschubst wurde.

Aber sie kam nicht schnell genug an. Die Zeit tickte. Kostbare Zeit.

Samael streckte die Hände aus und griff nach ihrer dunklen Magie. Er spürte, wie sie durch seine Hände glitt, schleimig und ekelhaft, doch er wickelte sie auf und zog sie näher an den Abgrund, den er geschaffen hatte.

Sie hielt in ihrem Kampf inne, als sie schließlich das Loch sah. »Ist das dein Plan? Mich in eine andere Dimension zu stoßen? Ich werde einfach zurückkommen.« Als wollte sie ihn verspotten, schwebte sie lachend über dem Loch.

Ein Tentakel mit Saugnäpfen und Stacheln in der Mitte

peitschte aus dem Riss und wickelte sich um ihre Knöchel. Mit einem Ruck zog er sie nach unten.

Ihre Augen waren weit aufgerissen.

Ihr Mund stand offen.

Ein kurzer Schrei.

Die riesige, krakenähnliche Kreatur, von der ihm die Jabbas erzählt hatten, die nur selten beschworen werden konnte und die sich nicht mit einer einzigen Hexe zufriedengab.

Eine Hexe ist nicht einmal ein Snack.

Weitere Tentakel peitschten heraus und schnappten sich die, die am nächsten waren. Einer wickelte sich sogar um Deka und begann zu ziehen.

Ohne nachzudenken, schlug Samael mit seiner Hand zu und durchtrennte ihn mit Magie. Erst dann verwandelte er sich schließlich in seinen Drachen und zog Deka vom Abgrund weg.

Geh zurück. Ich glaube, wir können es schaffen.

Wir können nicht in diese Welt gehen. Es gibt keinen Weg zurück. Und der aktuelle Durchgang war dabei, sich zu schließen.

Der Mond schob sich an der Sonne vorbei, und als das Licht wieder über das Land dämmerte, schrumpfte das Loch im Boden. Die Tentakel schrumpelten, als die Lichtstrahlen auf sie trafen.

Mit einem durchdringenden Schrei, der die Luft erschütterte, zog die fremde Kreatur ihre Gliedmaßen zurück. Das Loch schrumpfte und schrumpfte.

Es war kaum groß genug für einen Menschen, als am Rand Finger erschienen, humanoide Finger, die nach den Seiten griffen.

Ein silberner Drache landete neben der Hand, die nach Halt suchte. Zahra verwandelte sich und warf den

Fingern einen hochmütigen Blick zu, bevor sie auf sie stampfte.

Knirsch. Plopp. Die Hand war weg, genau wie das Loch.

Die Drachen hatten den Sieg davongetragen!

Ohne ihren Anführer und die Gedankenkontrolle brach die andere Seite zusammen. Sie liefen, jammerten und bettelten um ihr Leben.

Feiglinge. Sie waren seine Zeit nicht wert. Samael ignorierte sie alle. Er sah seine Silberprinzessin an und trällerte eine Frage. *Bist du bereit, dich zu paaren?*

KAPITEL DREIUNDZWANZIG

Es ist mein Hochzeitstag!

Nachdem die Oberin in eine andere Dimension gesaugt worden war, die nur während einer Sonnenfinsternis an genau diesem Ort geöffnet werden konnte – was bedeutete, dass die Oberin für eine sehr lange Zeit am Arsch war, falls sie es überhaupt schaffte, das Tentakelmonster zu überleben –, konnten sie sich alle entspannen.

Die Welt war von Drachen gerettet worden.

Mit der Zeit, denn die Geschichte neigte dazu, sich zu wiederholen, würden die Menschen es den Drachen übel nehmen, dass sie geholfen hatten. Diese kurzlebigen, zerbrechlichen Kreaturen hassten es, wenn man ihnen etwas schuldig war, aber gleichzeitig konnten sie einer überlegenen Spezies nicht unbedingt den Krieg erklären. Sie konnten jedoch viel Gold ausgeben und Zugeständnisse machen. Es gab bereits Pläne, eine Gruppe zu gründen, die sich mit den Bedürfnissen der Drachen und dem Zusammenleben mit den Menschen befassen sollte – damit sie schließlich über sie herrschen konnten. Zu den langfristigen Plänen gehörte es, alle Regierungsebenen zu infiltrieren und so ihren Schutz und ihre Vorherrschaft zu sichern.

Deka scherte sich an diesem Tag einen Dreck um die Politik und die Auswirkungen der Schlacht.

Sie würde heiraten!

Samael hatte alles geplant. Eigentlich hatte er es nur ihrer Mutter gesagt, wie ein Mann.

»Ich werde Deka gleich nach dem Kampf heiraten. Wenn du sie in einem Kleid mit Blumen und so haben willst, dann mach es möglich, denn ich warte nicht länger.«

Es war fürchterlich romantisch und eine Herausforderung, die keine Drachenmutter ablehnen konnte. Mutter war der Aufgabe gewachsen.

Deka ging den Strand entlang – nachdem alle ein reinigendes Bad genommen hatten – in einem wunderschönen weißen Kleid, die Füße nackt im Sand, das Haar mit bunten Blumen verflochten und mit einem so strahlenden Lächeln, dass sie Elspeths Schwester hätte sein können.

Samael hatte sich einen Smoking angezogen, stand aber ebenfalls barfuß im warmen Sand. Sein goldenes Haar hatte eine etwas dunklere Schattierung und seine Augen leuchteten, jetzt mehr rot als grün. Was seine Stirn betraf, so würde er die Beulen auf ihren Hochzeitsfotos vielleicht nicht bemerken.

Aber das machte ihr nichts aus. Er war etwas Besonderes. *Und mein.*

Ihre Cousinen Adi und Aimee fungierten als Brautjungfern und Babette war natürlich die trübselige Trauzeugin – auch wenn diese Lippe nicht lange vorgeschoben blieb. Deka hatte gesehen, wie ein schöner hellblauer Wasserdrache ihre beste Freundin beobachtete. Wenn sie ihr mit der Zunge dieselbe Aufmerksamkeit zukommen ließe, wäre Babette bald wieder auf dem Weg der Besserung.

Als sie an einer Reihe nach der anderen vorbeiging, stellte sie mit großer Zufriedenheit fest, dass die Menge riesig war. Drachen und Verbündete gleichermaßen füllten die sandigen Gänge, die meisten warteten darauf, dass der langweilige Teil der Zeremonie vorbei war, damit sie essen konnten. Die Gerüche von den Grillplätzen brachten mehr als einen Magen zum Knurren.

Endlich kam sie an und die Hitze und das Kribbeln ihres Muffins umhüllten sie.

Bevor sie zu ihm gehen konnte, küsste ihre Mutter sie sanft auf die Wange und murmelte: »Mögest du immer glücklich sein, sonst reiße ich ihm die Eingeweide raus.«

Deka schniefte. Es war so schön. Als sie aufblickte, lächelte sie Samael an. Sie konnte sich des Strahlens nicht erwehren. Er sah so großartig aus. *Ich liebe ihn so sehr.*

Und ich liebe dich auch.

In diesem Moment, als er diese Worte sagte, hätten Außerirdische landen können, und sie hätte nicht mit der Wimper gezuckt.

So war es gut, dass Samael ihre Hand nahm und sie festhielt, als sie sich gemeinsam Remiel zuwandten. Sein Bruder stand der Zeremonie vor. Er trug eine kunstvolle Krone und eine bestickte Stola, sein weißer Anzug war mit Gold durchwirkt.

»Wir sind heute hier versammelt, um diesen Drachen und diese Drachin in einer heiligen Paarung zu vereinen. Und lasst mich euch sagen, ich hätte nie gedacht, dass das passieren würde. Mein Bruder und ich hatten nicht immer die einfachste Beziehung –«

Jemand murmelte: »Das ist untertrieben.«

»– aber heute erfüllt es mich mit großer Freude und Ehre, dass wir es geschafft haben, unsere Schwierigkeiten zu überwinden und einen mächtigen Feind zu bezwingen.«

»Hat er Wein gesagt?«, flüsterte jemand anderes.

»Lasst uns heute einen neuen Anfang machen, bei dem die Magie wieder ihren rechtmäßigen Platz einnimmt, anstatt verbannt zu werden. Lasst uns gemeinsam für eine Zukunft arbeiten, in der sich Drachen und Kryptozoide nicht mehr im Schatten verstecken müssen und in der unsere zukünftigen Erben«, er warf einen liebevollen Blick auf seine Frau Sue-Ellen, die in der Menge saß und ihren runden Bauch hielt, »keine Angst haben müssen, gejagt zu werden. Heute vereinen wir nicht nur diesen Mann und diese Frau, wir haben nicht nur das größte Übel unserer Zeit besiegt, heute bricht eine neue Ära an. Das Zeitalter der Drachen.«

Seine Rede wurde mit Jubel quittiert und Deka klammerte sich fest an Samaels Hand. Ihr Hochzeitstag würde in die Geschichte eingehen.

Das beste Geschenk aller Zeiten.

»Und nun zu der Zeremonie. Willst du, Samael D'Ore, Deka Silvergrace zu deiner Gefährtin nehmen? Versprichst du, sie bis ans Ende deines Lebens zu beschützen und zu horten?«

»Ich will.«

Was Deka anging, so konnte sie es kaum erwarten. »Ich will auch. Komm zum guten Teil.«

Remiel lächelte. »Vor aller Augen soll verkündet werden, dass diese beiden sich gegenseitig beanspruchen, und sollte jemand versuchen, sie zu entzweien –«

»Werden wir ihnen die Augen ausreißen und auf ihren Eingeweiden herumtrampeln.« Mehr als ein paar Stimmen riefen das, und Deka hätte fast wieder geweint.

»Dann erkläre ich euch kraft der mir verliehenen Macht als König aller Drachen als für das Leben verpaart. Ihr dürft die Markierungen setzen.«

Samael zog sie zu sich heran und streifte ihre Lippen, bevor er seinen Mund zu ihrem Hals gleiten ließ. Ein verzücktes Keuchen entwich ihrem Mund, als er in die Haut biss, so fest, dass sie aufbrach und Blut floss. Sie erwiderte den Gefallen und platzierte seine Markierung so hoch, dass sie von keinem Kragen verdeckt werden konnte.

Sollten die Kälber sehen, dass er zu ihr gehörte. Sollten alle sehen, dass sie ihn beansprucht hatte.

Sie mussten das Symbol ihrer Paarung nicht länger vor denen verstecken, die es nicht verstanden.

Eine neue Ära würde anbrechen, und sie würde glorreich sein.

Genau wie der Orgasmus, den ich dir später verpassen werde.

EPILOG

Orgasmen konnten nur zu einer begrenzten Anzahl stattfinden, bevor sie ein wenig von ihrer Kraft verloren.

Trotz ihrer besten Versuche, Samael nackt zu halten, konnte selbst Deka nicht dafür sorgen, dass ihre Flitterwochen ewig dauerten, vor allem nachdem das letzte Luxushotel sie wegen übermäßiger Lärmbeschwerden rausgeschmissen hatte.

»Ein Haufen verklemmter Biedermänner«, murrte sie. »Ich kann nicht kontrollieren, wie laut ich schreie, wenn ich komme.«

»Offensichtlich. Ich bin einfach so gut.«

So gut. Samael war auch gut im Diskutieren, was dazu führte, dass die Anklage wegen unsittlicher öffentlicher Zuneigung fallen gelassen wurde.

Das einzig Unsittliche daran war der Polizist, der sie stoppte, bevor sie zum lustigen Teil kamen.

Das echte Leben rief, meist in Form ihrer Mutter mit ihrer täglichen Frage: »Hat er dich schon geschwängert?« Da wollte wohl jemand unbedingt Oma werden.

Sie kehrten in die Unterirdische Höhle der Verschlagenheit zurück – ein Titel, den Samael nur widerwillig zuließ. Insgeheim war sie überzeugt, dass er ihn liebte. Immerhin war er ihr böser Herrscher und –

»Ich bin nicht böse«, bemerkte er, als er seine Frau – *das bin ich!* – über die Schwelle trug.

»Kannst du nicht ein kleines bisschen böse sein, für mich?«, fragte sie.

Er seufzte und sie dachte, er würde zustimmen, aber er sagte: »Würde es dich umbringen, vorher anzurufen?«

Mit wem Samael sprach? Es war Remiel, der leger gekleidet in der Tür zum Wohnzimmer lehnte – das besser in dem von ihr bestellten Unterwasserthema neu dekoriert sein sollte.

»Ich dachte, wir sollten persönlich miteinander sprechen.«

»Solange es nur ein Gespräch ist.« Deka befreite sich aus seinem Griff und stellte sich vor Samael, wobei sich jede Faser in ihr sträubte. »Denke nicht einmal daran, meinen Mann zu töten. Er gehört mir, und ich werde nicht zulassen, dass du ihm etwas antust.«

Niedlich und entmannend zugleich. Aber wer Deka liebte, musste akzeptieren, dass sie sich niemals anmutig im Hintergrund halten würde.

»Niemand tötet jemanden. Noch nicht.«

»Das will ich auch nicht hoffen«, brummte Samael. »Er trinkt meinen ältesten Scotch. Das wäre eine Verschwendung.«

Sie beäugte Remiel misstrauisch. »Warum bist du dann hier? Brauchst du uns, um das Böse wieder auszulöschen? Hattest du noch ein Hochzeitsgeschenk?«

»Eigentlich bin ich hier, um Samael einen offiziellen Titel als Bruder zu geben. Ich weiß, wir hatten unsere Differenzen und haben nicht das wärmste Verhältnis zueinander.«

»Arktisch«, hustete Deka in ihre Faust.

»Aber ich möchte, dass wir das beiseitelassen und zusammenarbeiten, um –«

»Die Welt zu einem besseren Ort zu machen«, sang sie.

»Eigentlich wollte ich sagen, um über sie zu herrschen. Ich bin nur ein Drache, und ich könnte jemanden gebrauchen, dem ich vertrauen kann. Den Menschen kann man nicht trauen, dass sie unsere Interessen schützen. Was bedeutet, wir müssen es übernehmen. Was sagst du dazu?« Remiel streckte eine Hand aus und Samael starrte sie an.

Der arme Kerl war überwältigt. Also ergriff Deka seine Hand und drückte sie in die seines Bruders. »Er nimmt an. Solange er seinen Hauptsitz hier aufschlagen darf. Oh, und wir wollen einen coolen Titel.«

»Was hältst du von Erster Berater des Königs und Chefzauberer?«

»Ich bin dein einziger Zauberer.«

»Dazu gibt es einen Stab von Silbernen, die du herumkommandieren kannst.«

Samaels Hand legte sich fester um die seines Bruders. »Ich werde dich nicht enttäuschen.«

Das solltest du auch nicht. Unser Kind verdient nur das Allerbeste.

Samael wirbelte herum. »Du bist ...«

»Sehr schwanger. Daddy.«

Gut, dass Remiel da war, um ihn aufzufangen, bevor er sein hübsches Gesicht zerschmetterte.

Und sie nahm alles auf Video auf und fügte es ihrem Hort hinzu. Darin hatte sie einen neuen Abschnitt begonnen, der dem wunderbaren Leben gewidmet war, das sie mit Samael begonnen hatte. Denn jetzt, da ihr Drache wiedergeboren war, wollte sie keinen einzigen Moment verpassen.

~

Der Weg war länger, als ihnen lieb war, aber es blieb ihnen keine andere Wahl.

Das Portal von der Höllendimension zur Erde war gesprengt. Samael hatte den Brüdern zwar die Freiheit geschenkt, indem er sie auf dieser Ebene freiließ, aber er würde ihnen keinen Zugang zu seiner gewähren.

»Und er soll die Zukunft unserer Art sein?« Maedoc schnaubte. »Wieso ist ihm nicht eingefallen, dass es mehr als einen Ort auf dieser Welt gibt, um hinüberzugehen?«

»Weil wir es ihm nie gesagt haben«, antwortete Eogan mit einem Grinsen.

Es gab viele Dinge, die sie Samael und seiner Konkubine verschwiegen hatten, zum Beispiel, wie genau sie die alte Sprache in den gefundenen Texten entziffert hatten.

Keiner von ihnen konnte die Sprache lesen. Gut, dass die Bewohner hier es konnten und die Verbannten mit offenen Armen empfingen.

Es war irgendwie traurig, als sie schließlich verschwanden. Der Beginn ihres langsamen Abstiegs.

Wenn sie jetzt nicht ihren Arsch bewegten und handelten, würden sie schließlich am Ende ihres Lebens ankommen.

Wir haben nicht so hart um unser Leben gekämpft, um jetzt zu sterben. Nicht wenn die Freiheit so nahe war.

»Gut, dass wir den Snack versteckt hatten.«

Voadicia war nicht die Einzige, die davon profitiert hatte, so nahe an der Erde zu sein. Wenn sie loszogen, um Drachen für sie einzusammeln, handelten die Jabbas mehr für sich aus. Und versteckten sie. Sie konnten nicht viel an ihren Seelen saugen, ohne die Oberherrin zu informieren, dass sie sich nährten.

Aber da sie und der Goldene Lehrling nicht mehr da waren, saugten sie so schnell wie möglich, bevor sie sich auf den Weg zur anderen Zitadelle machten.

Es brauchte mehr als ein paar Seelen, um ihre amorphe Gestalt zu verändern. Sie hatten ihre schlanke Statur wiedererlangt. Ihr üppiges Haar und ihr schelmisches Wesen.

Wir sind wieder da.

Maedoc kicherte. Er hatte denselben Film gesehen und den Akzent erkannt.

Jetzt, da sie sich einfügen konnten, waren sie bereit, ein letztes Mal hinüberzugehen. Die Dimensionen verschoben sich. Bald würden sie nicht mehr synchron sein. Sie konnten es nicht länger hinauszögern, aber sie konnten nicht anders, als vor einer Tür innezuhalten, die zu einem sehr gut bewachten Kerker in einem Schloss führte, das weit, weit von ihrem üblichen Zuhause entfernt war. Ein Kerker, in dem nur ein einziger Insasse saß. Ein Kerker, der schon lange nicht mehr besucht worden war.

Denn die Oberherrin hielt den Insassen für tot.

»Sollen wir?«, fragte Maedoc.

Eogan schaute auf die vergitterte Tür und dachte an das, was dahinter lag. »Er ist wahrscheinlich von einer mörderischen Wut beseelt.«

»Jawohl.«

»Es scheint nur richtig, dass wir ihn auch befreien.« Besonders nach dem, was sie getan hatten.

Das Schloss löste sich, und sie flohen, um ihr neues und wundersames – wundersam böses – Leben zu beginnen.

Was denjenigen betraf, der all die Jahrhunderte eingesperrt gewesen war, der in Gefangenschaft geboren wurde, weil seine Welt überfallen und sein Volk getötet worden war, bis nur noch er übrig war?

Er trat zum ersten Mal seit seiner Geburt aus seiner Zelle heraus. Er hätte sich freuen können, aber was gab es da zu feiern?

Seine Welt war tot. Ihre Üppigkeit war von den Drachen getötet worden, die alles Leben aus dem Land gesaugt hatten.

Hier gibt es nichts für mich. Nichts als den bitteren Geschmack und Geruch der Niederlage.

Mit nur einem Ziel vor Augen folgte er den Spuren derer, die ihn befreit hatten, und folgte ihnen zu einem uralten Portal, das von seinem Volk geschaffen worden war. Einem friedlichen Volk, das von der Gier der Drachen besiegt wurde.

Aber ich bin nicht meine Vorfahren. Er würde nicht kleinlaut in die Knie gehen und sein Schicksal akzeptieren. Er wollte Rache, und die konnte er nur anderswo bekommen.

Er atmete tief ein und warf einen Blick zurück auf das Schloss, das er zum ersten Mal persönlich sah – und das ihm doch so vertraut war, weil seine Mutter es ihm als Kind auf dem Schoß gezeigt hatte.

Und dann war sie gestorben.

Sie starben alle.

Eine Familie, die sich über Generationen erstreckte und von gewalttätig und kriegerisch zu friedlich wurde. Und leicht zu zerstören.

Er wandte sich von der physischen Erinnerung an ihre Niederlage ab, machte einen Schritt durch das Portal und würgte, als er zum ersten Mal frische Luft einatmete.

Die Süße trieb ihm Tränen in die Augen. Die Reinheit ließ ihn vor Schwäche in die Knie gehen. Er senkte den

Kopf, als er endlich begriff, was ihm genommen worden war.

Alles.

Auf der Brüstung des verfallenen Schlosses stehend betrachtete er das Land, das er betreten hatte. Üppig. Grün. Lebendig …

Mein. Die Drachen hatten ihm alles in seiner Welt genommen. Es schien nur fair, dass er sich revanchierte.

Bald werdet ihr meinen Namen kennen. Ihr werdet ihn fürchten.

Mein Name ist Lucifer, der letzte Zweig der Glänzenden. Und diese Welt wird mir gehören.

Ende … natürlich nicht. Das nächste Buch kommt bald!

www.ingramcontent.com/pod-product-compliance
Lightning Source LLC
LaVergne TN
LVHW031610060526
838201LV00065B/4799